정준 현대판타지 장편소설

MODERN FANTASY STORY & ADVENTURE

기적의 앱스토어

11

dream
books
드림북스

기적의 앱스토어 11(완결)

초판 1쇄 인쇄 2016년 5월 10일
초판 1쇄 발행 2016년 5월 17일

지은이 정준
발행인 오영배
책임편집 편집부

펴낸곳 (주)삼양출판사 · 드림북스
주소 서울시 강북구 도봉로 173
대표 전화 02-980-2112 **팩스** 02-983-0660
출판등록 1999년 3월 11일 제9-00046호

ISBN 979-11-313-0616-1 (04810) / 979-11-313-0236-1 (세트)

드림북스는 (주)삼양출판사의 판타지 · 무협 문학 브랜드입니다.

정준 현대판타지 장편소설

MODERN FANTASY STORY & ADVENTURE

11

기적의 앱스토어

dream
books
드림북스

목차

제1장

흑해자(黑孩子),
쌍둥이의 사정

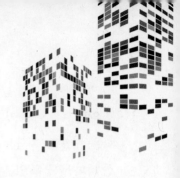

"흑해자(黑孩子)라고 들어보셨나요?"

흑해자란, 후커우 ─ 즉, 주민등록이 없는 중국인을 의미한다.

중국에서 거취를 옮기는 것은 자유지만, 이 후커우를 가지지 못할 경우 온전한 주민 대접을 받지 못하게 된다. 말만 중국인이지 국민으로서의 권리를 모두 적용되지 못한다는 뜻이었다.

그리고 이 흑해자의 경우, 대부분은 한 아이 정책이라 불리는 계획생육정책을 위반해 태어난 아이들이다.

"중국은 인구가 많아도 너무 많았어요. 한때는 다산을 권유했으나, 이후 갖은 부작용이 나타나면서 상황의 심각함을 느꼈죠. 지금은 폐지됐으나, 중국 정부는 한 가정에 한 자녀만 둘 수 있는 정책을 펼쳤죠."

이게 계획생육정책이다.

지키지 않는다면 엄중하게 상당한 벌금형을 내렸다.

부유한 자는 그럭저럭 어떻게 넘어갈 수 있었지만, 애초에 중국 모든 국민이 부자만 있는 건 아니었다.

그렇다면 그러지 못한 자들은 어떻게 하는가?

"벌금을 내지 못하는 사람들은 대부분은 둘로 나뉘어졌어요. 낳아버린 자녀를 어딘가 버리거나, 혹은 키우되 등록을 하지 않고 숨겨놓고 키우는 거죠."

"……어느 쪽도 불행하군요."

차라리 낳지 않는 편이 더 행복하다는 말이 나올 정도였다. 한국 역시 자녀 교육비나 양육비가 등이 워낙 많이 나가서 아이 낳기가 부담스럽다고 하지만, 이것과 비교하자면 많이 달랐다.

당시, 이 계획생육정책 도중에 아이를 낳는 것은 인생의 나락으로 떨어뜨리는 것과 다름없었다.

"일단 교육을 하려면 미인가 학교를 찾아야 해요. 아니,

그게 문제가 아니죠. 후커우를 가지지 못했으니 직장을 제대로 가질 수 있을 리도 없죠. 국민의 혜택을 단 하나도 받지 못하는 유령 그 자체예요."

"……."

"그럼 여기서 문제를 내볼게요. 그 유령들은 어디로 갈까요?"

자오웨가 다리를 꼬면서 멀리서 뛰어 놀고 있는 아이들을 쳐다봤다.

"애초에 벌금을 낼 수 없는 가정이니, 교육비를 제대로 낼 수 있을 리가 만무하지."

여태껏 입을 다물고 있던 지우가 답했다.

"버림을 받건 말건 간에 결국은 암흑가로 가겠지. 남자들은 동정에 호소하며 구걸이나 소매치기를 하다가, 결국 마지막엔 폭력과 살인으로 이어지겠고. 여자들은 적당한 나이가 되면 몸을 팔게 될 거고."

현실은 영화처럼 그렇게 낭만적이지 않다. 쓰디쓰고, 지독하고, 험난할 뿐이었다.

애초에 중국인들에게조차 유령인 취급을 받는 흑해자이니까, 성장 배경도 좋을 리가 없었다.

다행히도 그 제도가 폐지됐다곤 해나, 이미 오랫동안 정책이 이어져 온 이상 그 피해자들은 아직도 많이 남아있었다.

"맞아요. 그래서 대부분은 구주방으로 들어가게 되죠. 구주방은 추적을 받을 수 없는 유령들도 아주 좋아하거든요."

지문이나 호적이 등록되지 않았으니, 그야말로 유령이다. 범죄를 저지르기에는 딱 알맞은 인재였다.

"자신을 대신해서 범죄를 저지르게 만들고, 그 이득을 모두 손 안에 넣고, 정작 그 아이들에게 문제가 생기면 헌신짝처럼 버려버리죠."

자오웨의 눈에서 서슬 어린 빛이 뿜어져 나왔다.

"몇십 년 전에 전대가 먼저 아이디어를 내고, 다른 방주들과 함께 의논하여 만들었다고 하네요. 정말 대단해요. 아주 효율적인 방법이죠. 감탄했어요."

자오웨가 비웃음을 흘리며 손뼉을 쳤다.

그 말에 그 누구도 대답하지 않았다.

그리고 잠시 침묵이 이어졌고, 그걸 깬 사람은 평소 목석처럼 서 있으며 말이 없던 칭후였다.

"우리도 흑해자였다."

"……그런가."

지우가 예상했다는 듯이 고개를 주억거렸다.

쌍둥이가 아이들에게 손을 대는 걸 극렬하게 싫어하는
모습을 보고 대충은 예상한 일이었다.

이 둘의 인생 역시 다른 앱스토어의 고객처럼 상상 이상
으로 불행하고 기구했을 것이다.

부모에게 버림을 받아 흑해자로 태어나고, 제대로 된 교
육을 받지 못하고 암흑가로 들어가 이용당한 일.

그리고 악착같이 이를 악물고 살아남은 일 등은 조심스
레 추측할 수는 있었다.

하지만 그에 관해서 굳이 묻지는 않았다.

이 다섯 명의 관계는 원래부터 그랬으니까.

그저, 자오웨와 칭후가 일방적으로 말하는 것뿐.

"자오웨, 칭후."

지우 역시 시선을 정면으로 고정한 채 말을 꺼냈다.

"말씀하세요."

자오웨와 칭후도 여전히 움직이지 않고 답했다.

"복수냐, 아니면 구원이냐."

자세히는 알 수 없으나, 흑해자로 태어났다면 분명 암흑
가로 흘러 들어가 이용당했을 것이 분명했다.

그렇다면 그 체계를 만든 구주방을 증오할 수도 있었다.

그리고 동시에 — 자신들처럼 이용당하지 않도록 흑해자

인 아이들을 구하려고 할지도 모른다.

어떤 목적으로 구주방을 손에 넣으려고 한 것일까? 그 욕망의 근원은 어디에서부터 흘러나온 것일까?

"둘 다 아니야."

자오웨의 말투가 변했다.

"예전에도 네가 말했다시피, 우리가 모인 건 세계를 어떻게 해보겠다는 것도 아니니까. 그저, 이익을 위해서 움직일 뿐이지."

"나에게 위선 떨지 말라고 하지만 네가 할 말은 아니지. 우리를 기만하지 않았으면 좋겠는데."

파지지직!

그의 몸에서 새파란 스파크가 튀겼다. 피부가 따가울 정도로 정전기가 일어났다.

"지금 너희가 하는 짓을 이해할 수가 없다."

이 대규모의 학교원 자체가 일종의 구원 체계이다.

또한 여기에 소속된 아이들이 모두 흑해자이고, 갈 곳을 잃은 아이들이라면 — 자오웨와 칭후는 구원자다.

그의 물음에 자오웨가 쿡쿡 하고 입 가리고 웃으면서 침착한 어조로 답했다.

"괜한 억측은 하지 않았으면 좋겠어. 이건 어디까지나

구주방주로서 인간 장사를 이용한 사업일 뿐이니까."

"……사업?"

"그래. 확실히 범죄에 이용하고, 쓰고 버리는 말로도 괜찮지. 하지만 난 좀 더 다른 방법을 쓰는 것뿐이야."

파지직 하고 튀던 스파크가 슥 하고 사라졌다.

"사랑이 부족한 아이들을 데려와서 달콤한 말로 속삭이고, 충성하게 만들지."

"……."

"그리고 다양한 직업군으로 양성시켜서 훗날 날 지켜줄 방패나 창이 될 거야. 어쩌면 돈을 벌어서 나에게 가져다줄지 모르겠네. 난 그저 아이들을 이용할 뿐."

가만히 이야기를 듣고 있던 백고천이 어이없는 듯 헛웃음을 흘렸다.

그를 제외하곤 모두 무심한 표정이었다. 아무런 감정도 들어있지 않았다. 지우 역시 두 눈을 지그시 감았다가, 무언가 결심한 듯 다시 눈을 떴다.

"이젠 너에게는 말을 높이지 않아도 될 것 같네. 기만자. 방주님이 아니라 대모(代母)라 불러드릴까?"

"어머, 말이 너무 심한 게 아닌가. 엄마라 한 번 불러볼래? 괜찮다면 내가 이 가슴으로 안아 줄 수 있어."

자오웨가 양 팔을 벌린 채로 손을 까딱였다. 차이나 드레스 덕에 풍만한 가슴이 더욱 부각되어 보였다.

지우는 그런 그녀를 깨끗이 무시하곤, 자리에서 일어나서 뒤에 있는 계단을 올라 저택 안으로 들어갔다.

"예전부터 생각했지만 네 성격은 솔직하지 못하달까……."

그의 중얼거림을 들은 자오웨가 웃는 얼굴로, 한편으로는 불쾌한 듯 눈썹을 살짝 구부리면서 뒤를 따랐다.

백고천은 어깨를 으쓱이면서 못 말리겠다는 듯 머리를 좌우로 저었고, 알렉산드라는 초코파이만 먹었다.

칭후는 둘의 뒤를 따라가려다가 멈췄다.

"여러모로 꼬였달까…… 귀찮은 여자야."

안으로 들어와, 주변에 사람이 없는 걸 확인한 지우는 뒤따라온 자오웨와 둘이 남자 진심을 꺼냈다.

"자오웨. 그동안 우리의 관계는 여러모로 애매모호했지."

정지우는 자오웨라는 인간을 신뢰하지 않는다. 이 일이 끝나면 언젠가는 서로 죽고 죽일 것이라 생각한다.

자오웨 역시 정지우라는 인간을 신뢰하지 않는다. 믿고 있는 건 그의 능력뿐이었다.

서로를 이용할 뿐인 관계. 언컨쿼러블이 사라지면 언젠가 싸워야할 관계.

"서로 맞지 않기도 하고, 믿지 않잖아."

"그래. 누가 먼저 뒤통수칠지 모르니까."

배신을 먼저 당하느니, 차라리 먼저 친다.

둘 다 그 생각을 하고 있었다. 방해자들만 없었다면 이미 깨어져야 할 동맹이었다.

백고천이 들어오는 걸로 알렉산드라로 균형을 이루던 것이 기울여졌으니까.

"하지만 이걸로 조금은 널 알게 됐어."

"네가 나에게 대해서 뭘 아는데?"

자오웨가 언제나처럼 능글맞게 물었다. 지우는 이를 깨끗이 무시하곤, 등을 보인 채로 말을 이었다.

"세상을 등지고, 내 가족을 지키기 위해서라면 뭐든지 할 수 있다는 것. 우리는 그 점이 지독하게 닮아서 본능적으로 서로를 믿을 수 없는 거야."

저 남자라면 가족을 위해 자신을 배신한다.

저 여자라면 가족을 위해 자신을 배신한다.

그(그녀)는 괴물이다.

그녀(그)는 괴물이다.

"우리의 방식은 잘못됐어. 네가 설사 수만, 수십 만 명의 아이들을 구원했다곤 하지만, 그렇다고 네 범죄 행위가 용서되는 건 아니지. 결코 용서받을 수 없어."

자신들의 행동이 얼마나 잘못된 것인지는 알고 있다.

그걸 변호할 생각은 없다.

"무슨 소리람. 미안하지만 아이들은 그저 내 돈벌이 수단일 뿐이야. 그걸 남들이 건드는 걸 싫을 뿐이란다."

자오웨가 어깨를 으쓱이곤 천천히 다가와 몸을 돌리는 지우의 코앞에 서서 눈을 마주쳐봤다.

"그러니까, 비슷한 부류끼리 다시 한 번 제대로 손을 잡자. 원한다면 앱스토어에서 계약서를 사는 것도 나쁘지 않지. 자오웨, 난 널 배신하지 않는다. 너는 네 사람들을 구해라. 나는 내 사람들을 구하겠다. 아니, 서로의 소중한 사람들을 위해서 움직이자."

"우리에게 대의라는 건 없어. 어디까지나 개인적인 '이익'을 위해서이지. 그래, 돈을 위해서인 것뿐이야. 그래서 당신이 마음에 들어. 그리고 지독하게 싫더라."

자오웨가 여우처럼 환상적이고 매혹적인 웃음을 흘리면서 손을 슬며시 뻗어 지우의 뺨을 매만졌다.

"아마 당신이 지독하게 원하는 돈 위에는 가족들처럼 소중한 사람들이 있겠지. 나도 그러니까. 그럼, 나 역시 당신을 칭후나 내 아이들처럼 그 안에 넣어두겠어. 그러니까,

당신 역시 날 소중하게 대해도록 해."

그녀가 그의 입술을 살짝 탐했다. 뺨을 슬며시 붙잡고, 입술을 부딪친 채 혀를 섞는다.

이윽고 침이 길게 늘어지면서 떨어졌고, 자오웨가 눈웃음을 지은 채로 무표정한 지우에게 말했다.

"재미없는 남자네. 이런 매력적인 여자가 유혹하는데 그대로 거부하다니."

"미안하지만 여자에게 홀려서 간이고 쓸개고 내 줄 생각은 없으니까. 그리고 우리 진도가 좀 빠른 것 같네. 오늘은 그저 서로의 인질을 공개하고 알게 됐으니까, 서로 배신만 하지 않고 협력하자는 정도라고."

지우는 손을 털듯이 흔들고 자오웨를 지나쳐서 다시 출입구를 향해 터벅터벅 걸어갔다.

"그래도 나에게 가족이 첫 번째이고, 돈이 두 번째라면 그 사이에 너희 정도는 넣어줄게. 그리고 네 남동생 앞에서 이런 짓은 제발 하지 마. 귀찮아지니까."

그 말에 자오웨가 입가를 가리곤 쿡쿡 웃으면서 지우의 뒤를 따라가며 아무렇지 않게 엄청난 발언을 했다.

"어머나, 그럼 칭후가 보지 않는 곳에선 괜찮다는 뜻이니? 그럼 바로 위에 가서 더 뜨거운 시간을 가질까?"

"자중해라, 할망구."

　　　　*　　　*　　　*

　구주방은 자오웨와 칭후의 손안에 떨어졌다. 중국의 암흑계는 큰 충격에 잠겼다.

　이 둘이 예전부터 이름을 날린 것은 알고 있었지만 여기까지 할 수 있었는지는 의문이었던 눈치였다.

　하기야, 전대의 구주방주가 워낙 대단한 사람이라서 그런 의문을 갖는 것도 당연했다.

　몇십 년 동안 중국 일대의 암흑계를 주름잡은 세계에서도 알아주는 범죄조직 구주방의 방주가 평범할 리가 없다.

　인터폴에도 단 한 번 잡혀본 적 없으며, 중국 공안조차 어찌할 수 없는 거물이었다.

　애초에 죽이는 것은 물론이고, 얼굴을 보는 것 자체도 힘든 인간이 하루아침에 잡혀서 고문을 받고 있으니 추측하지 못한 것도 전혀 이상한 일이 아니었다.

　어쨌거나, 자오웨와 칭후는 알렉산드라에게 도움을 받아서 구주방을 무시무시한 속도로 먹어치웠다.

　그리고 얼마 있지 않아서 신임식이 열렸다. 방주와 부방주를 향한 축하식이었다.

규모는 나름대로 큰 편이었으나, 정작 중요한 방주와 부방주의 얼굴을 본 사람은 극히 적었다.

이는 얼굴을 맞댈 수 있도록 허락된 사람이 새로이 임명된 구주의 방주들이었기 때문이다.

그러다보니 누가 볼 수 없도록, 또 이 행사에 중국의 공안이나 혹은 암흑가의 다른 조직원들이 오지 않도록 경계해야 했기에 호위 인원만 천에 이르렀다.

여러모로 복잡하고 귀찮은 행사였으나 필수로 해야 하는 일이었다. 신뢰와 위엄을 간접적으로 보여줘서, 이제 막 새로 시작된 구주방의 세력을 휘어잡아야만 했다.

물론 이미 자기 사람들로 다 채워놓았긴 하지만, 그건 모르는 법이다.

의리다 뭐니 하는 건 영화에서나 나오는 일인 법, 덤벼도 무섭지는 않지만 귀찮다. 언컨쿼러블과의 전쟁 도중에 그런 일이 터지면 정말로 귀찮고 짜증난다.

그래서 그걸 제지하기 위해 이렇게 나설 수밖에 없다는 것을 동맹원들에게 양해를 구했다.

"그러니까, 그다지 오래 걸리지는 않을 거니 너무 걱정하지 마. 금방 처리하고 전쟁의 준비를 할 테니까."

자오웨가 웃는 얼굴로 말했다.

"네가 말하는 거니까 정말로 걱정할 필요는 없겠지."

그녀는 다른 건 몰라도 일처리에는 확실하다. 저렇게 호언장담을 하는 걸 보면 시간이 별로 걸리지 않을 것이다.

"그런데, 왜 바바리코트에 선글라스냐?"

"홍콩 느와르 영화도 안 봤나 보네. 돈에만 환장하지 말고 문화생활에도 좀 투자하고 그러렴."

모 홍콩 영화를 연상시키는 바바리 코트였다. 다만 입지 않고 어깨에 걸치기만 했다.

그 안에는 언제나처럼 차이나 드레스가 언뜻 보였고, 시선을 위로 옮기다보면 자오웨의 선글라스가 보였다.

"사이비는 두고 가."

"저 말입니까?"

백고천이 고개를 갸웃거렸다.

"그래. 네가 있으면 기적을 보여주기가 좀 더 쉬우니까. 섭외할 정부 고위층이 여럿 있거든."

암흑가 인물들은 돈이나 힘으로 어떻게 할 수 있다. 그러나 중국 정부의 고위층 인물들은 좀 다르다.

그들 대부분은 구주방을 탐탁지 않게 여기며, 기회만 있다면 없애버리려고 한다. 사이가 좋지 않았다.

딱히 그들이 정의를 구현하려는 목적, 이라기보다는 구주방의 범죄 행위로 골치 아프기 때문이었다.

그래서 자오웨만큼도 중국 정부가 나설 때는 여러모로 조심하고 다닌다. 얼굴을 보이려 하지 않았다.

"그렇다면 알렉산드라가 좀 더 괜찮지 않겠어?"

"쟤 이제 돈 받더라. 몸값 비싸서 안 돼."

자오웨가 어깨를 으쓱이면서 답했다.

"예전에 목숨을 빚진 건 끝이 났으니까. 구주방주에 올랐으니 이후의 일은 네가 알아서 해라."

알렉산드라가 지나가듯이 무심한 어조로 말했다.

'아, 그랬지.'

그러고 보니 알렉산드라가 자오웨의 일에 모조리 협조적으로 나선 건, 하얼빈 때 자신을 살려줘서 그렇다.

거래로 제안한 건 어디까지나 구주방주의 자리. 그것까지는 도와준다고는 했다. 그리고 그 말처럼 끝났다.

또 이제 구주방의 정리 등은 딱히 동맹에 관한 공적인 일도 아니다보니, 돈을 주지 않으면 움직이지 않았다.

"잠시만요. 그럼 제 몸값은 싼 겁니까?"

백고천이 쓰게 웃으면서 물었다.

"솔직히 말해 봐요, 사이비. 당신이 저 사람보다 비쌀 것 같나요?"

알렉산드라의 마인드 컨트롤은 정말 언제 생각해도 막강하고 사기적인 능력이다. 괜히 한정 상품이 아니다.

"어차피 한국에 돌아가야 할 이유도 없으니, 중국에서 아르바이트나 하다가 나중에 합류하라고."

백고천이 수긍하고 있는 모습을 지우가 웃으며 바라보곤 말했다. 그리곤 시선을 다른 쪽으로 돌렸다.

"알렉산드라, 그렇게 됐으니 넌 나랑…… 음?"

그의 눈동자에 이채가 어렸다. 시선이 향하는 곳에는 멍하니 서 있는 알렉산드라가 보였다.

초점이 잡혀져있지 않는 눈동자로, 그리고 여전히 초췌한 눈매로 한 곳을 바라보고 있었다.

창문 너머로 보이는 정원에서 놀고 있는 아이들이었다.

"이봐요, 남의 아이들은 뭘 구경하고 있어요? 설마하니 납치할 생각을 하시는 건 아니겠죠?"

자오웨도 그걸 보곤 농담 삼아 물었다.

헌데 알렉산드라에게서 들려온 대답은 농담으로 쉽게 넘어갈 수 없을 정도로 충격적이었다.

"설마. 저 애들을 보니 내 딸이 어렸을 때를 보는 것 같아서 — 그리운 마음에 지켜봤을 뿐이다."

"푸후우우웁!"

한쪽 구석에서 차를 마시고 있던 칭후가 그대로 넘기지 못하고 모두 뿜어버렸다.

그 사이에 있던 다른 세 사람들의 반응도 마찬가지였다. 다들 경악하는 눈초리였다.

"따, 딸이요?"

사오웨가 얼마나 당황했는지 말을 더듬었다.

"아니, 뭐 이상한 건 아니지만……."

눈매가 좀 흠하긴 하지만, 미인인데다가 과거에는 의사이기도 했다. 남자가 있어도 이상하지 않다.

"설마하니 유부녀일 줄은."

칭후가 뿜은 차를 손수건으로 닦아내며 중얼거렸다.

"잠깐, 방금 딸이 어렸을 때라니…… 실례가 되지 않는다면 딸이 몇 살인지 알 수 있겠습니까?"

백고천이 무언가 이상함을 느끼고 물었다.

"17."

"콜록, 콜록콜록!"

이번에는 지우가 사례가 들렸는지 기침을 심하게 했다. 그걸 본 알렉산드라가 이상하듯이 쳐다봤다.

"뭘 그리 놀라지?"

"아니, 뭐. 십 대에 아이를 출산하다니, 좀 의외라서."

알렉산드라는 많아봤자 삼십 대 초반으로 보이니, 딸의 나이를 생각해보면 분명 출산은 십 대일 것이다.

흔한 일은 아니지만 그렇다고 아주 없는 건 아니었다.

"아무래도 뭔가 오해를 하고 있는 것 같은데."

이야기의 흐름을 듣고 대충 예상한 알렉산드라가 미간을 슬쩍 좁히곤, 머리를 느릿하게 기울였다.

"난 사십 대다."

"……거짓말."

선글라스가 흘러내리면서 바닥으로 떨어졌다. 자오웨는 다시 쓸 생각도 하지 못하고 입을 떡 벌렸다.

"아니, 뭐. 나이를 속여서 뭐하려고."

알렉산드라가 이해가 안 가는 표정을 지었다.

"잠깐, 혹시나 앱스토어에서 젊어지는 상품을 사신 건 아닙니까?"

백고천이 모두가 이해할 수 있는 질문을 던졌다.

회춘이라면 응당 인간이라면 꿈꾸는 것이 아닌가!

"그럴 리가. 조금 동안일 뿐이야."

"아니, 그건 동안인 수준이 아닌데……."

얼굴의 어디를 봐도 주름이 하나 없다. 거기에 불면증인 주제에 피부도 곱고 잡티도 없는 편이었다.

35세만 나와도 믿기지 않을 정도인데, 40대란다. 놀라지 않는 것이 이상했다.

"설마하니 저번에 아줌마라고 말했던 게 진짜일 줄은……."

예전에 알렉산드라가 한국에 있을 때, 자신의 뒤를 밟는 자를 잡기 위해서 동행한 적이 있었다.

그때 양아치들이 시비를 걸어왔었는데, 알렉산드라는 '나 같은 아줌마가 뭐가 좋다고.' 라면서 '아마 네가 유명인인지라 돈을 노리고 왔을 것이다.' 라고 답했다.

당시 지우는 알렉산드라가 자신의 미모에 대해서 자각하고 있지 않다고 생각하며 그냥 넘겼다.

헌데 그게 아니었다. 알렉산드라는 정말로 나이가 그럭저럭 있기에, 아줌마라고 생각한 것이었다.

"정확한 나이는 ― 아니, 됐어요. 왠지 모르게 들으면 열 받을 것 같네요."

자오웨가 짜증이 났는지 인상을 팍 찡그렸다.

그렇지 않아도 서양인은 동양인에 비해 노화가 좀 더 빠르거늘, 어떻게 된 모양인지 그녀는 전혀 아니었다.

"설마하니 유부녀일 줄은 몰랐습니다. 당신 같은 사람과 누가 결혼을 했는지 정말로 궁금하군요. 아, 물론 딱히 비꼬는 의미는 아니라, 순수한 호기심입니다."

"남편과는 사별한 지 제법 돼서 기억은 잘 나지 않지만…… 의학적인 호기심이 많은 남자였지. 외과의였어."

알렉산드라는 별거 아니라는 듯이 얘기해 줬다.

"이걸로 당신까지 합해서 우리는 그럭저럭 숨기는 것이 없는 사이가 된 것 같군요."

"그런 셈이지. 다들 서로에 대해서 알고 있는데, 나 혼자만 숨기고 있는 건 좋지 않으니까."

한국인 두 명에 대해선 솔직히 딱히 숨기는 것이 없어서 조금만 조사해도 알 수 있었다.

특히나 백고천의 경우에는 동맹으로 데려올 때 자체적으로 과거에 있었던 일을 설명해 주지 않았는가.

허나 쌍둥이나 알렉산드라의 경우엔 조사해도 쉽게 알아낼 수 있는 것이 아니라서 이번처럼 스스로 말해주지 않으면 잘 모른다.

이번에 자오웨와 칭후가 과거를 얘기해 주면서 알렉산드라를 제외하곤 모두 서로에 대해서 대강 파악했다.

알렉산드라가 굳이 자신의 이야기를 해 줄 필요는 없다. 그 누구도 그걸 강요하지 않는다.

그러나 안 그래도 경계심을 잔뜩 가지고 있는 동맹에서 혼자만 꽁꽁 숨기고 있다면 여러모로 손해를 보긴 한다.

이에 알렉산드라는 객관적으로 무작정 감추는 것보단 분위기에 따라 공개하는 것이 이득이란 걸 깨닫고는 동맹원들의 질문에 대답해줬다.

"여전히 짜증날 정도로 머리는 잘 돌아가네요. 사람의 심리를 이렇게나 잘 파악하다니. 전직 정신의답군요."

"과한 칭찬이야. 의사가 아니어도 이 정도는 알아. 기본적인 거니까."

알렉산드라가 어깨를 으쓱이곤 몸을 돌려 창문에서 떨어졌다.

"아쉽게도 당신의 이야기는 여기에서 슬슬 끝내야겠네요. 더 듣고 싶지만 일이 있어서요."

자오웨도 볼일이 생각났는지, 떨어진 선글라스를 주워서 어깨를 으쓱였다.

"그럼 나중에 봐요."

다시 세 명과 둘로 나뉘어졌다. 지우는 이번에는 알렉산드라와 함께 전용기에 탑승했다.

기장을 비롯하여 스튜어디스나 비서진들은 눈이 휘둥그

레질 정도의 미녀를 대동하자, 처음엔 좀 당황했으나 다시 평정을 유지하며 아무렇지 않은 척했다.

과한 호기심은 화를 부르는 법. 어차피 이 일에 불만 하나 없으니, 차라리 입 다무는 편이 신상에 좋았다.

비서실장의 경우에는 과거 사업 파트너 겸 스캔들 상대였던 알렉산드라에 대해서 알고 있었지만, 역시나 괜한 관심을 끄곤 철저하게 회장의 손님으로 대했다.

'허, 아직도 믿겨지지 않네.'

아직 출발하기 전, 전용기 내 소파에 앉아서 단추 몇 개를 풀어 헤친 알렉산드라의 육감적인 몸매를 보곤 감탄사가 흘러나왔다.

얼굴도 몸매도 모두 결코 40대라 부를 수 없었다. 웬만한 스무 살 연예인과 비교해도 지지 않을 정도였다.

"나에 대해서 조금 알고 싶어 하는 눈치인데."

시선을 느낀 알렉산드라가 물었다.

"음, 뭐. 조금은."

호기심이 생기는 건 어쩔 수 없는 일이다.

"흐응, 좋아. 굳이 숨길 건 없으니까."

제2장

우리는 우리의 길을 계속 걷는다

"여기는 ― 도대체 어디지?"

전용기는 한국으로 돌아가지 않았다. 알렉산드라가 자신에 대해서 알려주겠다며 항로를 바꾸었다.

비행기 내에 있는 사람들에게 기억의 제한까지 걸어두곤 어디론가 알 수도 없는 곳으로 향했다.

그래서 도착한 곳은 위치도 자세히 알 수 없는 수수께끼의 섬이었다.

헌데 그 섬이 평범하지 않았다. 음울해 보이는 짙은 회색 숲으로 된 도시로 이루어진 섬이었다.

"아니, 여긴 — 모스크바의 거리잖아?"

도시 자체가 섬인 곳에 도착했을 때, 어디선가 본 광경이라고 생각했다. 그래서 어디인가 하고 기억을 되짚어봤는데 이곳이 모스크바라는 걸 알 수 있었다.

그래서 얼른 스마트폰을 꺼내서 확인해 보니 사진 속에 보이는 모스크바와 전혀 다를 것 없었다.

그야말로 컴퓨터로 복사해서 붙여놓은 수준인지라 이 섬의 형태를 본 지우는 깜짝 놀랐다.

분명 활주로로 착륙하기까지 하늘 위해서 섬이라는 걸 확인했다. 그렇다면 여긴 러시아가 결코 아니다.

무엇보다 이 모스크바 거리에는 이상할 정도로 사람들이 존재하지 않았다. 여긴 뭔가가 이상하다.

"그래. 모스크바지만 모스크바가 아니지."

알렉산드라가 긍정했다.

"그 뜻은……."

"네가 생각하는 대로 일 거야."

모스크바라는 도시 전체를 섬에다 옮겨 구현했다. 그 뜻이었다.

"허, 돈이 장난 아니게 들었을 텐데."

모스크바의 모든 걸 복사해서 새로 만들었다면 — 대체

얼마나 들었을까. 어차피 기술이야 드워프가 있으니 불가능한 건 아니겠지만, 그만큼 돈이 많이 들 것이다.

지우만 해도 양로원도 그렇고 테마파크도 그렇고 건설하는데 상당한 돈을 소모했다.

도시 자체를 만들어 달라는 건축 의뢰를 하면 시간과 돈이 얼마나 소모됐을지 감히 상상조차 할 수 없었다.

"왜 대체 이런…… 아니, 됐다."

지금 그걸 알기 위해서 이동 중이었다.

모스크바의 도모데도보 국제공항을 그대로 옮겨둔 곳에 착륙한 뒤, 준비된 차량으로 아무도 없는 도로를 달렸다.

어딜 가도 사람이 한 명도 없으니 마치 이 세상이 멸망한 것 같았다.

신호도 지킬 필요 없으니 깔끔히 무시한 채, 거의 최고 속력으로 달렸다. 알렉산드라가 불면증인 게 좀 불안하긴 했지만 그래도 운전은 굉장히 잘했다.

그리고 얼마 지나지 않아 차량이 시내에 있는 종합병원 앞에서 멈춰 섰는데, 여기서 또 의문을 느끼게 됐다.

"사람들이……?"

분명히 이 병원 인근에 오기 전까진 아무도 없었다. 인기척 하나 느껴지지 않았다.

그러나 이 근처 거리에 들어서면서는 전혀 달랐다. 정확한 수는 셀 수 없지만 상당한 수의 사람들이 보였다.

더욱 묘한 것은 그들이 일상적인 생활을 보내고 있었다는 점이었다.

카페에 들어가서 수다를 떨고 있고, 거리를 걷거나, 혹은 악기를 연주하는 등 다양한 모습을 보였다.

회사원으로 보이는 자도 있었고 학생도 있었다.

성별이나 연령대는 다양했으며, 심지어 구걸을 하고 있는 노숙자도 보였다.

왜인지는 모르겠으나 청소년이 특히나 많았다.

어쨌거나 모스크바 아닌 이 비정상적인 동네에서 저렇게 일상생활을 보내고 있으니 기시감이 느껴졌다.

"병원 안으로 들어가면 널 알아보는 자들이 많지는 않겠지만, 있기는 할 거야. 하지만 건들지 말아줘."

"상관은 없지만 제대로 설명해 달라고."

이에 알렉산드라가 머리를 미미하게 끄덕인 뒤, 그와 함께 병원 안으로 들어섰다.

병원 안으로 들어서자 특유의 소독 향기와 더불어 눈이 부실 정도로의 새하얀 벽이나 천장이 들어왔다.

안에는 복장으로 알 수 있는 환자나 혹은 의사와 간호사들이 돌아다니고 있었다.

제일 먼저 카운터에 자리한 간호사가 이쪽을 보다니 아는 체를 하면서 다가왔다.

"선생님, 여기 있습니다."

간호사가 차트를 슬며시 건넸다. 알렉산드라는 차트를 건네받아 대충 읽어 내리면서 걸었다.

"안녕하세요, 선생님."

"반갑습니다, 원장님."

지나갈 때마다 여기저기서 선생이라던가 원장 등의 호칭이 들려왔다.

알렉산드라는 차트에 고정한 채 인사에 대충 답한 뒤 엘리베이터로 향했다.

"슬슬 대충 얘기 좀 해주지 그래."

"아, 네가 있었지. 미안해."

알렉산드라가 눈을 껌뻑이곤 차트에서 드디어 시선을 떨어뜨렸다.

딩동.

엘리베이터가 도착하면서 문이 열렸다.

"그럼 나에 대해서 조금 얘기할까."

문이 열리자마자 간호사가 의사 가운을 들고 서 있었다.

간호사는 가운을 넘겼고, 알렉산드라가 갈아입었다.

"그다지 대단한 삶을 살아온 건 아니야. 다만 아버지란 인간이 심한 알코올 중독자에, 폭력배였지."

항상 술에 취해있었다. 취하지 않았을 때를 보기가 힘들 정도였다.

단순히 술에만 취해 있으면 또 모른다. 술버릇 역시 만만치 않을 정도로 더러웠다.

화를 내거나, 짜증을 부리거나, 욕설과 폭언. 그리고 폭력에까지 이어졌다.

그런 사람이 근처에 있다면, 당연히 피해를 입는 것도 근처의 사람이다. 특히 가족이 그렇다.

알렉산드라와 그녀의 어머니는 가정폭력에 시달렸다. 특히 어머니의 경우가 그랬다.

딸을 지키기 위해서 폭력 남편에게 저항했으나, 그게 더 자극이 됐는지 무차별적인 폭력이 돌아왔다.

비명이 끊이지 않았고, 경찰이 수도 없이 왔고, 온몸에는 멍이 들었다.

"그렇게 하루하루 당하면서 살던 날, 내가 스물이 되기 전 무렵일까. 그가 날 강간하려 들더군."

"음."

지우가 침음을 흘렸다. 막상 이런 이야기를 들으니 어떻게 반응해야할지 몰랐다.

"다행히 엄한 일을 당하지는 않았어. 그녀가 그를 죽여 나를 지켰거든."

알렉산드라는 여전히 무덤덤한 얼굴로 말했다. 언제나처럼 예의 무표정을 유지했다.

그 얼굴에는 어떠한 감정도 없었다. 분노도 슬픔도 그리움도 아닌, 텅 빈 감정이었다.

"어머니란 참으로 이상하면서도 대단하지. 그동안 자신이 당하던 건 꾹 참아왔는데, 딸에게 위해가 가려고 하자마자 그걸 참지 못하고 살인까지 했으니까."

알렉산드라의 입가에 초코파이가 물린다.

"원래부터 나약한 사람이었어. 눈물도 많았고, 툭하면 울었고, 또 개보다 못한 남편을 신고하지도 않았지."

우물우물.

"그런 사람이 사람을 — 그것도 반평생 이상을 함께해 온 사람을 죽였으니 멀쩡할 리가 없었지. 이후에 정신상태가 무척 불안해져 결국은 집 바깥으로 한 걸음도 나가지 않게 됐지."

"혹시, 의사가 된 건……."

"그래. 어떻게든 그녀에게 보답을 하고, 병도 고쳐주고 싶었어. 더 이상 고통 받지 않았으면 했으니까."

알렉산드라가 의사가 되기까지의 길은 험난했다.

애초에 알코올 중독자 아버지이니, 가정이 제대로 될 리가 없었다. 친척과도 모두 연이 끊겨 있었다.

겨우겨우 정부 지원금 정도를 받는 정도였다. 헌데 그 마저도 어머니의 항우울제나 수면제로 사라졌다.

그래서 수면 시간을 줄이고, 공부를 열심히 하고, 거기에 아르바이트까지 했다.

다행히 이렇게 죽자 살자 노력한 덕분일까, 의대에 들어가 장학금으로 버티며 의사까지 될 수 있었다.

"하지만 의사가 되는 과정이 너무 험난했던 것이 문제였지. 돈을 벌려고 집을 자주 비웠어. 그녀는 내 생각보다 그렇게까지 강하지 않았지. 내가 자주 보이지 않자, 고독을 느꼈는지 자살해 버렸거든."

한 사람을 위해서 모든 걸 걸었으나, 그 결과는 그다지 좋지 못했다. 그야말로 불우한 인생이었다.

이제 곧 의사가 되어서 도와줄 수 있는데, 정작 그녀가 버티지 못하고 스스로 목숨을 끊었다.

여타 고객들처럼 불우한 운명이었다.

"아무리 나라도 그때는 좀 힘이 들었지. 하지만 그대로 무너질 수는 없었어. 임신했었거든."

전 남편과는 의대에서 만났다. 서로 적당히 알맞고, 또 힘들었던 자신을 도와줘서 사랑에 빠졌다.

첫 사랑이었다. 괜찮은 사람이었다. 행복해질 것이라 생각했다. 그리고 아이를 임신했다.

"그리고 얼마 지나지 않아 불행이 또 찾아왔지."

"뭐였지?"

"남편이 살해당했다."

남편이 보던 환자가 있었다. 교통사고를 심하게 당한 상태였다.

응급실에 실려 온 환자는 누가 봐도 가망이 없었다.

하지만 전 남편은 포기하지 않고 환자를 돌봤다. 어떻게든 살리기 위해서 힘을 써서 구하려고 했다.

그러나 결국 그 노력에 불구하고도 환자는 끝내 명을 달리했고, 환자의 형제가 이성을 잃은 채 덤벼들었다.

환자의 형제가 의자를 들어서 전 남편의 머리를 마구 두들겨 쳤고, 근처에 있던 시큐리티가 달려왔으나 상황이 너무 좋지 않았다. 전 남편은 그 자리에서 사망했다.

"슬펐지. 하지만 절망할 수는 없었어. 내 딸이 있었으니까. 그 아이를 키우기 위해서 무너져서는 안 되니까."

알렉산드라가 어떤 병실 앞에서 멈추었다. 그녀가 바라
보는 시선에선 애정이 한껏 묻어났다.

항상 무심하고 초췌해보였던, 음울하게까지 느껴졌던 눈
에서 처음으로 아름다운 감정을 볼 수 있었다.

모성애.

"음, 딸의 어린 시절에는 특별한 문제는 없었어. 곁에 보
모도 붙여줬고, 퇴근도 일찍 해서 신경 써줬으니까."

끼이이익.

병실의 문이 천천히 열렸다.

"원래 모스크바에서 그렇게 평온한 삶을 살아왔으나, 여
러 사정으로 전근을 가게 됐지. 다만, 이사 간 지역에서 딸
이 따돌림을 당했던 모양이야. 하필이면 그게 문제가 되어,
딸이 심각한 정신병을 안게 됐지."

말이 끝나기 무섭게 비명소리가 흘러나왔다.

"놔! 이거 놓으란 말이야! 꺄아아악!"

두 사람이 병실 안으로 들어오자마자, 간호사들이 안간
힘을 쓰는 모습이 보였다.

그녀들은 어쩔 줄 몰라 하며 침대 위에 앉아있는 여자를
붙잡고 있었다.

자세히 보니 알렉산드라의 미모를 그대로 물려받은, 이제 막 성인이 된 듯한 백인 여성이었다.

"아, 원장님……."

"무슨 일?"

"그게, 진정제를 넣으려고 하는데……."

의사로 보이는 자가 주사기를 들고 곤란해 하고 있었다.

알렉산드라는 딸로 추정되는 환자의 앞에 가, 의사에게 주사기를 건네받았다.

의사를 대신하여 주사기를 넣으려고 조심스레 다가갔으나, 간호사 중 한 명이 도중에 힘을 버텨내지 못했는지 딸이 순간 빠져나가 주사기를 빼앗았다.

"죽어, 이 괴물아!"

이에 지우가 깜짝 놀라 막으려고 했으나, 그 전에 알렉산드라가 먼저 몸을 밀어내 일부러 맞았다.

주사기의 바늘이 비스듬하게 이마를 부욱 찢어 갈랐고, 피가 흘렀다.

"워, 원장님! 지금 뭐하고 있는 거야!"

의사가 당황하면서 간호사들에게 호통을 쳤다.

"괜찮아."

알렉산드라는 피가 흐르는 데도 여전히 눈 하나 깜짝 하지 않았다.

"어쩔 수 없네. 묶어 놓고 나가."

"……알겠습니다."

의사와 간호사들이 한숨을 푹 내쉬었고, 어디선가 구속구를 가져와서 날뛰는 딸을 묶었다.

"아마 넌 이렇게 생각하고 있을 거야. '엘릭서를 왜 이용하지 않는 거지?' 라고."

알렉산드라의 질문에 지우는 무언으로 긍정했다.

"어쩌면 엘릭서가 통할지도 모르지. 하지만, 난 앱스토어의 상품 자체를 내 딸에게 사용하고 싶지 않아."

"싫어! 싫어어어! 꺼져, 이 괴물아아아!"

딸이 눈물까지 흘려대며 비명을 지른다.

"……이보다 더 나쁜 상황은 없을 텐데?"

"정지우, 기억할지 모르겠지만 예전에 내가 마음을 읽을 수 있었다고 했지?"

알렉산드라가 백의에 손을 찔러 넣곤 물었다. 피는 닦지 않아 바닥으로 뚝뚝 떨어졌다.

"마음을 읽을 수 있는 정신병학 전문의라니, 이보다 대단한 건 없지…… 이론적으로는 말이야."

"……설마."

꺄아아아악!

"정지우, 한 가지 충고하지."

알렉산드라의 눈동자에 딸의 모습이 비쳤다.

"기적의 앱스토어로 세상의 모든 문제를 해결할 수는 없어. 그러니까, 나는 더 이상……."

절규하듯이 고통스러워하는 딸이.

"딸에게 그것에 관련된 걸 쓰고 싶지는 않아."

그리고 그걸 보는 알렉산드라의 슬픔이 느껴졌다.

"무슨 일이 있었지?"

"내 딸 — 나탈리아는 따돌림으로 인하여 마음에 상처를 입고, 완전히 망가져버렸지. 그걸 고치려고 정말로 많은 노력을 했어."

알렉산드라의 주위에는 아무도 없었다.

친구도, 남편도, 친척도 없었다. 동료가 있긴 했으나 마음을 놓을 정도는 아니었다.

오직 있는 건 나탈리아, 소중한 딸뿐이었다.

그래서 딸을 위해서 심혈을 기울였다.

마침 정신학 전문의가 아닌가. 자신이 다니는 병원에 입원시킨 뒤에 어떻게든 해보려고 열심히 노력했다.

그러나 마음의 상처는 생각보다 깊었다. 몇 년이 지나도 나아질 기미를 보이지 않았다.

그러나 알렉산드라는 결코 절망하지 않았다. 좌절하지 않았다. 포기하지 않았다.

나탈리아를 보면 어머니가 떠올랐다. 고통 속에 괴로워하며, 아무것도 하지 못하고 죽어버린 어머니가.

"내 어머니처럼 그리 어이없게 보낼 수는 없었어. 어떻게든 해보려고 노력했지. 그리고……"

"찾아왔나."

기적의 앱스토어

악에 물든 흡혈귀, 카르밀라 바토리는 말했다.

남들보다 불행해야 하며 — 또 그 불행도 정복할 수 없는 노력과 의지가 있어야한다.

그러나 그 노력과 의지로도 어떻게 할 수 없어 절망했을 때. 다시 한 번 일어나게 되면 기적이 찾아온다.

"마음을 보고, 읽을 수 있는 안경을 샘플로 받았다. 아, 이렇게 된 거 하나 알려주지."

알렉산드라가 무언가 생각난 듯이 말했다.

"앱스토어는 고객이 된 자들이 좀 더 쉽게 믿을 수 있도록, 그 상황에서 필요한 것 몇 가지를 주지."

"……대충 예상은 했어."

양추선이나 백고천도 그랬고, 세르게이 때도 그랬고 항상 무료로 받는 샘플이 다양하다는 걸 알게 됐다.

그리고 그게 그들의 과거나 현 상황에 관련된 것을 보고 대충은 그럴 것이라 생각하고 있었다.

이렇게 접근성을 높이다니, 기적의 앱스토어의 영업 능력만큼은 여전히 대단하다.

"그리고 그 샘플로 딸의 마음을 읽었어."

상품의 효능이 그렇게까지 대단한 건 아니었다.

마음을 읽는다고 해도 여러 가지 제한이 있었다. 단편적인 생각 정도였다.

횟수도 그다지 길지 않아서 정신을 고쳐줄 수단을 건진 것도 몇 가지 없었다.

그래도 모스크바에서 지냈던 행복한 기억 덕에, 그곳으로 돌아가고 싶다는 마음은 알 수 있었다.

이 단순한 마음조차 파악할 수 없을 정도로 자신의 딸의 마음은 많이 망가져 있었다.

이후 다시 모스크바로 돌아갔고, 자신이 아는 병원에 입원시켰다. 집에 두었다가 자신의 어머니 때처럼 최악의 경우가 일어나는 건 사절이다.

"원래는 나 역시 엘릭서를 구하려고 돈을 모았지."

의사이다 보니 확실히 돈은 많이 버는 편이었으나, 엘릭서를 구하기에는 아무래도 부족한 편이었다.

포션은 정신까지 치유해 주는 것 같지는 않아 별 수 없이 수단을 가리지 않고 돈을 모아야했다.

이에 알렉산드라는 불법에도 손을 뻗기 시작했다.

의사이다 보니 당연히 약물에 접근하기도 쉬운 편이었다.

우울증 환자 상대로 처방되는 의료용 약 중에서 마약으로 불리는 것도 제법 있다.

그래서 이 약물에 손을 대서 몰래 판매. 그때 레드 마피아와의 연이 생겼다.

이후 돈을 모아 엘릭서를 사려고 했으나, 우연찮게 기적의 앱스토어에서 한정 상품을 목격하게 된다.

그것이 바로 정신 조작 능력, 마인드 컨트롤.

등장만으로도 선과 악의 조직을 긴장하게 만들었다.

아군이 되지 않으면 살해하는 그 디스페어조차도 알렉산드라의 힘을 경계하여 건들지 않았다.

어쨌거나, 알렉산드라는 엘릭서를 사려다가 — 생각을 바꿔서 이 한정 상품을 구입한다.

"그때 엘릭서를 선택했다면…… 달라졌을까."

한정이라는 프리미엄도 붙었고, 남은 수량도 하나. 거기에 능력 자체도 충분히 매력적이었다.

처음 봤을 때 가치가 '조'라고 해도 전혀 이상하지 않게 느껴질 정도였다.

당시 알렉산드라는 마침 레드 마피아에게 약물을 넘긴 것이 혹시라도 발각되면 어쩌나 하고 걱정했었다.

그렇다면 의사 자격 박탈은 물론이고, 잘못하면 감옥으로 끌려가게 된다. 그러면 나탈리아도 죽는다.

그래서 고민 끝에 이 상품을 선택했다. 무엇보다 마음을 제한 없이 읽을 수 있다는 것이 만족스러웠다.

엘릭서에 비해서 조금 시간이 걸리고 힘들 수는 있지만, 이것으로도 고칠 수 있을 것이라 생각했다.

"실패했군."

"그래."

성공했다면 나탈리아가 저 모양일 리가 없으니까.

"상품의 설명에 '마음을 읽을 수 있다.'라고 밖에 쓰여 있지 않다니, 정말로 지독한 놈들이야."

알렉산드라가 자조하면서 쓸쓸한 표정을 지었다.

"마음을 읽는 건 둘로 나누어진다."

하나, 어떤 생각인지 자세히 모르나 감정 정도는 알 수 있다. 대충 어떤 생각을 하는지도 느낌만 안다.

위와 같은 경우만 해도 큰 도움이 된다. 거짓말과 진실 유무를 알 수 있으니까. 속마음도 대충 알 수 있고.

명확한 말 같은 건 알 수 없지만, 그와 근접하게는 알 수 있다.

"여기까진 나쁘지 않지. 그러나 그 다음이 문제야. 나머지는 마음에 들어가서 모든 걸 열어보는 거지."

"그건……."

"둘, 심상개입(心想介入)."

마음의 문을 열어, 그 안으로 들어가 모든 걸 본다.

설사 자신이 모르는 무의식조차도 피할 수 없었다. 마인드 컨트롤은 이름 그대로 마음을 지배한다. 비유를 하자면 잠긴 문을 모조리 열 수 있는 마스터 키였다.

"감정, 생각, 이념, 문제, 고민…… 그 무엇이든지 알 수 있는 힘이지만, 생각지도 못한 단점이 있다."

"단점?"

"방 안에 있는데, 허가받지 못한 사람이 문을 억지로 열어서 들어온다면 당연히 눈치를 채."

상대방도 심상개입을 느끼게 된다.

그게 크나큰 실수였다.

"사람을 무서워하게 되어 마음을 닫은 환자에게 갑작스

레 심연까지 다가가다니, 해서는 안 될 짓이야."

괜한 자극만 하는 꼴밖에 되지 않았다.

"이후에 벌어진 일은 굳이 설명하지 않아도 알걸."

나탈리아는 알렉산드라의 개입을 눈치챘다.

일반인이라고 해도 그 개입에 당황하고, 두려움을 느낄 텐데, 하물며 정신병자다. 그걸 아무렇지 않게 받아드릴 리가 없었다. 반대로 상황은 악화만 됐다.

결국 나탈리아는 하나밖에 없는 가족, 어머니조차 제대로 인식하지 못했다.

아니, 인식을 못 하는 수준 정도가 아니라 사람이 아닌 괴물로 생각하게 됐다.

'이 어찌나……'

신음이 절로 흘러나왔다. 뭐라 말해야 할지 몰라 말문이 막혔다.

알렉산드라도 세르게이와 마찬가지로 불쌍한 사람이었다.

기적을 손에 넣었거늘 정작 그 기적으로 아무것도 하지 못하고 그저 상처만 입을 뿐이었다.

"마음을 읽는 능력을 그때 일 이후로 쓰지 않게 됐다. 앱 스토어의 상품 또한 마찬가지고."

그게 알렉산드라의 트라우마.

"하지만 그렇다고 딸을 포기할 수는 없잖아."

알렉산드라가 쓰게 웃으면서 손을 슬며시 뻗어 나탈리아의 머리를 쓰다듬었다.

"아아아악! 싫어어! 가, 가란 말이야!"

손이 닿자마자 나탈리아가 경기를 일으키며 발광한다. 그 반응에 알렉산드라는 씁쓸한 표정을 지을 뿐.

"그래서 나를 제외하고 세계에서 막대한 돈이나, 연구시설이 필요한 저명한 의사나 심리학자들을 데려왔다."

돈은 충분할 정도로 많았다.

마약을 판매한 돈도 있고, 제약이 있는 마인드 컨트롤이라곤 해도 마음만 먹으면 큰돈을 벌 수 있었다.

다만 수많은 의사들이나 학자들을 데려오게 된다면 문제가 좀 생긴다.

환자 한 명에게 이런 노력을 쏟아 부으면 당연히 정부나, 다른 고객들에게 눈이 띄게 된다.

그래서 알렉산드라는 아예 주인이 없는 섬 하나를 구입하고, 정신병원 시설 자체를 만들었다.

행복했던 기억이 남았던 모스크바의 거리. 오직 딸인 나탈리아를 위해서 만든 세계.

"확실히 돈이란 건 좋지. 그들에게 두둑한 연구비와 급료를 지원해주니 순순히 비밀을 지켜줬거든."

그 덕분에 아무도 모르는 정신병원 섬이 완성됐다.

"그들의 마음을 조작하면 그럴 필요는 없을 텐데."

"이 힘이 딸에게 또 어떤 불행을 선사할지 모르니까. 만약 정신이 조작되어, 전문의들에게 조금이라도 영향이 간다면 치료는 늦어지거나 잘못될 가능성도 있다."

알렉산드라는 약간의 가능성조차 배제하고 싶었다. 처참하게 실패한 만큼, 신중할 수밖에 없었다.

"도시 유지는 드워프가 있으니 문제없을 테고. 거리의 사람은?"

지우가 창문 바깥을 눈짓으로 가리켰다.

"여기서 일하는 관계자들의 가족도 있지만 — 러시아에서 자살을 시도했거나 심한 정신병을 앓았던 환자들. 그들을 데려와 기억을 지우고 살게 만들었지."

"……알렉산드라."

지우가 두 눈을 지그시 감았다.

"네가…… 하는 짓은……."

"안다."

알렉산드라가 무미건조한 어조로 답했다.

"어차피 죽어야 할 사람들을 살렸으니 괜찮다, 라는 합리화는 하지 않아."

우울했던 기억을 지우고, 마음을 지배하여 정신병을 없애버렸다. 그리고 바깥 세상에 대해 의심을 하지 않도록 손을 쓰고, 그들을 상자 속에 가뒀다.

딸이 아닌 사람들에게 정신 조작을 거는 건 어렵지 않았다.

그리고 딸의 시선이 닿는 창 바깥을 어색하게 만들지 않기 위해서 거리의 사람들까지 완벽히 구현했다.

이 섬은, 오직 나탈리아를 위해서 만든 거대한 규모의 정신병동이다.

"내가 하는 짓은 죄악이다. 난 구원받지 못해. 이건 용서받지 못하지…… 하지만, 나탈리를 위해서라면."

알렉산드라가 특유의 퀭하고 초췌한 눈으로 나탈리아의 애칭을 부르며 부드럽게 웃었다.

"뭐든지 해."

병상에 구속된 채 비명을 지르는 딸.

"싫어요, 무서워…… 차라리, 차라리 죽여 줘요…… 부탁드릴게요, 그냥 죽여 주세요. 해치치 마세요……."

그 침상 앞에 서서, 흰 가운을 입고 앉은 어머니.

"나탈리, 괜찮단다. 널 더 이상 괴롭게 하지 않을게. 어떻게든 구할 거란다. 사랑한단다…… 나탈리."

딸을 바라보는 어머니의 뒷모습 몹시 슬퍼보였다.

눈을 감으면 꿈을 꾼다.

멋대로 살리고, 섬에 가둔 환자들이 저주를 퍼붓는다.

죽어버린 어머니가 왜 구해 주지 않느냐고 원망한다.

왜 혼자 두었냐고 딸이 소리를 지른다.

마약을 판매해 삶이 엉망이 된 사람들이, 그 가족들이 눈만 감으면 찾아와서 몇 번이나 절규한다.

지금까지 자신의 손에서 죽어버린 사람들도 원령이 되어 나타났다.

"이런 엄마라서 정말 미안하구나…… 나탈리."

눈물은 흘리지 않지만, 그 모습이 꼭 우는 것 같다고 생각됐다. 그는 그녀에게 다가가 어깨를 슬쩍 붙잡았다.

"알렉산드라."

불쌍한 사람이다.

"우리는 지옥에 간다."

그렇지만 그 악행을 용서받을 수는 없다.

"주변을 위해 너무 많은 걸 희생했어."

사정은 딱하다. 그렇지만 거기까지다.

"너무 멀리 와버렸어."

용납할 수 없는 일이고, 죄악을 저질렀다.

"그러니까."

아무리 기도하건 그건 용서받지 못한다.

"우리는 우리의 길을 계속해서 걷는다."

멈추지 않고.

제3장

오빠가 미안해

대한민국, 서울.

자오웨와 칭후 — 그리고 알렉산드라까지. 이제 여태껏 모르고 있던 사정과 마주하게 됐다.

여태껏 오직 이익만을 위해서 손을 잡아왔다. 필요가 있다면 언제든지 배신할 준비를 하고 있었다.

언컨쿼러블만 없었다면 진작 맞붙었어도 전혀 이상하지 않은 일이었다.

그렇지만 이번의 교류를 통해서 약간의 변화가 일어났다.

바로 일정한 손해를 봐서라도, 서로를 어느 정도 신뢰해

주고 따르겠다는 것. 어찌 보면 진정한 동맹이었다.

"그렇다고 녀석들처럼 동료를 위해서, 라거나 바보 같은 행동을 할 생각은 없다."

알렉산드라가 무심한 어조로 말을 툭 내뱉었다.

나탈리아를 위한 정신병동, 모스크바 아일랜드에서 불쌍하게 보였던 어머니의 모습은 없었다. 언제나처럼 감정을 배제하고, 이성적인 면을 유지한 채 냉철하게 말했다.

"나야말로 사양이다."

미안하지만 신뢰가 좀 쌓였다곤 해도, 우정이니 뭐니 거론할 정도로의 사이는 아니었다.

효율이 떨어진다면 반대로 다시 이 쌓인 신뢰를 끊을 생각이었다. 애초부터 그런 사이였다.

"그나저나, 이제 숨어 지낼 필요가 없으니 좋은데."

알렉산드라가 슬며시 미소 지었다.

그동안 선이다 악이다 뭐니 하는 조직의 경계 때문에 숨어 지내던 것이 하루아침이 아니었다. 얼굴을 가리고, 신분을 속이고, 여러모로 귀찮은 짓을 했다.

하지만 이제 이미 다 밝혀진 이상 굳이 그럴 필요가 없어졌다. 당당하게 얼굴을 들고 다닐 수 있었다.

"스캔들이다 뭐니 하면서 날 숨길 생각이라면 사양하겠

어. 얼마만의 자유인지 모르겠으니까."

과연 그 알렉산드라도 그동안의 생활에 답답함을 느꼈던 모양이었다. 표정을 보고 심경을 알 수 있었다.

"괜찮아. 예전에 업무 관계이기도 하고, 어차피 더 이상 날 건들 수 있는 언론은 없어. 외신들이 마음에 좀 걸리긴 하지만, 어차피 무마하면 그만이야."

애초에 대한민국 언론사 자체는 자신의 손 안에 있었다. 그 누구도 건들 수 없는 것이 자신이 됐다.

외신도 조금 귀찮긴 하겠지만, 영 마음에 걸리면 국내 언론을 이용해 막아버리면 그만이었다.

돈과 권력, 그것이 자신에게 있었다.

"마음에 들어."

알렉산드라가 머리를 주억거리며 흡족한 표정을 지었다. 남들이 보기에는 여전히 표정 변화가 없는 것 같았으나, 오랫동안 알고 지내 조금 알 수 있었다.

영국.

"후우우우……."

마들린은 고운 눈썹은 좁히면서 한숨을 푹 내쉬었다.

디스페어를 멸하고 얼마 지나지 않아, 새로운 세력이 갑작스레 튀어나와 또다시 숙적이 됐다.

다만 그들은 무력으로 어떻게 할 수 있는 상대가 아니었다. 어찌 보면 악의 존재들보다 더 귀찮고 성가셨다.

일단 정지우라는 한국인부터가 큰 문제였다.

그 남자는 프랑스의 기부 천사라 불리는 샤를로트와 견주어도 부족하지 않을 정도로 평이 좋았다.

비록 구역질 날 정도로의 음흉한 사정이 있긴 했으나 — 하얼빈 때부터 시작해 기부로 상당히 이름이 높았다.

하지만 정말로 문제되는 건.

'더러운 놈!'

대한민국은 테러 이후로 위기에 봉착되어 있다. 특히 경제적인 면으로 상당한 피해를 입었다.

그리고 그걸 정지우라는 인간이 떠안아서 피해를 최소화했다. 실제로 그 덕분에 산 사람이 상당하다.

즉 — 여기서 정지우라는 인간을 처리하게 되면 그 덕분에 산 사람의 운명도 다시 나락에 떨어지게 된다.

"구주방주, 자오웨……."

자오웨에 대한 조사도 대략적으로 끝났다.

최근에 구주방을 접수했으며, 오래 전부터 흑해자들을 대거 거둬들여 교육시키는 것도 알았다.

다만 그 숫자가 보통 적은 것이 아니었다. 수천 명이 넘었다. 웬만한 학교 몇 개를 합친 정도였다.

'우리는 도대체 어떻게 해야…….'

자오웨는 악인이 맞다. 그건 부정할 수 없는 사실이다. 살인을 하고 사채업을 하고 마약이나 총기를 밀매하면서 수많은 사람들의 인생을 나락으로 보내버렸다.

그렇지만 동시에 자오웨와 칭후. 그 중국의 쌍둥이는 수많은 아이들을 인생의 암흑에서 구원해주었다.

거기에다가 지금 이 상태에서 중국의 쌍둥이 또한 죽이게 된다면 흑해자들이 어떻게 될지 모른다.

그 현실적인 고민이 마들린을 괴롭게 했다.

"……하지만, 그렇다고 두고 볼 수는 없잖아."

그들의 행동은 결코 용서할 수 없다. 언컨쿼러블의 이념에 완전히 어긋나는 짓이다.

아니, 어찌보면 디스페어보다 더 최악이었다.

사회적인 지위까지 지니고 있으며, 보이지 않는 곳에서 이리저리 손을 써왔다. 적으로서는 좋지 않았다.

게다가 이쪽은 저쪽에 대해서 그렇게까지 아는 것도 없었다. 어떤 힘을 숨긴지도 잘 모른다.

그렇기에 더더욱 두고 볼 수가 없었다.

사람이란 건 미지(未知)에 공포를 느끼는 법. 무엇을 할지 모르니 더더욱 맞지 않는다. 그래서 마들린은 고민 끝에 여태껏 쓰지 않았던 방법을 택하게 된다.

"정말이지, 이런 방법을 떠올리다니…… 최악."

서울에 도착하자마자 곧바로 집으로 향했다. 알렉산드라도 함께 동행했다.

어차피 이 근처에는 언론인들의 진입도 제한되어 있으니 괜히 오해를 살만한 일은 없었다. 이 근처 동네의 좋은 점은 이런 보안 관련이 정말로 확실히 되어있다는 점이었다.

"눈이라……."

창밖을 슬쩍 쳐다보니 눈이 내리는 게 보였다. 조금 있으면 봄일 텐데 날씨가 따뜻해질 기미가 안 보인다.

오늘은 좀 추운지 눈이 내렸다. 폭설이라 할 정도는 아니었으나, 그럭저럭 많이 내렸다.

"회장님, 날씨가 쌀쌀하니 건강에 유의하셔야 합니다."

조수석에 앉아있는 장하나가 걱정스런 눈으로 뒷좌석에 있는 지우를 슬며시 쳐다보았다.

"후."

바로 옆자리에 앉아있던 알렉산드라가 웃었다.

이 남자가 날씨가 쌀쌀해서 감기라도 걸린다면, 이 지구의 누구도 살아남지 못한다.

그 웃음소리에 장하나가 어색한 표정을 지을 때 즈음이었을까, 운전을 하던 기사가 놀란 목소리를 냈다.

"엇, 회장님. 저기 앞에 아가씨께서……."

운전기사의 눈이 향하는 곳에 사람이 서 있었다. 아니, 정확히는 '사람들'이었다. 한 명이 아니라 둘이었으니.

"……진정해라, 정지우."

제일 먼저 말을 꺼낸 건 지우가 아니었다. 옆자리에 앉아 잇던 알렉산드라였다.

"당장 차 세워."

그의 얼음처럼 차가운 목소리가 귀를 너머서 심장까지 파고들었다.

"네, 넵!"

끼이이익

운전기사는 자기도 모르게 겁먹은 목소리로 브레이크를 밟았다. 그리고 이내 급정차한 자신을 깨닫고는 얼른 사과하려했으나, 이미 지우는 내리고 없었다.

여태까지 운전기사에게 반말을 하지 않았던 지우의 행동에 운전기사도 장하나도 몹시 놀란 눈치였다.

"……쯧, 오지 말고 여기서 기다려라."

알렉산드라가 나지막이 혀를 차면서 차량에서 내렸다. 구두가 지면을 밟으며 서릿발 소리를 냈다.

"……오빠."

대문 앞, 지하가 이쪽을 보고 있다. 그리고 그 옆 — 님프가 눈이 쌓인 우산을 든 채로 서 있었다.

'무언가가 — 잘못됐다.'

언컨쿼러블이 가족들을 건드릴 것이라곤 생각하지 않았다. 그래서 다함께 중국으로 갈 수 있었다.

그렇다고 완전히 안도한 건 아니다. 언컨쿼러블 외에도 다른 이들이 건드릴지도 모른다. 비록 사회적으로는 존경을 받고 있지만, 또 상당한 적도 만든 자신이다. 그걸 생각해서 믿을 수 있는 자들 몇몇을 호위로 두었다.

"왔나, 인간."

님프가 아무렇지 않게 말을 건다.

"님프 씨가 눈에 맞지 않게 해주셨어."

그리고 지하가 아무렇지 않게 폭탄 발언을 했다.

가슴이 찌릿찌릿하고 아파온다.

'……안 돼.'

님프의 존재를 아는 건, 자신의 주변에서 오직 한 사람뿐이다. 제자인 윤소정밖에 없다.

카페의 분점을 관리하는 한소라조차도 님프에 대해서 모른다.

본 적은 있지만 님프가 인지 자체를 알아볼 수 없도록 장애 마법을 해두었기에 잘 기억하지 못한다.

윤소정의 경우엔 인지도 시켰고 또 음악도 가르쳤기에 기억 속에 그대로 남는다.

즉, 지하는 님프에 대해서 알아서는 아니 된다. 기억을 하는 것 자체를 해서는 안 된다.

"……님프 씨, 어떻게 된 겁니까?"

일단은 흥분하지 않고 침착하게 묻는다.

오랫동안 함께해왔던 파트너. 신뢰할 수 있고 몇 되지 않는 요정. 물의 요정 님프과 눈을 마주쳤다.

"오빠의 친구 — 쿠퍼 씨를 만났어."

그러나 그 의문은 듣고 싶지 않아하는 사람한테서 대답이 들려왔다. 억장이 무너지는 기분이 들었다.

제임슨 쿠퍼. 그 이름이 여기에서 나오면 안 돼.

"그 사람이 내가 모르는 오빠에 대해서 알려줬어."

그 말이 비수가 되어 가슴을 찔려온다.

"오빠……."

여동생의 부름에도 지우는 답하지 못했다.

"정말로, 사람을……죽였……어……?"

대견한 여동생이다. 항상 오빠에게 부담이 되고 싶지 않아서 힘들어도 힘든 모습을 내색하지 않는다.

감정 표현에 어색한 아버지를 지독하게 닮아서, 서툴러서 언제나 무표정을 고수했다.

"하얼빈 때의 일도…… 오빠가 한 짓이야……?"

말 한 마디 한 마디가, 비수가 되어 꽂힌다.

"……정지우. 원한다면 얼마든지 말해라."

알렉산드라가 차갑게 가라앉은 눈으로 말했다.

그 말에 지우가 손을 들어 고개를 좌우로 흔들었다.

"……왜?"

상식을 벗어난 ─ 기적을 목격한 여동생이 묻는다.

"어째……서……?"

흑, 흐윽!

울음을 참아내려는 모습이 보였다. 그러나 눈가에선 물방울이 뚝뚝 떨어졌다. 그 모습이 애처롭고 슬퍼보여서 주먹에 절로 힘이 들어갔다. 가슴이 찢어질 듯이 아파왔다.

"……왜, 대답해 주지 않는 거야?"

눈물을 폭포처럼 쏟아내는 그녀가 언성을 높였다.

여태껏 화 한 번 내지 않았던 여동생이 가슴을 쥐어뜯듯이 붙잡곤 소리를 지른다.

"바보—!"

눈이 내리는 날.

"멍청……이……해삼……말미잘! 바보! 바보! 바보!"

여동생이 절규했다.

그리고

"바아보…….""

주저앉아 눈을 가린 채로 펑펑 울었다.

"미안……."

세상을 하얗게 물들이는 눈이 내리는 날.

"오빠가 미안해…… 지하야……."

                    *   *   *

"어째서죠?"

샤를로트가 물었다.

"어째서…… 마들린의 생각을 허가하신 건가요?"

흑막이라는 이름으로 존재했던 동맹의 두뇌를 알렉산드라라고 한다면, 언컨쿼러블은 마들린이다.

비록 언컨쿼러블을 창설하고, 이들을 이끌어 온 것은 제임슨이었으나 — 두뇌에는 걸맞지 않다.

그래서 제임슨이 방향성을 제시하거나, 원하는 곳으로 걷게 되면 마들린이 그 뒤를 지탱해준다.

이번에 정지하에게 진실을 알리는 방법을 제안한 것 역시 영국의 마녀라는 이명을 지닌 마들린이었다.

"제임슨."

샤를로트가 제임슨의 이름을 다시 한 번 불렀다.

결론만 보자면 마들린의 선택은 나쁘지 않았다. 아니, 반대로 최적의 선택이라 할 수 있었다.

그러나 그건 어디까지나 결과만 봤을 뿐, 언컨쿼러블이 여태껏 추구하는 방식과는 맞지 않았다.

웬만해선 일반인을 이쪽 세계에 끌어들이고 싶지 않았다. 특히나 악인이 아닐 경우 더더욱 그렇다.

정지우의 여동생에게는 아무런 잘못도 없다. 반대로 누구보다 선량한 사람이었다.

아무리 그래도 그렇지, 그런 사람에게 기적을 보여줘 휘말리게 하고 싶지는 않았다.

"당신이라면, 분명 거절할 줄 알았는데……."

마들린이 처음에 이 제안을 했을 때, 샤를로트와 루카스는 단호하게 반대했다.

정지우가 잘못된 것이지, 그 가족들이 문제가 되는 것이 아니다. 건드릴 연유가 없다고 말했다.

언컨쿼러블에서 샤를로트 만큼 호구스럽기로 알려진 제임슨 역시 반대할 것이라 믿어 의심치 않았다.

그러나 정말로 생각과 달리, 전혀 의외의 선택을 했다.

"나도 알지만…… 어쩔 수 없었어."

제임슨이 고통스러운 듯 신음을 흘렸다.

"당신도 이게 잘못된 선택이란 걸……!"

샤를로트가 손을 크게 내저으면서 목소리를 높였다.

"샤를. 그를 너무 추궁하지 말아줘."

뒤에서 익숙한 목소리가 들려왔다.

"마들린……."

이 선택지를 내놓은 장본인, 마들린이었다.

"처음에 거절한 건 제임슨도 마찬가지야. 하지만 내가 그를 설득했어."

"어째서야……?"

"현실적으로 그 방법밖에 없으니까."

마들린은 두뇌인 동시에, 언컨쿼러블에 유일한 현실주의자이다. 또한 호구에서 좀 떨어진 사람이었다.

물론 그렇다고 선인이 아니라는 건 아니다. 마들린을 보고 착하냐, 나쁘냐라고 묻는다면 '착하다' 이다.

다만 다른 셋만큼 심각하지는 않다. 최악의 사태를 맞이했을 경우, 마음을 독하게 먹는다.

그리고 지금이 그 때다.

"그들이 한국인들을 인질로 삼고 있는 이상, 우리가 건드릴 수 있는 방법은 없어. 영국 정치계에도 조금 손을 뻗어봤지만, 그의 가면이 너무나도 단단해."

지우는 모습을 보인 적은 별로 없었지만, 그래도 대외적인 이미지에는 상당히 신경을 썼다. 양로원부터 시작해서, 봉사활동, 그리고 기부 등을 통해서 괜한 의심을 피하기 위해 미리 손을 썼다. 그 덕분에 국제적으로도 이미지가 상당한 편인지라 영국 의회의 말했음에도 반응이 미적지근했다.

"아니, 이미지뿐만이 아니지. 상황이 상황인지라 섣불리 건들 수가 없어."

대한민국은 테러로 상처 입었다. 북한조차도 그 신경을 건들지 않도록 조심하고 있다.

평소에 뭐만 하면 도발하던 놈들이, 조용하니 이상할 정도. 그 외에도 주변 국가에서 추모가 잇따르고 있었고, 대부분 이 나라의 미래를 걱정해 주었다.

거기다가 추가적으로 지우가 무너지려던 경제를 잡아준 덕분에 국가에서 거의 영웅 취급인 상태.

이 사연이 외신 기자를 통해서 알려졌기에, 더더욱 건드리기에는 여러모로 성가신 존재가 되어버렸다.

아무리 코번 가의 힘이 강하다고 해도 이 분위기에서 정지우를 비판하거나 하는 행동은 할 수 없었다.

설사 잘못된 행동이 있었다고 해도, 여태껏 한 행동이 면죄부가 되어 욕만 먹는 게 아닐까 싶을 정도다.

"하지만……."

"샤를로트. 이 순간에도 그들은 무언가를 하고 있어. 이대로 구경만 하다간 당할걸?"

마들린이 어림없다는 듯, 도중에 말을 끊으며 엄한 눈초리로 흘겨봤다.

"물론 그렇다고 내 선택이 옳았다고 말하는 건 아니라……."

툭.

제임슨의 손이 마들린의 머리 위에 올라오면서, 말이 도중에 멈추었다.

마들린이 눈을 새초롬하게 뜨면서 위를 올려다봤고, 그가 쓰게 웃으며 머리를 좌우로 절레절레 흔들었다.

"됐어. 너만 악역을 자처할 필요는 없으니까."

"······제임슨."

"미안하다. 다 내 잘못이다."

제임슨은 허리를 깊게 숙이면서 인사했다.

"언젠가 이 일이 끝난다면, 정지하 ― 그의 여동생을 위해서 뭐든지 할 생각이다."

아무리 방법이 없었다고 해도 결국은 아무것도 모르는 일반인에게 무거운 짐을 무책임하게 맡겼다. 그건 잘못된 행동이다. 그걸 어쩔 수 없다며 합리화할 생각은 없다.

그렇다고 죗값을 치루면 그만이다, 라는 생각으로 뻔뻔해질 생각도 없다.

제임슨은 스스로의 행동에 죄책감을 느끼면서 괴로워하고 있고, 또 아직까지도 매우 슬퍼하고 있다.

샤를로트는 진노한 감정을 최대한 가라앉히며, 눈을 질끈 감았다가 천천히 뜨면서 침묵을 깨뜨렸다.

"그녀의 반응은 어땠나요······?"

"처음에는 당황했어."

사람이란 건, 머리로 이해할 수 없는 광경을 두 눈으로 목격하고 이해하려 하지 않는다. 자신이 무언가 잘못 본 것이라고 생각하면서 당황하게 된다.

"그리고 오빠에 대해 이야기할 것이 있다고 하니, 눈이 달라졌어. 아무래도 의심은 하고 있었던 것 같아."

샤를로트는 대답 대신 그 다음 말을 기다렸다.

"옆에 있던 물의 요정이 방해하려 했지만, 그녀가 나서준 덕분에 쓸데없는 싸움을 피할 수 있었어. 여러모로 대단한 여자야."

오빠에 대한 이야기에 호기심을 보였다. 그리고 믿을 테니 조용한 곳에 이야기하자고 먼저 제안까지 했다.

그 당돌한 태도에 제임슨도 적잖게 놀랐다.

그래서 자리를 옮겨, 기적의 앱스토어에 대한 대략적인 설명과 지우의 행적에 대해서 얘기해줬다.

사정 설명을 충분히 한 뒤, 마지막에 머리를 숙이며 부디 오빠를 막아달라고 부탁했다.

"알겠어요."

그리고 결과는 놀라울 정도로 성공적이었다.

솔직히 말해서 이렇게까지 손쉽게 협력하겠다는 말이 나올 줄은 상상도 하지 못했다. 머릿속으로 어떻게든 설득할 생각으로 가득했는데, 그게 다 허무하게 느껴질 정도였다.

"부디, 여동생의 마음이 오빠에게 제대로 전해졌다면 좋을 텐데……."

전등이 들어온 복도를 걷는다. 사람이 없어서 그런지 발자국 소리가 유난히 크게 울려 퍼졌다.

"미리 말하는 것이지만, 네 여동생은 내 딸과는 상황이 달라."

알렉산드라가 초코파이를 우물거리면서 말을 건넸다.

"나탈리는 기억을 지우는 것으로 어떻게 해결되는 것이 아니었어. 그렇기에 마음을 들여다봐야했지."

나탈리의 경우는 워낙 상황이 심각했다.

지하도 마음의 상처를 입은 것 같긴 하지만, 그게 심각한 정신병을 앓을 정도는 아니었다.

무엇보다 고치려면 지금이 기회다. 원래 우울증이란 건 시간이 갈수록 심해지기 마련. 차라리 지금 혼란스러운 초기 상태에서 기억을 지운다면 깔끔하게 해결할 수 있다.

"······신경 써 줘서 고맙다, 알렉산드라."

스스로 생각해 봐도 깜짝 놀랄 정도의 차가운 목소리가 흘러나왔다.

"나도 네가 말하는 바가 무엇인지는 대충 알고 있어. 그렇지만······ 굳이 그러고 싶지는 않아."

확실히 알렉산드라의 말대로다. 기억을 지워도 잘못될 경우는 거의 없다. 아니, 없다고 해도 될 정도다.

지금이라도 가서 기억을 지운다면 여동생은 평소처럼 자신을 대해줄 것이다. 하지만, 그러고 싶지 않았다.

그냥.

그러고 싶지가 않았다.

"가족의 행복을 원한 게 아니었나. 이대로 가만히 둔다면 행복과는 거리가 멀어질 텐데."

알렉산드라가 아무렇지 않는 표정으로 넌지시 충고했다. 확실히 그 말대로 — 행복과는 점점 멀어진다.

아직 부모님들은 모르고 있지만, 여동생이 안 것만으로 가족의 행복은 물 건너갔다.

"가만 보면 너도 참 짓궂어."

입가에 쓰디쓴 미소가 맺혔다.

"내 심정을 누구보다 잘 아는 건 너일 텐데."

"……."

알렉산드라가 입을 다물었다.

마음만 먹는다면, 엘릭서를 사용한다면 나탈리아가 멀쩡해질지 모른다. 그건 확신에 가까웠다.

잘못된 확률은 매우 적다. 아니, 없다. 앱스토어의 상품

— 특히 회복 관련의 능력은 절대적이다.

엘릭서라면 어떤 마음의 병이건 간에 다 치유한다.

개연성은 어디다 팔아먹었냐고 묻겠지만, 정말이다. 괜히 기적이라는 이름이 붙는 게 아니다. 내는 돈 만큼, 확실한 능력을 보여주는 게 이 기적의 앱스토어의 상품이다.

알렉산드라도 그걸 안다. 하지만, 알고 있지만 쓰지 않는다.

"이걸로 너와 좀 가까워진 기분이 드는데."

이런 걸로 동질감을 느끼다니, 최악이다.

"앞으로 어떻게 할 생각이지?"

"몰라서 물어?"

주먹에 힘이 잔뜩 들어갔다. 피가 거꾸로 치솟아 머리끝까지 처 올랐다.

그래도 불행 중 다행이라는 건, 상대가 언컨쿼러블인지라 가족들에게 거친 짓을 하지는 않았다는 점이다.

실제로 님프에게 자세한 사정을 듣게 되어, 신사적으로 접근해와 사정을 설명했다는 걸 알게 됐다.

하지만 — 그렇다고 해도 분노가 사라지는 건 아니었다. 건드려선 안 될 사람을 건드린 건 변하지 않는다.

"전면전이다."

제4장

전면전

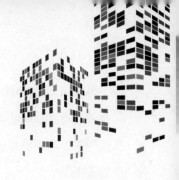

"그 소식 들었어?"

"나라꼴이 엉망이라는 거?"

"아니, 뭐. 맞는 말이긴 한데 ─ 그거 말고 정지우."

"로드의 회장님? 왜?"

"얼마 뒤에 로드에서 테마파크를 개장한데."

"헉, 아무리 그래도 좀 그런 거 아니야?"

아직 테러로 분위기가 어수선하다. 특히나 한국 정서 상, 무언가 큰일이 일어나면 다함께 동참하여 함께 묵념하는 등의 분위기가 조성되서 쉽게 풀리지 않는다.

이제 곧 3개월이 되긴 하지만 그다지 긴 시간은 아니다.
추모 분위기에 테마파크 광고하기에는 좀 부담스럽다.

"아니, 그보다 이 좁은 땅에 새로 테마파크를 열 장소는
있던가?"

"듣자하니 인천 공항에서 좀 떨어진 섬을 소유하고 있었
던 모양이래. 그걸 테마파크로 만든다는데?"

"와…… 확실히 규모가 대단하긴 하지만 — 솔직히 말해
서, 미친 거 아니야?"

섬이라는 건 그렇다 쳐도, 일단 장소가 문제가.

폐쇄된 인천 국제공항에서 가까운 편인 섬이라니. 아무
리 국민 영웅 취급을 받는다고 해도 좀 과했다.

"야야, 그렇게 섣불리 생각하지 마라. 이 소식 들으면 너
도 깜짝 놀랄걸."

"뭔데?"

"개장을 시점으로 1년 동안, 무려 하루에 입장객 만 명
을 무료로 들여보내겠데."

"진짜?"

입장표는 테마파크의 주 수입원이다.

테마파크 안 먹거리나 기념품 등도 수입원이긴 하지만,
당연히 메인은 입장표라 할 수 있었다.

헌데, 하루에 만 명을 무료로 받겠다니. 어떻게 계산해 봐도 수익이 맞지 않는다.

테마파크의 유지비는 정말 끔찍할 정도로 상당히 나간다.

그런데 매일 만 명을 받겠다는 건 사업을 때려 치겠다는 뜻이니, 솔직히 믿을 수 없어도 이상하지 않다.

"그렇다니까."

―친애하고 존경하는 국민 여러분. 최근 로드 랜드 논란에 대해 말씀드리려고 지금 이 자리에 나왔습니다. 그리고, 저에게 '돈을 벌려고 하는 것이다.'라고 말씀드리는 분들께 섭섭하다고 말씀드리고 싶어 나오기도 했습니다.

방송화면에는 기자 회견을 하는 지우의 모습이 비춰졌다.

―전 그저, 테러로 인해 상처 입은 많은 분들에게 다시 웃음을 돌려주고 싶을 뿐입니다. ICTB 사태를 잊자고 말씀드리는 것도 아니고, 그렇다고 그 슬픔을 기억에서 지우자고 말씀드리는 것은 더더욱 아닙니다. 그저, 여러분께서 조금이라도 웃으면 좋겠다

고…… 위안이 되었으면 한다는 마음뿐입니다.

"키야, 정말로 난 사람이야. 솔직히 말해서 하루에 만 명을 무료로 받으면 남는 게 뭐가 있다고."

"야당의 나원의가 '사람들의 슬픔을 이용한 돈벌이다.'라고 욕했다가 몰매를 맞았잖아. 지지율도 폭락했다더라."

—저 역시 마음 같아서는 여러분들을 제한 없이 영원히 무료로 입장시켜드리고 싶습니다. 다만, 그리되면 애석하게도 테마파크는 물론이고 제 재산이 거덜납니다. 좀 봐주세요.

"하하하, 역시 젊어서 그런지 유머 감각도 대단해."

"캬, 저 정도면 진짜 영웅이지, 영웅이야."

"솔직히 말해서 다른 대기업은 못 믿겠는데, 로드는 믿을 수 있어. 저 기업처럼 희생한 곳이 어디 있다고?"

—어쨌거나, 전 돈 좀 벌자고 테마파크를 운영하고 있는 것이 아닙니다. 그저, 조금이라도…… 아주 약간의 눈물과 슬픔을 닦아주고 싶을 뿐입니다. 그뿐입

니다.

'……아니, 근데…….'

회사 사람들과 방송을 보고 있던 남자가 고개를 갸웃거렸다.

'이거, 솔직히 말해서 대박 아니야?'

인간이란 건 선착순이라는 말에 열광한다. 게다가 만 명이라는 넓은 범위에 '나도 혹시?'라고 설렌다.

그렇다면 단연 사람들이 몰려들 것이고, 설사 만 명에 껴들지 않는다고 해도 입장할 것이다.

서울 시내 어디에 있는 곳도 아니고, 내륙과 떨어진 섬에 있으니까. 돌아가는 게 이상하다.

거기에 시설 안에 있는 다른 가게 등의 이익을 생각해보자면 — 입이 떡 벌어질 정도로의 결산이 나올지도.

하지만 그 남자는 자신의 생각을 바깥으로 꺼내지 못했다.

설사 그게 진실이라고 해도 — 정지우의 국민적인 인기를 괜히 건드렸다간 쫓겨날지도 모르니까.

미국.

"정지우, 대체 무슨 생각을……."

자택에서 뉴스를 본 제임슨이 당혹스러워 했다.

"도대체…… 이게 무슨 뜻이냐?"

로드 랜드의 광고.

미국뿐만 아니라, 국제 사회 전체에서도 화제가 됐다. 그러다보니 다들 관심을 보였다.

뉴스에서도 이 이야기가 소개되었고, 대부분이 호평이었다. 정지우의 희생정신에 박수를 치곤 했다.

전체적인 사회적 분위기가 정지우와 로드를 칭송하는 느낌이었다.

그러나 — 일반인은 몰라도, 앱스토어의 고객들은 이 로드 랜드가 어떤 테마파크인지 잘 알고 있다.

아직 전부 공개된 것은 아니지만, 로드에선 '판타지를 담은 테마파크.' 라고 소개하고 있다.

광고 영상으로 이차원고용으로 데려온 가디언이나 혹은 몬스터 등을 보여주는 것을 보았다.

일반인들이라면 컴퓨터 그래픽이라거나, 혹은 특수분장을 잘했다고 칭찬하는 걸로 끝난다.

하지만 앱스토어의 고객들은 그 정체가 가짜가 아닌 진짜라는 걸 눈치챈다.

즉, 이건 로드가 대놓고 앱스토어의 고객과 관련되어 있다는 걸 세계적으로 광고하는 꼴밖에 되지 않는다.

그렇다면 싫건 좋건 간에 여태껏 숨어있던 고객들이 반응할 터. 어쩌면 큰 혼란을 야기한다.

"막지 못했나…… 제기랄!"

제임슨이 욕을 내뱉으면서 자리에서 벌떡 일어났다. 그리곤 얼른 옷장에서 외투를 꺼내 대충 껴입었다.

그의 여동생이 최후의 보루였으나, 이 꼴을 보아하니 자세한 건 몰라도 성공은 아니었다.

아무것도 모르는 사람을 희생시킨 주제에, 실패해버렸다. 최악의 결과가 나와 버렸다.

가족을 돈보다, 아니 자신의 영혼만큼 소중히 여기는 남자가 설마하니 이런 행동을 할 줄은 몰랐다.

제임슨은 문을 거칠게 열었다.

그리고.

"손 들어! 손 들어!"

"움직이지 마라, 제임슨 쿠퍼!"

"앉아! 앉아! 앉아!"

문을 열자마자 그를 반긴 건 인근을 가득 메운 경찰들이었다.

"이게 뭔……."

제임슨은 너무 놀라 입만 떡 벌리곤 주변을 둘러봤다.

경찰뿐만 아니라, 미국 연방수사국 — FBI까지 나타났다. 눈을 급하게 돌리며 상황 파악에 나선다.

"제임슨 쿠퍼, 당신을 국제 테러 혐의로 체포한다."

"당신들은……."

윤주영과 로즈였다.

"쿠퍼. 얌전히 따라오는 게 좋을 걸세."

"……프랭크!"

그 사이에는 과거에 상사이자, LAPD를 이끌고 있는 국장 프랭크 릭스가 험악한 눈초리로 서 있었다.

"옛 정을 생각해서라도 거칠게는 대하지 않겠네. 그러니 허튼 짓하지 말고 바닥에 엎드리는 게 좋을 거야."

"이게 대체 무슨……."

아직도 상황 파악을 하지 못한 제임슨이 어쩔 줄 몰라 했다. 그리고 어떻게 해야 하나 고민하고 있을 때, 개미 떼처럼 우글거리는 특수부대원들 사이에 익숙한 얼굴을 발견할 수 있었다.

"알렉산드라……."

프랑스, 파리.

샤를로트는 가톨릭 신자다. 어릴 적, 수녀에게 키워져서 그런지 상당한 영향을 받았다.

백고천이 증오로 신의 존재를 믿고 항상 생각하고 있다면, 샤를로트는 그 반대다.

신의 존재를 누구보다 믿고 있으며, 존경하고, 칭송했다. 그 덕에 신성술법의 경지가 상당히 높다.

괜히 가톨릭 종교계에서 샤를로트를 프랑스의 기부 천사라고 말해 주며 지지하는 게 아니다.

샤를로트만큼 성실한 종교인은 찾기 힘들 정도였다.

그리고 그 샤를로트는, 언제나처럼 새벽 일찍 일어나 가게를 열기 전에 수도원을 찾았다.

그러나.

"샤를로트, 넌 더 이상 여기에 올 자격이 없단다."

"……네?"

샤를로트는 순간 두 귀를 의심했다. 아니, 혹시 나쁜 꿈이 아닌가 싶었다.

그저 평소처럼 수도원을 방문한 것뿐인데, 수도원장이 직접 나와서 엄한 눈초리로 출입을 거부했다.

"수, 수도원장님 그게 무슨……?"

샤를로트는 자신이 무언가 잘못을 저질렀나 싶었다.

하지만 아무리 생각해도 짚이는 것이 없었다.

아니, 있는 게 더더욱 이상하다. 이 수도원을 옛적부터 지원해온 것은 샤를로트 자신이다.

만약 그녀가 없었다면 도시 외곽에 있던 자그마한 고아원이자 수도원은 이렇게 커지지 못했을 것이다.

자신을 길러 주었던 어머니이자 수녀님은 이미 돌아가셨지만, 어릴 적 함께해 왔던 고아가 대신 그 뜻을 이었다. 사이도 나쁘기는커녕 가족처럼 친했다.

"뭐고 자시고 간에, 다시는 여기에 오지 마라."

"자, 잠깐만요. 무슨 소리 세……."

요? 라는 말이 이어지지 못했다. 샤를로트는 잔뜩 굳은 얼굴로 수도원장의 어깨 너머에서 걸어오는 사람에게서 시선을 떨어뜨리지 못했다.

"당……신은……."

새하얗게 져버린 머리카락, 신성함이 느껴지는 기품, 입가에 능글맞은 미소를 지은 청년.

"헛, 어찌하여 이런 곳까지 나셨습니까. 제가 알아서 다 처리하도록 하겠습니다."

수도원장은 청년의 등장에 급히 허리를 숙였다.

단순히 비굴거리거나 하는 것이 아니었다. 수도원장은

신앙심과 경외심이 깃든 눈으로 청년을 쳐다보았다.

"아니오, 자매님께서 설명을 요구하니 제가 말씀드려야지요. 아니, 이젠 자매도 아니겠지만요. 후후."

백고천이 하얀 이를 드러냈다.

남아프리카 공화국, 어딘가.

남아공의 치안은 그다지 좋지 않다. 미국에서 항상 문제시되는 총기 사건은 남아공에 비해선 애교다.

남아공 월드컵 등, 아프리카에서 비교적 경제력이 높아 인식이 나쁘진 않지만 여전히 범죄 발생률이 높다.

답이 없는 치안이긴 하지만, 그렇다고 남아공이 치안 문제에 손을 놓고 있는 것만은 아니다.

비록 막장이긴 해도 그럭저럭 어떻게 제재하려곤 한다.

"루카스 피에나르, 우리가 왜 찾아온 것인지 알 것이다."

베레모를 쓰고 총기를 쥔 군인이 살벌한 눈으로 루카스를 바라본 채 서 있었다.

그 뒤론 백에 이르는 군인들이 모조리 소총을 든 채로 살벌한 분위기를 형성하고 있었다.

"으아앙!"

뒤에서 겁을 먹은 아이들이 눈물을 터뜨린다. 그들 모두 루카스가 거둔 불쌍한 고아들이었다.

저소득층 아이들에게 무료로 공부를 가르쳐주는 선생님으로서 존경을 받는 루카스는 당황했다.

"그게 대체 무슨 소리인가?"

"시치미 떼지 마."

군인이 낮게 으르릉거리면서 살의를 내뿜었다.

"네놈이 아이들을 이용해서 마약 밀매를 하고 있다는 사실을 다 알고 왔으니까."

"뭔 헛소……."

"입 닥쳐라, 루카스!"

군인이 분노를 토해냈다.

"네놈 자택 지하에서 몇 톤가량의 마약이 증거로 발견됐다. 그뿐만이 아니라, 아이들의 장기를 중국으로 팔아넘긴 것도 발각됐다. 중국 정부에서도 널 오랫동안 쫓고 있었다고 하더군."

"……중국!"

루카스가 눈을 크게 떴다가, 이를 뿌드득 갈았다. 그리곤 눈을 질끈 감으면서 중얼거렸다.

"도대체, 얼마나 더러운 거냐. 네놈들은……."

자오웨와 칭후.

그 둘의 얼굴이 머릿속에서 떠올랐다.

＊　　＊　　＊

영국, 런던(London).

미국 뉴욕만큼 복잡한 대도시. 금융권 중심지 중 한 곳이며, 화려한 빌딩으로 가득하다.

그리고 수많은 차량으로 복잡한 거리 중, 쌔끈하게 잘 빠진 리무진이 앞으로 나아가고 있었다.

"……맙소사."

언컨쿼러블의 사령탑, 마들린은 스마트폰 액정 화면을 멍하니 내려다보면서 경악 어린 목소리를 내뱉었다.

"아가씨?"

멋들어지게 긴 수염, 반백으로 물든 머리, 정갈한 차림을 한 노인이 눈치를 보면서 물었다.

코번 가에 집사로 들어와 마들린이 어린 시절부터 보았지만 이런 반응을 보이는 건 그다지 흔치 않다.

"제임슨이 국제수배자가 되다니 이게 뭔…… 아니, 됐어. 결국은 그의 여동생이 실패한 거야."

마들린은 집사가 뭐라 하건 말건, 머리를 재빠르게 굴리면서 상황 파악에 나섰다.

"다른 사람들은 어떻게 됐지?"

마들린은 집사가 보건 말건 간에 좌측으로 손을 뻗어 무언가를 잡는 시늉을 쥐었다.

그러자 푸르스름한 빛이 튀어나오다 싶더니만, 이윽고 공간이 일그러지면서 수정구가 튀어나왔다.

"일단 제임슨이 어디에 갇혀있는지……."

애인이라서 먼저 찾는 게 아니다. 자신의 연인은 이 동맹의 중심이다. 그의 소재 파악부터 먼저 해야 한다.

그러나.

"맙소사!"

끼이이익!

"꺄악!"

마들린이 수정구를 떨어뜨리며 비명을 흘렸다. 잘만 가고 있던 차량이 거칠게 꺾였다.

타이어 역시 소름끼치는 소리를 토해내면서 아스팔트 위에 시커먼 자국을 남겼다.

"이봐요, 알프레드. 도대체 무슨 일이……."

마들린이 신경질적으로 짜증을 내려다가, 입을 다물었다. 사납게 치켜 올라간 눈매가 예리하게 변했다.

"이 미친 새끼야!"

"지금 뭐하는 짓이야?"

"사고야, 사고가 일어났어!"

"아니, 도대체 저놈 뭐야?"

여기저기서 욕설이 터져 나왔다.

영국, 그것도 런던의 도로 한가운데 — 흑발을 한 청년이 주머니에 손을 찔러 넣고 서 있었다.

신호도 무시한 채, 도로 중앙에 서 있어서 그런지 주변 교통 상황은 난리도 아니었다.

차량이 다들 이리저리 꺾이거나, 부딪쳐서 엉망이다.

"방금 전에 갑자기 나타났다는데?"

"그게 말이 되냐? 잠깐, 저 녀석 잘 보니 이슬람이잖아. 제기랄, 설마 테러는 아니겠지?"

"이슬람이라니, 병신아. 저건 흑인이잖아."

"내 눈으로는 동양인으로 보이는데?"

이상한 일이 벌어졌다. 청년을 코앞에 두고도 사람들은 그의 인종을 헷갈려했다.

아니, 심지어 청년이 아니라 웬 여자 아니냐고 말하는 사람들도 있었다.

"아가씨, 괜찮으십니까?"

알프레드가 무척 죄송하다는 얼굴로 뒷좌석에 앉아있는 마들린에게 물었으나, 그다지 표정이 좋지 않다.

보아하니 괜찮지 않은 모양. 이에 알프레드가 기겁하면서 걱정했다.

"정말로 죄송합니다, 아가씨. 일단 지금 당장 헬리콥터를 부르도록 하겠⋯⋯."

"아니, 됐어. 부르지 마."

마들린이 문을 열고 내려섰다.

"아가씨!"

알프레드가 깜짝 놀라서 따라 내리려고 했으나, 마들린이 손을 들어 그를 제지하면서 말했다.

"차는 버려도 상관없으니까 당장 가문으로 돌아가."

뒤에서 자신을 부르는 목소리가 들려왔으나, 마들린은 깡그리 무시한 채로 앞으로 나아갔다. 또각또각. 구두 굽 소리가 이상할 정도로 크게 울려 퍼진다.

마들린은 런던의 교통을 지옥으로 만든 그 장본인에게 천천히 다가가, 눈을 게슴츠레 뜨곤 이름을 불렀다.

"정지우."

"과연, 영국의 마녀. 용케도 날 알아봤군."

지우의 입가에 싸늘한 미소가 번졌다.

"다른 사람들은 몰라도 내 눈은 못 속이지. 제법 괜찮은 방법을 썼어."

마들린이 별거 아니라는 듯 코웃음을 쳤다.

"보아하니 서클 마법 중에서 일루전(illusion)과 미러 비전(mirror vision)이려나. 일회용 스크롤?"

"호오."

지우가 순수한 감탄성을 흘렸다.

일루전은 환상을 보여주는 마법, 그리고 미러 비전은 주변 사람의 외형을 반사시켜 자신에게 입힌다.

아우라를 낮춰서 모습을 감추는 방법도 있지만, 이런 소란을 일으키게 되면 금방 '인식' 되어 들키게 된다.

요정의 인식 장애 마법도 배우지 않아 쓸 수 없고.

"돈 좀 썼지. 마법 하나에 오천만 원이더라."

지우가 어깨를 으쓱였다.

"원래 일회용 마법 관련 상품은 제법 비싸. 너도 알다시피, 배우는 게 상당히 어렵잖아?"

앱스토어 고객 중 마법사가 괜히 없는 게 아니다. 마법 관련은 난이도가 상당하다.

이 난이도 역시 앱스토어 상품으로 해결할 수 있긴 하지만, 문제는 배보다 배꼽이 더 큰 경우다.

상당히 많은 돈이 들기에, 그러느니 차라리 다른 상품을 구입하는 것이 더욱 이득이다.

그러다보니 마법을 담은 일회용 스크롤은 가격이 상당히 나간다.

"단도직입적으로 물을게. 제임슨에게 뭔 짓을 했어?"

"네가 지금 나에게 할 말은 그런 게 아니지."

지우가 웃음을 싹 지우며 차디찬 눈빛을 보였다.

"왜, 내가 사과라도 하기를 바라니?"

마들린도 만만치 않은 듯, 여전히 살벌한 표정을 유지하면서 아무렇지 않게 맞받아쳤다.

"확실히 네 여동생에게는 몇 번을 사과해도 부족해. 평생 동안 사죄할 생각이야. 하지만 적어도 넌 아니지."

마들린이 주변을 슥 둘러봤다. 자신들의 대화에 주변 운전자들이 고래고래 욕을 내지르고 있었다.

그뿐만 아니라, 이 미친 상황을 저장하려고 많은 사람들이 동영상 촬영을 하고 있었다.

"왜, 런던의 시민들을 인질로 삼았으니 무릎이라도 꿇으라는 거니? 정말로 어디까지 비열해질 생각이야?"

'좋지 않아.'

사람이 많아도 너무 많았다. 게다가 상대는 철저하게 일반인들에게 정체를 숨기고 있다.

마들린 또한 이미 정체를 숨기는 마법을 펼치고 있었지만, 지금 중요한 건 그것이 아니다.

정지우는 상당히 열이 받은 상태. 그리고 디스페어만큼 무엇이든지 하는 놈이다. 이런 인간이 런던의 시민들 사이에 멀뚱멀뚱 서 있다니. 시한폭탄 그 자체다.

"복수라고 할 생각인 모양인데, 네가 지금 하는 건 복수가 아니라……."

"알렉산드라의 힘을 통해 인터폴, 미국 경찰, 그 외 고위인사들을 모조리 우리 편으로 만들었다."

움찔.

마들린이 입을 꾹 다물었다. 그녀의 눈이 사납게 불타올랐다.

"아마 웬만한 국제 테러리스트들조차 제임슨 앞에선 이제 명함도 내밀지 못할 거야. 미국뿐만 아니라, 전 국가에서 제임슨의 신상이 올라왔으니까."

"……너어."

"너무 그러지는 마라. 나 그렇게 나쁜 놈 아니니까."

지우가 주먹을 쥐락펴락했다.

"샤를로트가 평소에 다니던 수도원에 백고천을 보내, 신의 기적을 보여줬어."

눈앞에서 기적을 보여주면, 어떤 신도건 간에 넘어갈 수 없다. 신의 힘을 물리적으로 나타내는 것이니까.

그다지 어려운 일도 아니다. 거의 죽어가는 동물 시체를 가져와서 살리는 등, 약간의 연출만 가미되면 된다.

"루카스에게는 자오웨와 칭후에게 부탁해 남아프리카의 대형 마약밀매상으로 만든 정도. 대충 뭐, 이 정도면 얘기해도 똑똑한 너라면 알아듣겠지?"

"이 개자식이⋯⋯."

마들린의 눈동자가 천천히 금색으로 물들었다.

앵앵앵!

무언가가 변화가 일어난다. 신호등이 마구잡이로 깜빡였다. 차량들에서 소음이 터져 나왔다.

재난이나 다름없는 이 현상에 주변 사람들이 악 하고 비명을 질렀다.

멀리서부터 사이렌 소리가 들려왔다.

"나머지 한 명이 좀 신경 쓰이긴 하지만, 뭐 아무래도 좋아. 한 명 정도는 충분히 커버할 수 있으니까."

"큭!"

마들린은 주먹을 꼬옥 쥔 채, 어깨를 떨었다. 분노가 치밀어 올랐지만 어찌할 수가 없었다.

감정으로 인해 흘러나오던 마력의 파동 역시 이윽고 잠
잠해지면서 그녀의 몸으로 다시 회수됐다.

"……원하는 게 뭐야?"

지금 할 수 있는 일은 없다. 동료들 모두의 움직임이 봉
쇄됐다. 완벽하게 한 방 먹었다.

게다가 런던의 수많은 시민들이 인질로 잡혔다. 여기서
반항이라도 했다간 그들의 목숨을 보장하지 못한다.

'머리를 굴려.'

마들린은 필사적으로 표정을 숨기면서도 차선책을 찾아
헤맸다.

아무리 현실적으로 상황이 암울하다고 해도, 포기할 수
는 없는 노릇이다. 어떻게든 사람들을 구해야한다.

그리고 누구보다 소중한 동료들을 지켜야한다.

'찾아내!'

말로만 언컨쿼러블의 두뇌가 아니라는 걸 보여줘야 한
다. 마법이란 지식으로 상황을 타파할 생각이었다.

하지만, 정지우라는 인간은 도저히 파악할 수 없는 최악
의 유형이었다.

"없어."

파앗!

눈을 껌뻑이니 몸이 사라졌다가 나타났다. 마들린의 코 앞이었다.

"뭐, 뭐야?"

"방금 사람이 사라졌……?"

그 모습을 지켜보던 좌중이 경악했다. 순간 자신들이 꿈을 꾼 것이 아닐까 싶어 눈을 비볐다.

모두가 지켜보고 있는 때, 남자가 공간이동을 하여 다른 장소에 나타났다. 놀라지 않으면 이상하다.

"다른 건 좀 참아낼 수 있었을 거야. 침착하게 대응했을지도 모르지, 마들린 위치 코번."

파지지지지직!

"꺄아악!"

전류가 튀었다. 시퍼런 스파크가 그의 주변에서 툭 튀어나오며 공기를 찢어발기며 비명을 토해냈다.

"그런데, 너희는 하필이면 내 가족을 건드렸어."

전자기가 이상 현상을 일으킨다. 동영상을 촬영하던 스마트폰이 소음과 함께 이윽고 폭발했다.

"그러니까, 몇 십 배로 추가해서 되돌려 주마."

으드드득!

"마들린, 난 너희처럼 결코 녹록하지 않다. 디스페어처럼 멍청하지도 않다. 철저하게 네년을 죽여 주마."

"……!"

"런던의 시민들, 이들 모두가 인질. 아마 넌 이들이 신경 쓰여서라도 함부로 행동하지 못하겠지. 나도 알아."

지우가 오른팔을 들었다.

"널 도와줄 동료들도 없지 — 그래, 내가 꾸민 일이다. 오직 너에게 복수하기 위해서 준비했다."

파아앗!

눈부신 빛의 입자가 오른손에 모였다. 그리곤 이내 검의 형체로 변해서 매서운 검날을 보였다.

"……잠깐, 너 설마 그거……."

마들린의 눈이 한층 더 가늘어졌다.

"그러니까, 그만 뒈져라."

위이이잉!

스피릿 소드가 대기를 자른다. 산소건 공간이건 간에 모조리 베어 가르면서 마들린의 목을 노렸다.

허나.

"마법으로 검을 빼앗은 힘, 모든 걸 베어 갈라라, 스피릿 소드."

마들린이 팔을 휘둘렀다. 아니, 정확히는 손에 쥔 검을 휘둘렀다. 마찬가지로 새하얀 빛으로 된 검이다.

지이이잉—!

빛으로 된 검끼리 부딪치면서 서로 공명한다. 진동을 일으키고, 앵앵 울면서 에너지의 파도를 만들었다.

"그건……."

지우 또한 놀란 듯 눈을 휘둥그레 떴다.

완전히 똑같지는 않지만 거의 엇비슷할 정도로 닮은 검의 형체였다. 외형은 완전히 일치했고, 다른 점을 찾는다면 검을 이루는 에너지였다.

정신적 에너지로 된 빛의 검.

마력으로 된 빛의 검.

마들린이 머리카락을 휘날리며, 금색으로 된 눈동자로 지우를 담아내면서 물었다.

"그 힘, 어디서 손에 넣었지?"

제5장

당신이라면 어떻게 하겠어?

"어디에서 손에 넣었긴, 그걸 말이라고 묻냐?"

마들린의 물음에 실소가 절로 터져 나왔다.

"당연히 기적의 앱스토어지."

"그걸 묻는 게 아니란 걸 알고 있을 텐데."

마들린의 눈초리가 더더욱 험악해졌다.

"파동을 보아하니 정신력으로 만든 것 같은데, 그런 재주를 펼칠 수 있는 건 능력은 하나뿐이야."

"허, 정신력으로 이루어진 것까지 알고 있나."

"마법을 쓰는 힘 — 마력이란 것은 마나 코드(Mana

code)로 구성되어 있어. 그게 없다면 마법이 아니니까. 그렇다고 동양의 무학으로 만든 오러도 아니고."

"진짜 아는 것이 많군."

마들린이 말하는 오러라는 건, 곧 강기를 말한다. 그 개념까지 알 줄은 몰랐다.

물론 앱스토어에서 무공을 버젓이 팔고 있긴 한데, 동양인이 아니라면 잘 모르는 편이다.

"그 마법은 마력이건 정신력이건 간에 '검'을 만들 수 있지만, 정작 마법사가 아니라면 배울 수 없어. 그것도 일반적인 마법이 아니라, 오직 코번의 마법 — 곧 카슬란의 고유 마법이 아니라면."

마도왕, 카슬란!

그 이름이 나오자 그의 눈도 가늘어졌다.

'코번의 마법이라고?'

생각이 실타래처럼 복잡하게 엮였다.

코번은 마들린의 성. 중세에서부터 현대까지 내려온 영국의 유서 깊은 가문의 이름이다. 마들린의 말에 머릿속에서 수많은 의문이 떠올랐다.

"왜, 앱스토어에서 카슬란의 마법 좀 배울 수 있지."

그 말에 마들린이 머리를 좌우로 흔들었다.

"아니, 미안하지만 그건 불가능해. 다른 건 몰라도 마도왕의 마법은 혈족이 아니라면 배울 수 없으니까."

"……잠깐, 설마…….."

"그래, 그는 나의 선조야."

"무슨……!"

카슬란에 대해선 잘 모른다. 그렇지만 지금까지 모아온 정보를 종합하면, 적어도 다른 차원의 사람이다.

그런데 그가 현대 지구, 중세에 실존했으며 그 혈족이 아직도 살아있다는 것에 놀랐다.

"……마들린, 네 마법의 출처는 어디지?"

충격도 충격이지만, 제일 먼저 의아함이 떠올랐다.

마도왕이 정말로 존재했고, 또 그 핏줄이 아직까지 이어져온다면 마법도 남아있을 확률이 높다.

과연 마들린 위치 코번은 앱스토어의 고객인가?

"네가 무슨 생각하는지 알겠는데, 괜한 오해는 하지 말아줘. 마도왕의 존재유무는 나 역시 앱스토어의 고객이 된 이후로 알게 됐으니까."

영국의 귀족 가문, 코번의 초대 가주에 대한 건 자세히 알려져 있지 않았다. 워낙 오래된 일이기도 하고, 기록도 별로 남아 있지 않아서 성에 '코번'이라는 이름이 들어가는 것밖에 모른다.

애초에 코번 가에 마법에 대해서 내려오는 건 없다.

지금도 마들린을 제외하곤 코번 가에서 카슬란이나 마법에 대해 아는 사람은 존재하지 않는다.

"마도서 중에서 커스터마이징이라고, 사용자의 재능과 능력을 판단하여 맞춤형으로 찾아주는 게 있어."

마법이란 건 첫째는 재능이요, 둘째는 머리요, 셋째는 노력이다.

그리고 이 사이사이에는 정말 넘을 수 없는 벽이란 것이 존재한다.

피나는 노력과 비상한 머리도 있어도, 정작 마법적인 재능이 없다면 아무것도 배울 수 없다.

마법은 세세한 계열로도 상당히 많이 나눠지다 보니, 자신의 재능에 맞는 마법을 찾아 배워야한다.

그걸 위해 준비된 것이 커스터마이징이라는 마도서인데 — 그걸 사용하니 우연찮게 가문의 비밀을 알게 됐다.

시공간의 영역까지 도달한 전설적인 마도사.

마도왕 카슬란의 핏줄.

'뭐하는 놈이야?'

한국의 관리자, 그 라미아가 쫓아다니는 인물이다. 거기에 모자라 온갖 차원에 이름까지 날렸다.

그런데 보아하니 또 지구 출신인 것 같다. 할 말을 없게 만드는 놈이었다.

"마력이 주 에너지가 아닌 걸 보면, 넌 마법사가 아니고…… 도대체 어떻게 스피릿 소드를 쓴……."

"촌스러운 티 내지 말자."

쿠구구구—!

주변의 일정 구역의 중력이 변한다. 지구의 중력보다 순간 열 배 정도 늘어나자, 마들린이 이를 갈았다.

"이……건……!"

"앱스토어의 고객이면서 아직도 그런 의문이라니, 아마 추어도 아니고. 안 그런가?"

기적의 앱스토어.

모든 걸 '기적'으로 처리해주는 편리한 힘.

"대충, 상상은 가네……!"

마들린이 입꼬리를 비틀어 올리며 무언가를 떨쳐내 듯이 손을 털어냈다.

그러자 몸을 짓누르던 중력이 없었던 것처럼 깨끗하게 사라졌다.

'……역시.'

속으로 절로 침음이 흘러나온다. 두 번째 슬롯, 중력 조작을 써 보았으나 상대도 그 힘을 가지고 있었다.

"……그 시계, 아까 전에 스피릿 소드를 사용할 때 초침이 돌아가던데 — 마법이 저장된 상품이려나?"

마들린이 가늘어진 눈매로 지우의 왼쪽 손목을 살폈다.

"쓸데없이 눈치가 빠르고, 머리가 좋으면 귀찮아."

쒜애애액!

빛의 입자가 응집되어, 모든 걸 베어 가르는 검이 공간을 쪼개면서 마들린의 목줄기를 노렸다.

"큭!"

마들린이 미간을 찌푸리면서 뒤로 물러났다.

"콰드르풀 쉴드(Quadruple shield)!"

영창을 생략하고 손바닥을 펼쳐 마법을 시전했다. 반투명한 막이 네 겹으로 중첩되어 나타났다.

그러나 스피릿 소드는 그 투명한 막을 두부 가르듯이 손쉽게 잘라내, 마들린의 목을 자를 기세로 날아갔다.

"블링크!"

방어가 막히지 않자, 공간이동을 사용. 그녀의 몸이 사라졌다가 오십 미터 밖 차량 위에 나타났다.

'접근전은 위험해.'

자신의 선조가 맛이 간 양반이여서 그런지는 모르겠지만, 마도사 주제에 소드 마스터라고 우기고 다녔다.

스피릿 소드도 그 부산물이다. 허나 정작 마들린은 이 마법을 즐겨 쓰지 않는다.

일단 기본적으로 마법사이기에, 거리를 벌리고 주문을 외워서 마법을 날리는 전투를 한다.

당연히 접근전은 약할 수밖에 없고, 아무리 성능 좋은 마법의 검이라 해도 신체능력이 따라주지 않는다.

'아니, 그보다 인질들이 잡혀 있어서 아무것도 못…….'

"꺄아아악!"

다음 행동을 생각하려고 할 때, 누군가의 비명이 터졌다. 마들린은 깜짝 놀라 정면을 쳐다봤다.

"저, 미친, 새끼……!"

파지지지지직!

대기가 울고 있다. 주변 전자 신호가 완전히 엉망이 됐다. 불이 껌뻑껌뻑하고 마구 날뛰었다.

덕분에 다른 거리까지 엉망이 되어, 여기저기서 충돌 사고가 벌어졌다. 경찰과 구급차 등의 사이렌 소리가 앵앵 하고 시끄럽게 울어댔다.

"전광투창."

오른팔을 뒤로 쭉 뻗고, 손바닥 위쪽에 창을 떠받는다.

청색과 금색이 아울러져 화려하게 빛나는 스파크.

"바사비."

수십 억 개의 전자가 집결하여, 주변을 환한 빛으로 싸그리 집어 삼키는 우레의 창이었다.

직경 십 미터 가량의 거대한 창.

"안 돼!"

마들린이 공간을 접어, 계속되는 마력의 소비와 함께 블링크로 이동해 지우에게로 날아갔다.

다만 별다른 방어 체계를 하지 않아서 그런지, 전격에 영향을 받아 피부가 따끔따끔 거렸다.

"샤크—."

"워프!"

푸르른 섬광이 둘을 감싸 안았다.

미국.

"쏴."

알렉산드라의 무미건조한 목소리에, 프랭크는 무전기를 꺼내서 전 부대 지휘관에게 명령을 내렸다.

"사격 개시!"

타다다다!

주변의 주민들은 귀를 닫고 방문을 걸어 잠근 다음 덜덜 떨었다. 전쟁을 방불케 하는 광경이었다.

사람들은 불안에 떨었지만 반대로 어떻게든 그 광경을 구경하려는 자들도 있었다.

"것 참, 오사마 빈 라덴이라도 부활한 건가?"

"통제 한 번 심한데."

계속되는 총성에도 기자들은 심장이 강철로 됐는지, 입을 삐쭉 내밀면서 불만을 입에 담아 중얼거렸다.

"젠장!"

한편, 기자들이 궁금해 하는 국제 테러리스트. 제임슨 쿠퍼는 빗발처럼 쏟아지는 총알 세례에 욕을 내뱉었다.

일단은 집 안으로 들어왔지만, 총알이 몇 만 발이나 쏟아져 내리는 탓에 몰골이 말이 아니었다.

벌써 몇 번이나 재생했는지 모른다. 초재생 능력이 없다면 이미 죽었다.

'나갈 수가 없다.'

하필이면 혼자 있을 때 알렉산드라라니, 위험하다.

다행히 치트나 다름없는 마인드 컨트롤에도 제한이 있다. 얼굴을 대면하지 않으면 그만이다.

집 안에 숨어 있다면, 마인드 컨트롤에는 당하지 않지만, 그렇다고 언제까지 숨어있을 수는 없다.

"대체 어떻게 하—."

콰과과과과과과—!

지, 라고 말하지 못했다. 그 전에 세상이 멸망하는 것처럼 굉음이 터지면서 소리를 집어삼켰다.

아니, 소리뿐만이 아니다. 제임슨의 집 전체가 지진이라도 일어난 듯 마구 흔들렸다.

도대체 무슨 일인가 하고 고개를 돌린 순간.

"이게 도대체⋯⋯?"

제임슨은 하늘이 무너진 얼굴로 정면을 주시했다.

구멍이 숭숭 뚫려있던 벽, 깨져버린 창문, 떨어져나간 문은 보이지 않았다. 외벽 자체가 깔끔하게 사라졌다.

게다가 방금 전까지 자신을 압박하던 특수부대원들이 바닥에 아무렇게나 누워있는 것이 보였다.

유성이라도 떨어진 것은 아닐까 라는 생각이 들 정도로 주변은 완전히 엉망진창. 쑥대밭이 됐다.

"제임, 슨⋯⋯."

자신의 이름을 부르는 목소리와 함께 불길한 생각이 들었다. 멕시코에서 호아킨과의 싸움이 스쳐갔다.

마들린이 요한에게 중독당하여 거의 죽을 뻔했던, 도저히 잊고 싶어도 잊을 수 없던 사건이었다.

"마들린!"

제임슨은 아연한 표정으로 목소리의 근원지로 몸을 날렸다. 마들린이 지친 기색으로 서있었다.

"괜찮아. 크게 다치지 않았으니까."

마들린이 타오르는 눈동자로 답했다. 그녀는 막 포션을 복용한 듯, 입을 소매로 닦고 있었다.

"커허억!"

마들린의 정면 앞, 폐허가 된 거리 사이에 지우가 비틀거리면서 피를 토해냈다.

"이 미친놈아!"

마들린이 지우를 주시하면서 소리를 빽 질렀다.

"런던의 거리에서 이걸 사용할 생각이었어?"

"카하악, 퉤!"

지우는 피가 섞인 가래를 뱉는 걸로 대답을 대신했다. 그리곤 동공을 재빠르게 굴려 주변 상황 파악에 임했다.

약 십여 초 정도가 흐르자, 지우는 제임슨이 있다는 걸 보고 이곳이 미국이란 걸 깨닫고 경악했다.

"영국에서 미국까지 날아왔어?"

바사비 샤크티를 쏜 것까지는 좋았으나, 마들린이 텔레 포트의 상위 마법인 워프를 사용했다.

얼마나 대단한 마법이었냐면 사람뿐만 아니라 에너지에 불과한 바사비 샤크티까지 이동시켰다.

그리고 이동이 완료되자마자 바사비 샤크티가 뜬금없는 곳에 떨어졌고, 이 상황이 벌어졌다.

문제는 워프를 하게 되면서 바사비 샤크티의 에너지 폭발에 약간 휘말려 내상을 입어버렸다.

"퉤, 제기랄."

피가 섞인 가래를 뱉어내곤 엘릭서를 꺼냈다. 이 싸움을 대비해서 파나세아로 잔뜩 만들어두었다.

주저하지 않고 엘릭서를 복용하니 여태껏 소모한 정신력과 내상까지 모조리 치유되는 게 느껴졌다.

"……터무니없는 여자야."

알렉산드라가 콜록, 하고 먼지를 토해내며 나타났다.

"마들린!"

제임슨의 안색이 변했다. 여기에서 싸우게 된다면 제임슨은 몸의 자유를 빼앗겨, 혼자 남은 마들린을 공격하게 된다. 그러면 어찌될지는 뻔한 일이었다.

"나도 알고 있어!"

"쯧!"

뭘 하려는지 귀신같이 눈치를 챈 지우가 근처에 있던 알렉산드라를 껴안았다.

"워프!"

＊　　　＊　　　＊

루카스는 하루아침에 수배범이 됐다.

남아공에서 빈민층을 상대로 무료로 교육을 해와, 상당한 존경을 받았지만 모두 깨끗이 사라져버렸다.

남아프리카 공화국 정부에서 대대적으로 군대를 보내 서찾아 헤맸다. 현상금 사냥꾼도 나섰다.

지하에서 발견된 다량의 마약, 그리고 중국 정부의 증언까지 합해지면서 해명할 수 없게 됐다.

이에 루카스가 택한 결정은 당연히 '도주'였다.

추격을 피하는 건 그다지 어려운 일이 아니었다. 염동력의 힘만 빌리면 충분히 처리할 수 있다.

다만 걱정되는 것이 있다면 역시 자신이 가르치던 아이들, 특히나 부모가 없는 고아들이었다.

'……아니, 됐어. 그들이라면 잘 대해줄 거야.'

자신을 잡으러왔던 군인들이 머릿속에서 떠오른다. 그들의 눈에 비춰진 것은 '분노' 였다.

아이들을 돈벌이 수단으로 건드렸다는 것에 화를 내고, 그걸 저지하러 왔다는 것에 안도감을 느꼈다.

남아프리카 공화국, 요하네스버그(Johannesburg).

조벅(Joburg)이라고도 불리는 이 도시는 남아공에서도 가장 부유한 도시로 경제 수도라 불리기도 한다.

다만, 이촌향도 현상이 일어나고 있어 불법체류자도 상당 부분 모여 있다. 빈부격차 역시 심하다.

요하네스버그 — 다운타운.

일명 요하네스버그 가이드라인이라는 이름의, 괴담이 현실화되는 최악의 치안을 지닌 구역을 말한다.

외교부조차도 가지 말라며 말할 정도이니, 그 수준은 두말할 것도 없었다.

"멜론, 미안하구나."

"그런 말씀하지 마십시오. 다른 누구도 아닌 선생님이시지 않습니까."

멜론은 루카스에게 신세를 진 수많은 제자 중 하나다.

일찍이 부모에게 버림을 받았고, 빈민층에서 자라 도둑질을 하며 살다가 루카스에게 구원을 받았다.

어릴 적에 루카스 밑에서 공부를 배우고, 성인이 되어 꿈을 가진 채 이 요하네스버그로 왔다.

다만 여차저차 한 사정이 있다 보니, 이곳 다운타운까지 오게 됐다.

델론은 제자들 중에서도 믿음직스럽고 선했다. 인연도 상당히 오래됐고, 자신을 도와준 적도 있었다.

그래서 루카스는 잠시 이 나라를 떠나 있는 동안, 델론에게 다른 아이들을 맡길 생각이었다.

"누구인지는 몰라도 선생님께 그런 터무니없는 누명을 씌우다니, 용서할 수 없습니다."

델론의 눈썹이 사납게 치켜 올라갔다.

제자의 반응에 루카스는 쓰게 웃으며 말했다.

"사정이 좀 복잡하단다. 그보다……"

루카스의 안색이 어둡게 가라앉았다.

"너에 대해서 말할 것이 있단다. 어제의……그, 앱에 대해서 말이다."

"아, 그 누가 장난친 앱 말씀이십니까."

루카스는 얼마 전 델론을 찾아와, 그와 대화를 나누는 도중 깜짝 놀랐다.

델론이 누가 장난을 친 것인지, 아니면 해킹을 한 것인지 잘 모르겠으나 이상한 게 깔렸다고 말해왔다.

그 말을 듣고 불안함을 느꼈고, 확인 결과 역시나 기적의 앱스토어가 다운된 걸 확인할 수 있었다.

'얼마나, 고생을 했을까…….'

델론은 어릴 적부터 이미 상당한 고행을 해왔다. 자신의 품에서 떠날 때, 부디 불행하지 않기를 기도했다.

그러나 기적이 찾아온 걸 보면, 분명히 상당한 불행을 겪어왔을 것이 분명하다.

그걸 생각하니 눈물이 핑 돌았다.

"잘 들어라, 델론. 그건 말이다 누가 장난친 것이 아니라……."

쐐애애애액!

바람이 불었다. 매섭고 날카로우며 무서운 바람이었다. 그 바람은 델론의 목 언저리를 스치고 지나갔다.

서걱!

"……델……론……."

델론의 머리가 분리되어, 바닥으로 떨어졌다. 얼마나 잘 베였는지, 잘린 부위에서 피가 흘러나오지 않았다.

마치 소시지를 자른 것처럼 고기 부분과 가운데 뼈로 추정되는 하얀 점이 박혀 있었다.

"쯧! 네이션 맵을 사용해서 — 다섯 번째 멤버까지 찾아낸 줄 알았는데, 신규였군요."

루카스의 고개가 천천히 뒤로 돌아갔다. 문이 열린 채, 피 냄새를 풀풀 내며 서 있는 자오웨가 보였다.

"안녕하세요, 루카스. 지금이라도 제가 세운 학교에 교사로 취직해주시면 어떠나 싶어 찾아왔어요. 괜찮다면 언컨쿼러블은 그만두고 저희 쪽으로 붙는 건?"

"자오웨에에에에에!"

루카스가 분노를 토해내면서 손을 쫙 펼쳤다.

위이잉—!

그의 목소리에 공명하듯, 세상이 흔들렸다. 염동력에 의한 물리력이 도시 전체를 적용시켜 지진을 일으켰다.

문 앞에 서 있던 자오웨의 얼굴이 일그러졌다.

"이 정도일 줄은……!"

멕시코에서 루카스의 힘이 상당하다는 건 알았지만, 이 정도의 규모를 보일 수 있을지는 몰랐다.

"너만큼은 용서하지 않겠다!"

쿠와아앙!

폭음이 터지면서 자오웨가 보이지 않는 충격을 받고 날아갔다. 동시에 벽과 문도 뜯겨져 나갔다.

팔을 교차하고, 호신강기로 데미지를 최소화한 채로 날아가던 자오웨는 공중에서 제비를 돌아 착지했다.

"방금 사람이 하늘에서……?"

거리를 걷던 누군가가 눈을 비비면서 믿을 수 없는 듯이 중얼거렸다.

평소라면 자오웨의 미모에 탐욕스런 눈을 빛내겠지만, 그런 것도 없이 경악 어린 눈초리만 지었다.

"다른 사람이라면 몰라도…… 어떻게 네가 그럴 수 있지!"

루카스가 분노한 채로 아래를 내려다봤다.

"사, 사람이 하늘에 떠 있어!"

공중에 두둥실 떠 있는 루카스를 보고 거리의 사람들이 입을 떡 벌린 채 소리를 버럭 질렀다.

다른 나라 같으면 스마트폰을 들고 촬영하기에 바쁘겠지만, 이 다운타운에 그걸 소유한 사람은 별로 없다.

있다고 해도 차라리 판매하여 그 돈으로 마약을 사거나, 혹은 배를 채운다.

"흑해자들을 거둔 그대가 어째서 이리도 잔학무도한 짓을 할 수 있는가!"

그 말에 자오웨의 눈썹이 꿈틀거렸다.

"저에 대해서 알고 계시는군요, 루카스."

"그렇게나 거대한 시설을 세웠으니, 모를 수 있을 리가 있나. 자네에 대해 조사해보면 금방 나오네."

루카스가 이를 뿌드득 갈았다.

언컨쿼러블은 지우 일행의 등장 때부터, 이미 조사를 시작해서 각지에서 정보를 모았다.

당연히 지우를 비롯하여, 그 외에 인원들에 대해서 잘 알고 있었다.

"자네가 정말로 그 아이들을 사랑하고, 보살피고 싶다면 이래서는 안 돼. 지금이라도 정신 차리게."

"정신을 차려……? 쿡!"

자오웨의 입가에 비틀린 미소가 번졌다.

그 웃음에 루카스가 소리를 버럭 질렀다.

"웃음으로 넘어갈 게 아닐세!"

루카스는 느릿느릿하게 수직하강하여 바닥에 슬며시 착지했다.

"우리 같은 교육자이자 부모는 ─ 거울 그 자체일세. 자네가 이런 짓을 하고 다닐 경우에 최악으로 그 길을 따라갈 수도 있어. 그걸 왜 모르는 겐가!"

"……."

초승달처럼 휜 자오웨의 눈매가 가늘어졌다.

"확실히 자네가 갈 곳 없는 아이들을 거두어, 다양한 교육을 받을 수 있도록 환경을 만들어 주고 그걸 또 무료로 보살펴주는 것은 훌륭한 일이 맞네."

루카스는 교육자 입장에서 자오웨를 개인적으로 나쁘게 보고 있지는 않았다.

자신의 재산을 희생해서, 몇 천 명을 아득히 상회하는 아이들이 성인이 되기 전까지 그 인생을 책임져주는 것은 충분히 존경받을 만하다.

하지만, 나쁘지 않게 본다고 해도 그걸 긍정하는 바는 아니었다.

"아이들을 위한다고 해도, 자네의 행동은 변호받을 수 있는 것이 아니야. 잘못됐지."

"……어디 한 번, 계속 지껄여봐."

"마약으로 누군가의 인생을 망가뜨리고, 살인을 해서 재산을 빼앗고, 고위 관료들에게 뇌물에 빠뜨리고!"

루카스가 분노 어린 외침을 토해낸다.

"그 사실을 자네의 아이들이 알게 된다면 기뻐할 것 같나? 그런 돈으로 구원을 받았다고 좋을 줄 아나! 악행으로 사람을 구원해봤자, 그건 아무런 소용이 없네!"

아이들을 구한다. 그 행위는 좋다. 좋은 일이다.

그렇지만, 그 아이를 구해서 남의 인생까지 무너뜨린다. 목숨을 빼앗는다. 그 주변을 불행하게 만든다.

절대로, 무슨 일이 있어도, 용서받지 못한다.

가슴 속을 파고드는 그 지적에 자오웨가 차디찬 눈동자로 루카스를 째려보며 아공간에서 검을 꺼냈다.

"아니, 네 말은 전적으로 틀렸어. 루카스 피에나르."

검에 쥔 손에 힘이 들어갔다.

"부모에게 버림받거나, 혹은 잃어버리거나, 아무것도 없는 아이들에게 필요한 건 관심이나 사랑이 아니야."

그 눈동자가 섬뜩하고, 싸늘하게 빛난다.

"돈이지."

"뭣……!"

"돈이 있다면 쓰레기통을 뒤져서 배를 채우지 않아도 좋고, 상자를 끌어안고 자지 않아도 돼. 그 외에도 쓰레기 같은 인간들에게 공격받지 않도록, 재산을 빼앗기지 않을 수 있도록 보호도 할 수 있지. 그러려면 뭐가 필요할까. 사랑? 개소리하지 마. 그건 돈이야."

그녀의 눈동자가 분노로 활활 타올랐다.

"루카스, 너만 봐도 알 수 있어."

자오웨는 루카스를 보며 비웃음을 흘렸다.

"네 사상과 행동은 확실히 대단해. 하지만, 그건 이상주의일 뿐이야. 불쌍한 아이들을 무료로 가르치고, 올바른 길로 인도하겠다고 하니까. 그렇지만, 겨우 그걸로 얼마나 많은 아이들을 구했지? 백 명? 천 명?"

루카스는 아무런 답도 하지 않았다.

"그런 거야, 루카스. 확실히 네 길을 잘못되지 않았지만, 그 정도밖에 구하지 못해. 성장 과정 동안의 삶의 질 또한 그다지 좋은 건 아니잖아. 안 그래?"

자오웨는 여전히 조소를 흘린 채로 또 다른 교육자, 루카스 피에나르를 쳐다본다.

"잘 들어. 내가 세운 학교에선 매년 약 삼천여 명의 졸업자가 나와. 그것도 다들 고등 과정을 완벽히 수료한 학생들이지."

학문, 운동, 예능 등 모든 분야에서 제대로 된 공부를 끝낸다. 뒤처지는 사람들이 있다면 따로 맞춤 교육을 한다. 그 외에도 장애인까지 가리지 않고 받는다.

"거기에다가 정부에다가 뇌물도 넣어서, 신분도 새로이 갱신하지. 돈이란 건, 정말 대단한 거야."

자오웨는 돈을 이용해 수많은 아이들을 구원했다.

그건, 부정할 수 없는 사실이다.

"인간에겐 삶의 질 또한 중요해. 네가 교사로 있는 다 쓰러져가는 학교와는 다르지."

자오웨의 사립학교는 규모만큼 없는 게 없다. 수준도 정말로 높다.

만약에 구주방주가 운영하는 것이 아니라고 했다면, 고위 관료나 유명인들의 자녀들도 들어왔을 것이다.

비록 부모가 없는 흑해자들이지만, 자오웨의 손아래에서 행복하게 지내고 있다.

"지금이라도 늦지 않았어, 루카스. 네가 이쪽으로 들어온다면 네 제자들 또한 수용해 줄 수 있어. 오천에서 육천 정도라면, 충분히 들여올 수 있거든. 인종 차별이 걱정된다면 따로 부지 자체를 만들어줄게. 나에겐 돈도, 권력도 있으니까."

중국의 어둠을 지배하는 구주방.

그리고 그 구주방의 수좌!

"……."

그러나 루카스에게는 아무런 답변이 들려오지 않았다. 입을 꾹 다물고, 우직한 얼굴로 그녀를 쳐다본다.

자오웨는 그런 루카스를 쳐다보면서 입을 움직인다.

"확실히 네 말대로 내 방식은 잘못됐지. 부정하지 않아.

하지만, 나로 인해서 수많은 아이들이 구원받을 수 있는 것
도 부정할 수 없는 사실이야."

용호단주 시절에도 그랬지만, 구주방주가 되자마자 거침
없이 흑해자들을 데려오고 있다.

그 숫자는 옛적에 몇 천 단위를 넘었으며, 만 단위도 가
볍게 넘었다.

"만약 나를 죽이게 된다면 그 선택에 의해서 수많은 아
이들이 다시 지옥으로 돌아가겠지. 설사 죽이지 않는다고
해도 마찬가지야. 내가 없다면, 그 아이들은 모두 구주방의
다른 간부들에게 이용당할지 모르니까 — 자아, 어때. 당신
이라면 어떻게 하겠어?"

제6장

아무것도 하지 않으면,
변하지 않는다

프랑스, 파리 외곽.

전면전이 시작됐다.

샤를로트는 세계를 구하겠다는 이상만큼, 소중하게 여기
는 사람들이 있었다.

어릴 적부터 알고 지낸 사람들이다.

이번에 전면전이 시작되면서, 알렉산드라가 다양한 방
법을 가르쳐 주었다. 샤를로트의 주변인들을 신성술법으로
포섭하는 것도 그중 하나였다.

백고천은 샤를로트가 주변인들에게 버림을 받는 걸 보고

정신이 무너지기를 기대했다.

다만 아쉽게도 그런 일은 일어나지 않았다. 언컨쿼러블답게 절망을 이겨내는 데는 익숙했다.

"도대체 얼마까지 —더러워질 생각인가요!"

샤를로트가 불같이 화를 내며 소리를 질렀다.

"그리고, 당신 역시 신을 믿으시는 분이시잖아요. 어째서, 이런 짓을 하는 거죠?"

신성 술법은 신의 믿음에 따라서 경지도 높아진다.

"저번에 타천사를 보셨는데도 그런 말씀이 나오십니까. 어리석군요."

백고천이 눈을 가늘게 뜨면서 섬뜩한 빛을 내뿜었다.

"그리고, 어차피 저희에 대해 대강 조사하셨을 테니 제 사정에 대해서는 잘 알고 계실 텐데요."

앱스토어에는 정보를 구매할 수 있는 시스템이 있다.

돈만 내면 몇 가지 등급 제한이 걸린 것을 제외하곤 정말로 뭐든지 알 수가 있다.

타 고객에 대한 정보도 등급이 같을 경우, 상대보다 돈을 많이 낼 경우 정보를 막거나 구입할 수 있다.

허나 지우 측이야 원래 각자 대부분 사회적으로고 유명하고, 언컨쿼러블 역시 지우 일행이 추적하다보니 서로에 대해서 다들 잘 알게 됐다.

그래서인지 대부분 정보를 제한하지 않고, 그냥 구매할 경우 가져가라고 두고 있는 상태다.

둘 다 돈이 많다보니, 정보를 제한하거나 구매를 반복하게 되면 괜한 소비만 할 뿐이니까.

"생전에 하느님을 믿었으니, 천국에 갔을 것이라고 말하지 마십시오. 그 잘난 교리에 따르면, 우리 어머니는 스스로를 죽였으니 지옥에 가지 않겠습니까."

"확실히 자살은 대죄입니다. 그러나 당신의 어머님은 생전에 선행을 하였고, 하느님을 믿어……."

"헛소리 하지 마십시오!"

백고천이 분노를 토해냈다.

"정말로 그 잘난 신이란 것이 기도를 듣고 있었다면, 우리를 굽어 살피고 있었다면 그런 일이 있어선 안 돼!"

아버지의 회사가 도산했을 때, 가족끼리 모여 절망하지 않고 기도했다. 신에게 기대고, 손을 모아 진심으로 기도하면서 이 시련을 극복할 수 있도록 기도했다.

거짓된 마음은 한 가지도 없었다. 백고천 역시 당시만 해도 정말로 신을 굳게 믿었고, 열심히 기원했다.

하지만 돌아온 것은 절망. 아버지의 사고, 어머니의 우울증 — 그리고 기적과 함께 찾아온 어머니의 자살.

"확실히 저 역시 신의 존재를 믿습니다. 앱스토어의 기적을 목격하고 느꼈으니까. 하지만, 신에게 기대하지는 않습니다. 무언가 원하지 않습니다."

"백……고천……."

"신이란 건, 결국 방관자일 뿐입니다."

정말로 기적의 앱스토어가 기도에 답한 것이라면, 더더욱 화를 참을 수가 없다.

신이라면 분명히 어머니가 스스로 목숨을 끊기 전에 기적을 줄 수 있었을 것이다.

그게 진정 기적.

"과거의 나와 부모님에게 필요한 게 무엇인지 아십니까? 하느님의 보살핌? 사랑? 기댈 곳? 아닙니다. 좀 더 현실적이고, 물질적인 것입니다."

백고천이 입술을 질끈 깨물었다. 어찌나 강하게 깨물었는지 핏줄기가 주르륵 하고 흘러내렸다.

"돈—!"

백고천이 언성을 높여 소리쳤다.

"틀려요!"

샤를로트가 곧바로 반박했다.

"아니, 맞습니다!"

백고천도 그녀의 말을 곧바로 부정했다.

"기도만 한다면, 아무것도 변하지 않습니다. 기도로 모든 게 해결된다면, 세상사람 모두가 기도만 할 거요!"

휘이잉.

거센 바람이 불어, 그의 백발을 스치고 지나갔다.

"한 가족이 단칸방에서 발 딛을 틈도 없이 살 때, 아무리 기도해 봤자 나아지는 건 없습니다!"

"아무리 그래도, 돈은 마음의 안식처가 되지 않아요!"

"헛소리 하지 마십시오, 샤를로트. 당신도 알고 있지 않습니까!"

실눈이 떠지며 그 안에 매서운 눈동자가 모습을 드러냈다. 평소처럼 능글맞은 웃음은 없었다.

"배고픔이 기도를 한다고 나아집니까? 추위가 기도를 한다고 따듯해집니까? 아니! 돈이 모든 걸 해결해 주지!"

"당신……!"

"그 누가 뭐라 해도 이건 부정할 수 없는 현실입니다. 사람이 살기 위해선, 돈이 필요합니다. 그러니까, 전 돈을 벌어서 — 아직도 착각 속에 빠진 길 잃은 어린 양들에게, 돈을 쥐어줘 현실을 깨닫게 해 줄 생각입니다."

백고천의 목적.

한때, 이 힘으로 신의 체계를 무너뜨려했던 남자.

"샤를로트 드 아멜리, 그럼 묻겠습니다."

그러나 그 목적은 감옥에 있으면서 약간 바뀌었다.

아니, 정지우를 만남으로 바뀌었다.

"가난하고 불쌍하기 그지없는 종교인에게 돈을 쥐어주면서, 무신론을 전도하라고 하면 몇 명이나 할 것 같습니까?"

"잠깐만요. 설마, 당신……."

샤를로트가 그 말을 듣고 순간 넋을 잃었다.

"다들 잘하더군요."

십자가를 부러뜨리고, 성경을 불태우고, 교회에 가서 난동을 부리고, 주변 사람들에게 신은 없다고 전도한다.

어떠한 종교를 전도하는 것이 아니라, 아예 종교 자체가 없도록 하고 다녔다.

그것도 일반인이 아니라, 종교인에게.

정보를 구하는 건 어렵지 않았다. 앱스토어의 정보 시스템만 이용하면 종교유무의 진실도 알 수 있으니까.

"도대체…… 뭐하는 짓이죠!"

샤를로트가 허탈한 표정을 지었다가, 다시 진노했다.

"하하하, 재미있는 이야기를 해주죠. 어떤 독실한 신도가 있었습니다.”

백고천은 시간이 남을 때마다 이런 짓을 했다. 다른 동맹원들은 그의 행동에 별로 관심을 두지 않았다.

지우 역시 백고천이 사이비 종교를 세워 논란을 일으키지만 않으면 뭘 하건 상관하지 않았다.

그동안 백고천은, 터무니없고 미친 짓을 했다.

제일 기억에 남는 건, 무려 일곱 명의 부양가족을 둔 남자였다.

그 남자에게 접근해서 돈을 쥐어주고, 주변에 무신론을 전도한다면 좀 더 많은 돈을 준다고 했다.

처음엔 남자가 분노했으나, 손에 쥔 돈이 많아지자 입을 꾹 다물고 백고천의 말대로 행동했다.

남자는 괴로워했으나, 어쩔 수 없이 무신론을 주변에 전도했다. 이 돈이 있다면, 가족들을 행복하게 할 수 있었으니까. 더 이상 굶주림에 보내지 않아도 된다.

결국 그 신심은 가면 갈수록 퇴색되었고, 정신을 차리고 보니 남자는 정말로 신을 믿지 않게 됐다.

믿고 있는 건, 백고천이 쥐어주는 돈이었다.

“그 남자를 비롯하여, 몇몇 종교인들을 대상으로 실험해 봤습니다. 아주 잘 통하더군요.”

"당신은 미쳤어!"

샤를로트의 뒤편에서 새하얀 빛이 뿜어져 나왔다. 눈부실 정도로의 금발이 흔들렸다.

"뭐가 잘못된 겁니까!"

백고천의 뒤편에서도 새하얀 빛이 뿜어져 나왔다.

"누군가를 때리라고 한 것도 아니었으며, 그렇다고 재물을 탐하거나 생명을 빼앗으라고 한 것도 아닙니다!"

이건 진실이다.

원한 것은 오직 하나. '무신론'의 전도뿐.

"미리 말씀드리지만, 전 강요하거나 협박한 적도 없습니다! 그들에게 — 그저 선택지를 줬을 뿐입니다!"

기적을 보여준 것도 아니다.

신성 술법은 쓰지 않았다.

권유한 자들은 대부분 악인은 아닌지라, 다행히 강도를 당하거나 하지는 않았다.

그저 찾아가서, 돈을 건네며 제안만 했을 뿐이다. 그리고 싫다면 하지 않아도 괜찮다고 말했다.

의심할 것 같아 계약서도 만들어줬고, 제안만 했다.

"신에게 기대기만 해서는 아무것도 변하지 않는 걸 왜 모르십니까! 아무것도 하지 않으면, 변하지 않습니다!"

"그런 뜻이 아니잖아요!"

"저처럼 더 이상 헛된 희망을 품게 하지 않겠습니다!"

백고천이 눈물을 흘리며 가슴을 쥐어뜯었다.

"기도란 건 돌아오지 않는 헛된 것이라는 걸, 사람들이 깨우치게 만들도록 뭐든지 하겠습니다!"

신이 싫었다.

미치도록 기도했으나 대답은 돌아오지 않았다.

"돈이 얼마든지 들어도 좋으니까 — 그들을 구하겠어!"

그런데도 부모님은 무언가를 기대하고 기도했다.

"그건 결코 구원이 아니에요!"

그 신앙심이 증오스러웠다.

"사람의 환경을 이용하고, 돈으로 유혹해서 신앙심을 빼앗아 가치관을 억지로 바꾸겠다니…… 그런 건!"

"그렇다면, 그들에게서 행복을 빼앗을 생각입니까."

그의 말에 샤를로트가 입을 다물었다.

"무신론을 전도하기로 한 건 그들이 선택한 일. 그리고 전 그에 알맞은 보답을 하고 있습니다. 또한, 그 돈으로 자신을 비롯한 가족들과 행복한 시간을 보내고 있죠. 만약 제가 사라진다면 어떻게 되겠습니까?"

백고천은 일부러 정말 사정이 좋지 않은 자들만 골랐다.

직업도 제대로 구할 수 없었다.

그동안 키운 능력이라곤 무신론을 전도하는 능력 정도. 백고천이 아니라면 누구도 써주지 않는다.

즉, 대부분은 또 다시 과거의 생활로 돌아갈 터.

"그건……앗!"

샤를로트가 말을 하려다가 깜짝 놀랐다.

후광이 아니라, 이제는 바닥에서 빛이 뿜어져 나왔다. 다만 다른 것이 있다면 마법진이 그려져 있었다.

눈 깜짝할 사이에 샤를로트의 몸이 입자로 변하기 시작했고, 백고천이 그걸 귀신같이 눈치채고 몸을 날렸다.

'신성 술법이 아닌 마법이라면……워프!'

파앗!

*　　　*　　　*

미국, 뉴욕.

타임 스퀘어.

"여긴……우욱!"

백고천은 눈살을 찌푸리면서 엉망진창이 된 속을 진정시키기로 했다. 신성술법을 쓰자 금세 괜찮아졌다.

그리고 다시 정신을 차리고 주변을 둘러보자, 낯이 익은 뒷모습이 보였다.

"다들 눈치가 좋아서 마음에 들어."

알렉산드라가 하얀 것도 아니고, 검지도 않은 머리칼을 손으로 긁적이면서 무덤덤한 어조로 말을 내뱉었다.

"아아악! 다 따라 왔잖아!"

반대편 쪽에서 마들린이 파란색 액체를 마시면서 짜증을 부리는 것이 보였다.

아니, 마들린뿐이 아니다. 언컨쿼러블의 멤버 모두가 한자리에 모여 이쪽을 쳐다보고 있었다.

"카슬란이 마법으로 시공간 영역을 다뤄서 그런가, 공간 계열 마법은 끝내주는데……."

지우는 중얼거리면서 정면을 주시했다.

"어떻게 된 거죠?"

백고천이 상황 설명을 요구했다.

"영국의 마녀가 언컨쿼러블을 마법으로 모조리 불러들였다."

옆에 서 있던 칭후가 답해줬다.

"자오웨와 나는 루카스의 소환에 휘말렸고, 넌 보다시피 샤를로트인 것 같은데."

그의 말대로다.

마들린은 제임슨과 로스엔젤리스에서 만난 뒤, 알렉산드라와 싸우기가 껄끄러워 다시 한 번 워프했다.

당연히 근처에 있던 지우와 알렉산드라도 함께 이동. 그걸 몇 번이나 계속됐다.

마들린은 제임슨을 데리고 도주했고, 그 시간 동안 다른 동맹원들의 좌표를 검색하는 데 힘썼다.

그 결과, 이곳 뉴욕에 도착하여 곧바로 소환 시도. 그런데, 하필이면 루카스와 샤를로트를 상대하고 있던 불필요한 인원들까지 딸려왔다.

원래의 계획대로라면 동료들만 데려와, 지우와 알렉산드라를 밀어붙이려고 했지만 — 보기 좋게 실패했다.

빠아앙!

"저 미친 새끼들은 뭐야!"

"당장 경찰 불러!"

여기저기서 욕설이 튀어나온다. Fuck이 도대체 몇 번이나 들어가는지 모르겠다.

그러나 주변의 반응이 어쩌건, 아홉 명은 타임 스퀘어 한가운데 서서 서로를 마주봤다.

"여기까지 왔는데도 나머지 멤버는 오지 않았나."

알렉산드라가 지나가듯이 말했다.

"아무래도 비장의 한 수라는 의미는 아닌 것 같고."

이젠 정말로 어떻게 될지 모르는 싸움이다. 전력을 다하지 않으면 죽는다.

소환 마법도 있는데 아직까지 부르지 않는 걸 보면 어떤 사정이 있을 거라 생각됐다.

"그래도 끝까지 방심하지 않는 게 좋죠."

자오웨가 용연을 꺼내 강기를 불어 넣었다.

"이 새끼들아―!"

제임슨의 목소리가 쩌렁쩌렁하게 울려 퍼졌다.

그의 목소리로 모두의 시선이 집중되자, 곳곳에서 욕설이 튀어나왔다. 사람들이 그제야 제임슨을 알아챘다.

"오, 신이시여. 그 테러리스트잖아."

"분명 LA에 있다고 하지 않았어? 왜 뉴욕에 있지?"

"제기랄, 이럴 때가 아니야. 얼른 도망쳐!"

순식간에 타임 스퀘어 거리가 아비규환으로 변했다.

미국인들에게 테러는 민감하다. 거기에 바로 얼마 전에 한국에서 테러가 일어나지 않았는가.

아니, 한국뿐만이 아니다. 최근에 이곳저곳에서 테러가 일어나고 있다.

대부분 사람들은 기겁하면서 도망쳤으나, 그중에서 간 큰 자들은 동영상 촬영을 하려는 자들도 있었다.

이에 제임슨이 허리춤에서 권총을 꺼내, 구경꾼들 머리 위쪽으로 방아쇠를 당겼다.

"죽고 싶지 않으면 당장 꺼져! 난 테러리스트다!"

"으아아악!"

그제야 정신을 차린 사람들이 도망쳤다.

"여, 사람들을 대피시키려고 스스로 테러리스트가 되시기로 한 건가. 정말로 눈물 나는 행동이네."

"정지우……."

두 명은 각자 한 걸음 나서서 서로를 쳐다봤다.

"어째서?"

"뭘?"

"어째서 — 더 이상 멈추지 않는 거냐."

제임슨은 수차례 고민하고, 괴로워하면서 어쩔 수 없는 선택을 했다.

원래는 아무런 관련 없는 일반인을 끌어들이고 싶지 않았다. 기적에 대한 진실을 가르쳐 주고 싶지 않았다.

"가족의 행복을 위해서 뭐든지 하는 것이 아니었나!"

아직까지도 그게 마음에 걸린다. 모든 일이 끝나면 오직 그녀만을 위해서 평생 죗값을 치를 생각이었다.

정말로 하기 싫었고, 아직까지도 괴로움에도 그런 선택을 한 건 그것이 마지막 해결방법이었기 때문이었다.

자신이 아는 정지우라면 분명 가족 — 여동생의 행복을 위해서 모든 걸 내려놓을 것이라고 생각했다.

마들린 역시 그럴 가능성이 높다는 걸 깨닫고 이런 선택지를 제안한 것이다. 그만큼 확실한 방법이었다.

하지만 정작 장본인은 그러지 않았다. 아니, 반대로 역린을 건드린 것처럼 더욱 거칠게 반응했다.

"뭐든지 해. 그러니까 이렇게까지 하는 거지."

지우는 표정 하나 변하지 않은 채로 답했다.

"지하라면 부모님에게 말하지 않을 거야. 그렇다면 너희가 또 말하기 전에 어서 죽여야 하지 않겠나."

"그걸 말하는 것이 아니라는 걸 알고 있을 텐데!"

"······."

"네 여동생의 행복은 어떻게 되는 건데!"

정지우가 멈추지 않는 이상, 정지하는 결코 행복해지지 못한다. 아니, 반대로 불행해진다고 말할 수 있다.

누구에게도 말할 수 없는 사실. 그걸 영원히 껴안은 채, 눈물을 삼키며 슬퍼할 것이다.

"기억을 지울 것도 아니면서!"

그렇다면 가족의 행복은 영영 이루어질 수 없다.

"제임슨."

감정을 최대한 가라앉히고, 이성적으로 생각한다.

"나에겐 적이 많아. 주로 내 돈이나 사업을 노리는 자들이지. 또한 그들은 때때로 뇌물을 찌르거나, 범죄를 저질러서 덮거나 하는 방식으로 날 공격할 거야. 설마하니 그걸 보고 나보고 가만히 있으라는 건 아니겠지? 미안하지만, 난 너희처럼 호구가 아니야."

세상은 그렇게 돌아간다.

기득권층은 현상을 유지하기 위해서 온갖 더러운 방법을 쓴다. 그리고 현대 사회는 그걸 묵인해 준다.

돈이 있다면, 지위가 있다면, 힘이 있다면.

양심이라거나 정의의 승리 등은 없다. 물론 아주 존재하지 않는 건 아니다. 허나 그건 너무 덧없고, 손해다.

자신은 그게 싫었다. 바보같이 남들에게 당하고, 손해를 당하면서 어렵게 승리하고 싶지 않았다.

"정지우, 네가 하는 말은……."

"무슨 말할지 알아서 말하는 거지만, 오해하지 마. 그렇다고 엄연히 범죄를 정당화할 생각은 없다. 범죄를 범죄로 맞서다니, 그만큼 희대의 개소리는 없지."

사람을 죽였고, 뇌물을 넣어 법적 판정을 유리하게 바꾸었으며, 상대 기업을 무너뜨렸다.

설사 그 적들이 악인이라고 해도 방법이 잘못됐다.

잘못된 것을 알고 있음에도 이런 방법을 추구하는 건 그만큼 편하고, 효율적이고, 또 얻는 것이 많기 때문.

단지 — 그뿐이다.

그 이상, 그 이하도 아니다.

"나 역시 대놓고 범죄를 저지르겠다, 라고 말하는 건 아니야. 건드리지만 않으면 가만히 있겠지. 하지만, 너도 알다시피 세상이 그렇게 호락호락한 건 아니잖아?"

유토피아란 건 이 세상에 존재하지 않는다.

그건 역사가 증명해 주고 있으니까.

"복잡하게 생각하지 말고 간단히 말해 보자. 난 지금 나만의 방식을 좋아해. 하지만 그건 너희가 윤리적으로 용납할 수 없는 범위지. 그러니까 우리가 싸우는 거야."

"……다시 한 번, 묻지. 정지우."

제이슨이 빠드득, 하고 이를 가는 소리가 들렸다.

"너의 여동생, 정지하의 행복은 어디에 있지?"

"제임슨. 더 이상 좆같게 말하지 않는 게 좋을 거야."

파지지직!

스파크가 튀었다. 그런데 평소와는 좀 다르다.

왠지 모르게 불길할 정도로 시커먼 색을 띠고 있었다.

불길한 건 그뿐만이 아니다. 전류에서 끝나는 것이 아니라, 몸 전체에서 시커먼 아지랑이가 피어올랐다.

"어딜!"

불길함을 느낀 루카스가 지우에게 염동력을 쏘아냈다.

"흥!"

자오웨가 그 앞을 가로막으며 용연을 휘둘렀다. 검에 응집되어 있던 기가 폭사하며 염동력을 튕겨냈다.

"어머, 그러고 보니 우리는 아직 이야기하는 중이었지?"

자오웨의 물음에 루카스의 얼굴이 걸레짝처럼 일그러졌다.

"내 제안은 어때?"

"그걸 질문이라고 하나."

루카스가 적의 가득한 눈으로 자오웨를 노려봤다.

"교육자로서 더더욱, 그 방식을 용서할 수 없네."

"그럴 줄 알았어. 사실은 나도 던져본 거야."

자오웨의 입가에 서늘한 미소가 번졌다.

"저놈……."

누나를 향한 적의 때문인지 칭후가 반응했다. 살의를 내뿜으면서 당장이라도 달려갈 것 같이 보였다.

알렉산드라가 그런 칭후를 힐끔 쳐다보곤 저지했다.

"마음은 이해하겠지만 백고천을 도와 샤를로트를 맡아라."

백고천에게 공격 능력은 거의 전무하다. 있어봤자 타락 천사들인데, 소환하는 데 시간이 너무 걸린다.

반면 샤를로트는 상당한 능력을 소유하고 있다. 게임으로 치자면 백고천은 사제고 샤를로트는 성기사다.

칭후가 그걸 대신해서 채워줘야 한다.

루카스가 자오웨에게 맡기면 될 것이고, 이중에서 제일 강적인 마들린은 보아하니 지우가 맡을 것 같았다.

"소거법에 의하면 제임슨인가."

알렉산드라가 누군가에게 전화를 걸었다.

"지휘관에게 전한다. 적은 총 네 명. 제임슨 쿠퍼, 루카스 피에나르. 그리고……."

알렉산드라는 무언가 말하려다가, 잠시 멈칫하곤 다시 말을 이었다.

"……새하얀 갑옷을 입은 자와, 근처에서 이상한 마술을 부리는 백인 여성이다. 나와 구분을 잘 하도록."

샤를로트는 이미 싸울 준비가 되었는지 저번에 봤던 갑

옷으로 무장해 얼굴이 보이지 않았다.

마들린의 경우는 인식을 망가뜨리는 특수한 마법을 사용할지도 몰라, 일부러 이렇게 말했다.

—이해했습니다.

지금쯤이면 아마 국방부라던가, 경찰총국 등에 모조리 배포되었을 터. 마인드 컨트롤의 진정한 힘이다.

참고로 군대의 힘을 빌린 뒤, 제임슨을 제어할 방법도 있긴 했다.

다만 그럴 경우 시간이 좀 걸린다. 또 알렉산드라 역시 일정 시간동안 움직일 수 없게 된다.

그동안 만약에라도 원거리로 공격을 당하거나, 혹은 혹시 모를 마지막 멤버가 등장할 수도 있다.

다른 사람은 몰라도 자신은 육체가 약하다. 그걸 생각해서 섣부르게 나서지 않도록 했다.

"혹시나 싶었는데, 그 마법도 저장되어 있었구나."

이번엔 마들린이 앞에 나섰다.

"마들린……?"

제임슨이 걱정스런 눈으로 마들린을 쳐다봤다. 자신의 연인에게서도 똑같이 불길한 기운이 뿜어져 나왔다.

그뿐만 아니라, 흰 자위까지 검게 칠해지기 시작해 무척이나 섬뜩한 느낌을 묻어났다.

Slot3: 칼리고(Caligo)

–주의. 본 마법을 아직 사용하지 않았다면, 다시 한 번 생각해 주시기 바랍니다. 사용하는 데 있어 주의를 요망합니다.

–어둠의 마법.

–마법이건 무공이건, 능력 종류 상관없이 모든 걸 '장악'하여, 일시적으로 능력을 최소 열 배 이상으로 강화합니다.

–사용할수록, 시간이 지날수록 어둠에 장악됩니다. 진행률이 99%에 이를 경우, 인외(人外)의 경지에 도달합니다. 단, 대부분이 이지를 상실하게 되니 이점 유의하시기 바랍니다.

–위와 같은 경우 이성을 유지할 경우도 있습니다. 단, 그럴 확률은 극히 적으니 시도하지 않기를 권장합니다. 설사 다른 힘을 소유하고 있어도 이 마법에는 통하지 않으니 괜한 도전은 하시지 않는 것을 추천하는 바입니다.

–최악의 마법입니다. 사용자에게 크나큰 힘을 주는 대신, 약속된 파멸로 안내합니다.

–또한, 본 마법 역시 마법적 지식이나 지혜 등의 깨달음이 없다면 부작용을 초래합니다. 위력은 달라지지 않지만, 어둠에 침식되는 진행 속도가 가속됩니다.

"미리 경고하지만."

마들린에게서 눈에 보일 정도로 시커멓고, 불길한 기운이 폭풍처럼 휘몰아치면서 주변을 휩쓸었다.

몸에서 조금씩 푸르스름한 아지랑이가 튀어나올 것 같으면 순식간에 집어 삼켜 자신의 것으로 만들었다.

"나라면 모를까, 그걸 쓰게 되면 채 몇 분도 되지 않아 괴물로 변할 거라고 장담할게. 비유적으로 말하는 게 아니라……."

"외형도 괴물처럼 바뀐다는 거지. 나도 알고 있다."

그의 흰자위 역시도 검게 변했다. 불길한 기운과 어울려져 사악한 느낌까지 자아내고 있었다.

주먹을 꽉 쥐니 끓어 넘치는 힘이 느껴진다. 이 힘이라면 정말로 뭐라도 할 수 있을 것만 같았다.

"마들린, 나는 애초에 그런 위험한 도박하지 않는다."

입꼬리가 말아 올라가며 씨익 하고 웃었다. 그러자 오른쪽 눈의 검은자위가 다시 원래대로 돌아왔다.

"말도 안 돼!"

경악 어린 목소리가 절로 나왔다. 한쪽 눈만 검은자위로 변해서 그런 게 아니다.

칼리고를 사용 시 느껴지는 특유의 기운이 검으로 자른 듯 반밖에 느껴지지 않았다.

어둠의 마법, 칼리고는 어떻게 조절할 수 있는 마법이 아니다. 아예 멈추거나, 더더욱 커질 수밖에 없다.

작아진다거나 하는 경우는 존재하지 않는다.

"동양의 무학 중에서 양의신공(兩儀神功)이라고 음양의 이기(二氣)를 담아내는 절세신공이 있어."

"칼리고의 '장악'이라는 개념은 겉치레가 아니야."

정말로 장악이란 이 성질은 터무니없는 사기이다.

몸의 기운을 둘로 나눈다고 해도, 그것조차 모조리 자신의 것으로 만들어 '칼리고'의 일부로 만들어버린다.

즉, 어떻게 해봤자 곧 칼리고로 변한다는 뜻이었다.

"확실히 그렇지. 하지만, 아무리 칼리고라고 하여도 장악하는 데 시간이 걸려. 그 순간에는 아직 효능이 남아있지. 그렇다면 ― 그사이, 음과 양이 동시에 존재한다면 무슨 일이 벌어질까?"

먼저 양의신공으로 몸의 그릇이 둘로 나뉜다.

일단 음(陰)인 칼리고가 반을 먼저 채운다.

그리고 그 반을 넘치기 전에 얼른 양(陽)을 재빨리 넣는다. 참고로 이 양은 ― 일렉트로, 곧 전력(電力)이다.

약간의 오차도 없이 완벽하게 반반씩, 음양이기에 존재할 경우에 장악이 일어나기도 전 이변이 일어난다.

파지지직!

하얗지도 검지도 않은 전류가 흘렀다. 알렉산드라의 머리카락처럼 잿빛으로 물든 전류였다.

전 차원을 뒤져도 존재하지 않는 힘.

앱스토어의 상품에서도 존재하지 않는 능력.

초능력과 마법 — 그리고 무공으로 만든 오리지널 기술.

"혼공(混功)."

제7장

용인할 수 없는 방식

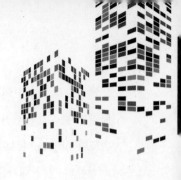

"혼식(混式)."

오른팔을 뒤로 크게 젖힌다. 신체 내부에서 새로이 탄생한 에너지를 끌어 모았다.

콰지지직!

혼돈으로 가득한 입자가 한곳으로 집결하여, 주변의 대기를 쥐어뜯으면서 잿빛의 창을 만들어냈다.

삼십 미터가량의 직경을 지닌 전류의 창!

"바사비 — 샤크티!"

쐐애애애액!

혼공으로 칼리고의 부작용을 어찌어찌 최소화했지만, 그렇다고 아예 없는 건 아니다. 체력이나 정신력 등 소비의 속도가 상당히 빠르니, 싸움을 빨리 끝내야한다.

전류의 창이 대기를 둘로 가르며 마들린을 향해 곧장 날아갔다.

"이 비겁한 자식이!"

마들린이 입술을 질끈 깨물면서 마력을 끌어올렸다.

어둠의 마법, 칼리고가 발현된다. 장악이란 개념 그 자체가 심장을 두른 마력의 띠를 집어 삼켰다. 힘의 종류 상관없이 모든 걸 모아, 최소 열 배로 강화시켜주는 절대적인 마법.

'여기서 피하면 다른 사람들이……'

원래는 인적이 드문 장소로 가려고 했으나 워프를 연달아 사용해서 그런지 실수를 해버렸다.

결국 최악의 장소, 사람이 많고 복잡하기로 알려진 타임 스퀘어로 이동. 그리고 지금, 자신이 저걸 공간 이동 마법으로 피하게 된다면 어떤 피해를 일으킬지는 뻔하다.

"데쿠플 쉴드(Decuple shield)!"

무영창으로 마법을 시전. 시커먼 색으로 물든 반투명한 방패가 열 겹으로 연달아 나타났다. 크기만 해도 약 오십여 미터에 이르는지라, 마들린이 얼마나 대단한지 알 수 있었다.

쿠와아아앙—!

창과 방패가 부딪쳤다.

혼돈과 어둠이 충돌한다.

회색으로 물든 창은 간단하게 첫 번째 방패를 꿰뚫더니, 이윽고 층층이 겹친 방패를 무너뜨리기 시작했다.

여섯, 일곱, 여덟 번째 방패!

"하아아아앗!"

폐 깊숙한 곳에서부터 숨을 끌어 올린다. 동시에 마력도 공명하여 시커먼 아지랑이가 폭풍처럼 휘몰아쳤다.

어찌어찌하여 창을 막아내는 데는 성공했으나, 조금씩, 조금씩 밀리고 있다.

남아버린 방패는 둘. 여기에서 마법을 쓰려고 해도, 먼저 시전한 것을 유지하느라 그럴 수가 없다.

다른 때라면 모를까, 이 괴물 같은 창의 위력이 워낙 남달라서 어찌할 수가 없었다.

'그렇다면!'

마들린은 둘밖에 남지 않은 방패를 비스듬히 세웠다. 창 끝이 방패를 스치며 방향을 살짝 위로 향한다.

"어스퀘이크!"

콰드득!

지진이라도 일어난 듯, 땅이 흔들렸다. 아스팔트가 뒤집어지면서 그 안에 철골과 흙더미가 거꾸로 솟았다.

이윽고 보인 것은 뾰족하게 세워진 바위. 마치 짐승의 치아처럼 촘촘히 모인 채로 올라와 창을 공격했다.

거기다가 검게 물든 아지랑이까지 튀어나와 마치 지옥에서 무언가 올라온 것 같은 광경을 만들어낸다.

"……!"

어스퀘이크는 원소 계열 마법 중에서도 상위에 속한다. 거기에 칼리고로 장악됐으니, 그 위력은 상상 이상이지만 애석하게도 바사비 샤크티에 비하면 조족지혈이었다. 그 증거로 바위는 모래로 분해되고, 모래는 분자 단위로 깨끗하게 소멸됐다. 허나 아예 영향을 주지 못한 건 아니다. 비스듬한 방향으로 위를 향한 방패, 아래에서 치솟은 바위 — 이 둘의 요인이 합쳐지면서 직선으로 날아가던 창이 방향을 틀어 위로 향하게 했다.

"어딜……!"

파앗!

이윽고 마들린의 노력이 통했는지, 미사일을 연상시키던 창이 대각선으로 꺾여 하늘로 날아가 버렸다.

인명 피해를 어찌어찌 막아낸 마들린이 화사하게 웃었

다. 칼리고의 영향으로 좀 사악해보이긴 했지만.

그러나 그 기쁨도 잠시.

"이래서 정의의 사도들은 상대하기가 편하더라."

마들린이 한눈을 판 사이, 텔레포트로 공간을 접어 그녀 앞에 나타나 주먹을 꽈악 쥐었다.

언컨쿼러블의 두뇌, 마들린은 다른 인원들에 비해서 덜 호구스럽다. 하지만 역시나 호구는 호구다. 특히나 이렇게 사람이 많은 곳에서 바사비 샤크티같이 광역기를 쓴다면 남들을 휘말리게 하지 않으려고 피하지 않고 무조건 막으려 든다. 완전히 막는다면 아무런 문제없지만, 현실적으로 그것이 불가능하니 아마 사람이 없는 하늘로 흘릴 터.

그걸 나름대로 머릿속으로 계산했고, 생각대로 흘러가자 속으로 웃으면서 다음 행동에 나섰다.

마법사라는 건, 기본적으로 접근전에서 약하다.

그리고 아무리 저 마들린이라고 해도, 잠시 안심한 순간에 나타난다면 그렇게까지 빠른 반응은 하지 못한다.

"혼식, 뇌혼격권(雷混擊拳)."

부웅.

"꺄아악!"

주먹이 부웅 — 하고 묵직한 느낌을 낸다. 마치 철퇴를 휘두른 것처럼 사납고 거칠 일격이 폭사됐다.

그걸 정면으로 맞게 된 마들린은 맞기 직전에 시커먼 기운으로 몸을 막아냈으나, 그 충격을 모두 막지 못했다.

슈우우웅!

주먹에 맞고 날아간 마들린이 유성처럼 길게 늘어진 궤적을 그려내더니 — 근처에 있는 건물에 처박혔다.

콰아아아아앙!

폭탄을 한꺼번에 폭발시킨 것처럼 굉음이 터졌나. 건물을 지탱하고 있던 기둥이 수수깡처럼 부러졌다.

아래에서 시작된 붕괴는 곧 전체로 퍼졌고, 거미줄처럼 균열이 생기더니만 이윽고 죄다 주저앉았다.

"으아아악!"

아직 도망치지 못한 일반인들이 비명을 흘렸다. 미국인들의 머릿속에서 9.11테러가 떠올랐다.

시뻘건 불꽃이 악마의 혀처럼 넘실거렸고, 담배 연기보다 지독한 탁한 먼지 구름이 주변을 뒤덮었다.

"맙소사!"

루카스가 아연한 얼굴로 비명을 지른다.

'빈틈!'

자오웨가 메마른 웃음을 흘리며 몸을 활처럼 굽었다가 튕겨나갔다. 상승의 보법, 궁신탄영이다.

'자하신공(紫霞神功)'

세계에서 사라졌던 또 하나의 무학, 화산파의 장문인만에게 허락된 상승의 내공심법. 자색으로 물든 꽃봉오리가 개화하면서 매화향을 내뿜으면서 검법과 이어졌다.

'이십사수매화검법(二十四手梅花劍法)'

손에 쥔 검을 화려하게 휘둘렀다. 눈으로 좇기도 힘들 정도로 빠른 속도였다.

"무슨—!"

지우 일행이 마법에 대해서 문외한이라면, 언컨쿼러블은 무공에 대해서 문외한이다.

"막아낼 수 있다면, 막아봐."

검 끝이 미세하게 흔들리다 싶더니만, 이윽고 검에 실린 강기가 스물네 개로 나뉘어 폭죽처럼 쏟아졌다.

"큭!"

루카스가 입술을 질끈 깨물며 뒷걸음질 쳤다.

단순히 도망치는 걸로 끝내지 않고, 염동력으로 주변 사물을 끌어올려서 방패로 삼았다. 그뿐만 아니라 몸을 공중으로 띄워 재빠른 속도로 거리도 넓히고, 또 염동력으로 강기도 받아쳤다. 이게 고작 몇 초 이내에 행해진 속도인지라, 나름 자신만만했던 자오웨는 혀를 찼다.

"정말로 막아낼 줄은……."

루카스도 가만 보면 무시할 사람이 아니다. 하기야, 나름대로 최대 고객 조직원 중 하나가 아닌가.

검에 베인 사물들은 대부분 조각조각 나뉘거나, 흔적도 없이 사라져 바닥을 데구르르 굴렀다.

"그렇다면—."

용연을 휘리릭 돌려 허리춤으로 회수시킨다. 그리고 왼발을 내딛고, 오른발은 뒤로 뻗었다. 오른손은 검의 손잡이에, 왼손은 검신을 잡는 것처럼 둥글게 말았으며 허리는 살짝 숙였다. 흔히들 말하는 발검술의 기초 자세다.

"발룡(發龍)."

서—걱!

대단하거나 특이할 건 없었다. 아무런 소리도 없었고, 강기의 폭발도 없었다. 대기가 찢어지거나 울지도 않았고, 눈부실 정도로 환한 빛이 세상을 뒤덮거나 하지도 않았다.

그저 반듯한 자세로 검을 좌측 하단에서 우측 상단을 향해 힘껏 베어 갈랐을 뿐이었다.

팟!

루카스가 윽, 하고 눈을 찔끔 감았다. 뺨에서 화끈한 통증과 함께 한일자로 그려진 혈선이 나타났다.

"……쯧."

자오웨의 혀 차는 소리가 들리고.

"이걸 막다니, 당신 정말 괴물이잖아요?"

콰과과과과!

"말도 안……!"

아무런 특색 하나 없었지만, 너무나도 불길했다. 그래서 혹시 몰라 염동력으로 베리어를 만들어냈다.

동양 무학에 대한 불길함 덕인지 막아낼 수는 있었다. 헌데 동시에 어마어마한 정신력의 소비가 느껴졌다.

정신을 차리고 보니, 바로 뒤편. 하늘을 찌를 기세로 세워진 빌딩의 중간 부분이 베였다.

"아아아아악!"

멀리서 비명 소리가 난무했다. 폭발음이 고막을 파고들어 뇌를 자극적으로 괴롭혔다.

건물이 베였다. 정말로 검에 베인 것처럼 예리한 단면도를 남긴 채 빌딩 일부분이 떨어져나가 떨어졌다.

"자오웨에에에에!"

분노로 가득 찬 절규가 흘러나왔다.

"도대체, 도대체에에에에에!"

"시끄러워요, 루카스."

발롱은 비장의 한 수 중 하나. 위력만큼은 대단하긴 하지만 펑펑 쓸 수 있는 게 아니다. 애초에 빌딩을 반으로 가를 수 있을 정도의 기술을 쏟아낼 수 있다면, 동맹은 필요 없다.

배꼽 아래, 하단전 부근이 짜릿짜릿 아파오고 혈맥도 너덜너덜해진 게 느껴졌다.

"크흐으윽!"

루카스의 주름진 눈가에서 눈물이 떨어졌다.

좀 더 힘을 쓸 걸 그랬다. 완벽하게 막을 걸 그랬다.

방금 전 일격으로, 도대체 얼마나 많은 사람이 죽었을지 생각을 하니 눈물이 멈추지 않는다.

뉴욕 상공.

방송국 헬리콥터 몇 대가 아래를 내려다보았다.

미국 정부에서 위험하다며 접근을 통제했지만, 방송국 입장에선 이 특종을 놓칠 수는 없었다.

카메라맨이 헬리콥터에 걸터앉아서 아래를 촬영하고 있었고, 그 옆에 아나운서가 소리를 지르고 있었다.

"여러분, 다시 한 번 반복 드립니다! 믿기 힘드시겠으나,

현재 방송되고 있는 장면은 CG도 아니며, 그렇다고 영화도 아닙니다!"

근처에 떠오른 헬리콥터에서도 비슷한 상황이었다.

미국, 아니. 전 세계가 경악했다. 이 방송은 실시간으로 전 세계로 퍼져나가고 있었다.

"이건……이건……모르겠습니다. 도대체 이 나라에, 타임 스퀘어에서 무슨 일이 벌어지는 모르겠습니다!"

아나운서는 혼란에 가득 찬 목소리로 중계에 임했다.

"아까는 빛으로 된 창이 나타나더니만, 방금 전에는 건물이 갈라져 붕괴하고 말았습……."

타오르는 불길, 붕괴한 건물, 이어지는 비명, 강처럼 흐르는 핏물, 가족과 친구를 잃은 사람의 절규.

"헉, 카메라! 저기! 저곳을 찍어!"

아나운서가 한 곳을 삿대질했다. 카메라의 시점이 그곳으로 향했고, 시청하고 있던 사람들이 경악했다.

눈부실 정도로 밝게 비춰지는 후광, 성스럽게 느껴질 정도로 아름다운 날개를 지닌 자가 공중에 떠있었다.

방송을 보던 종교인들은 손을 붙잡고 고개를 숙이며 신의 이름을 불렀다.

"처, 천사잖아? 대체 뭐가 어떻게 돌아가고 있는 거야?"

결국 아나운서 역시, 이게 생방송이란 것도 깜빡 잊은 채
중얼거렸다.

이제 막 들어온 봄의 계절.

벚꽃이 필 무렵, 세상은 기적과 마주하게 된다.

*   *   *

백고천은 천사를 소환하기 위해서 주문을 외웠다. 이에
샤를로트가 눈치채고 제재하려 했으나, 미리 호위로 세워
두었던 칭후가 튀어나와 그녀를 가로막아 섰다.

"비키세요!"

주변이 쑥대밭 되면서 먼지 폭풍이 한 차례 스치고 지나
갔으나, 샤를로트의 갑옷은 여전히 순백이었다.

투구에 가려져 있어 얼굴은 보이지 않았으나, 화를 내고
있는 표정이 머릿속에서 훤히 그려졌다.

"거절하지."

파츠츠춧!

하단전에서 시작된 기운이 방천화극에 모였다가, 응집되
었다가 강기로 형성된다.

"후읍!"

칭후가 창을 수평으로 휘둘렀다. 방천화극의 월아 부분이 샤를로트의 목 언저리를 노렸다.

"아틀란테스!"

눈부실 정도로 새하얀 빛을 내뿜는 방패를 꺼냈다. 몸의 반이나 가려지는 크기였다.

저번과 똑같은 상황이 벌어졌다. 칭후는 저번에 이 방패를 보고 곧바로 기절했다.

"흥."

그렇지만 이번에는 아니다. 저번에 당했는데 이 방패의 대응책을 준비하지 않고 또 당한다면 그건 병신이다.

언컨쿼러블과의 전쟁에서 만반의 준비를 하고 왔다.

그중에서 당연히 아틀란테스의 대처법도 있었다.

상품 중, 오감을 잃게 만드는 마법이나 술법이 통하지 않도록 내성을 만들어주는 장신구가 있다.

채애앵—!

강기를 실은 월아가 방패에 부딪치면서 불꽃을 내뿜는다. 그 마찰음이 고막을 건드리며 앵앵 울어댄다.

"역시나!"

샤를로트도 조금은 예상한 목소리로 중얼거렸다.

"허나, 이 정도로 당할 생각은 없어요!"

월아에 실린 강기가 아틀란테스의 방패를 쪼갤 기세로 압박해 왔으나, 이 방패도 보통은 아니다.

다이아몬드도 두부처럼 베어가를 수 있는 강기라곤 하지만, 그래도 전설의 무구이다 보니 꽤나 버텼다.

"하압!"

샤를로트는 목소리를 힘껏 내지르면서 그대로 방패를 밀어내, 맞붙고 있는 칭후에게 몸통박치기를 시도했다.

갑옷을 입었는데도 그렇게까지 위압적이지 않아 보이는 샤를로트였으나, 그 힘만큼은 무시무시했다.

신성 술법과 천사의 힘을 통해서 얻은 괴력으로 칭후가 쥔 방천화극부터 시작해 그 몸을 일순간 밀어냈다.

"우리엘!"

머리 위에 떠올라있던 우리엘이 내려와 샤를로트에게 빨려 들어가듯이 흡수됐다

"하얏!"

샤를로트가 검을 힘껏 내질렀다. 새하얀 불꽃으로 휘감긴 우리엘의 검이다.

"흥!"

칭후가 한쪽 발을 축으로 삼아 몸을 반 바퀴 돌렸다.

방패에게 밀리던 창도 함께 돌면서 흉부를 노리고 들어

오는 검을 쳐냈다.

콰아앙!

분명히 금속과 금속이 충돌한 것임에도 불구하고 폭탄이
터진 것처럼 굉음이 뿜어져 나왔다. 아니, 소리뿐만이 아
니라 창에 실린 강기와 검에 실린 성화(聖火)가 부딪치면서
충격파를 만들어냈다. 두 사람의 사이에서 일어난 에너지
의 파도는 거칠게 출렁이면서 주변을 슥 훑고 지나갔다.

콰과과과과—!

트럭조차도 그 힘에 버티지 못하고 험악하게 찌그러졌다.
바닥이 위로 치솟아 올랐다가 떨어졌다. 하수도관이나 철골
들이 엿가락처럼 휜 채로 예술적인 광경을 만들어냈다.

"과연, 보통이 아닌가."

칭후가 미간을 좁히면서 나지막하게 감탄사를 흘렸다.

방금 전 일격에는 상당한 공력을 들여서 강기까지 아낌
없이 투자했거늘, 어떻게 하지 못했다.

"그렇다면, 더 이상 허튼 장난 따위는 하지 않겠다!"

칭후는 창을 휘둘러 샤를로트를 방패 채로 밀어낸 뒤, 거
리를 벌리곤 방천화극을 무기보에 돌려 넣었다.

"하아아아……!"

배꼽 아래, 하단전 부근에서 힘이 용솟음쳤다. 이 갑자를

가뿐히 넘는 내공이 괴성을 내지르며 튀어나왔다.

"어흥!"

내공만이 아니다. 칭후의 입에서도 짐승의 울음소리가 튀어나왔다. 일부러 낸 것은 아니다. 그가 연공한 호왕신공(虎王神功)을 대성하게 되면 저절로 생기는 특성 중 하나다.

호왕신공은 구파일방이나 오대세가, 혹은 마교처럼 명성이 자자한 단체에서 나온 무공이 아니었다.

하지만 그렇다고 삼류나 이류 수준으로 폄하할 정도의 무공은 아니다. 엄연히 절세신공 중 하나였다.

"창호화신(蒼虎化身)!"

동공이 짐승의 것처럼 세로로 갈라졌다. 색깔도 사파이어처럼 푸른색으로 변해 영롱하게 빛났다. 머리카락 또한 중력이 역전된 것도 아니거늘, 위로 쭈뼛 선 채로 흔들렸다. 표범처럼 날렵하고 탄력 있는 근육도 약간이나 부풀어 올랐다. 아직까지는 과해서 둔중해 보이는 느낌 정도는 아니었으나 그래도 꽤나 위협적으로 확대됐다.

"크르르륵……!"

입을 여니 끓는 목소리가 절로 나온다.

"싸우고 싶지 않다고요!"

샤를로트가 비명에 가까운 소리를 내지르며, 변하고 있

는 칭후에게 뛰쳐나갔다.

자신들이 싸운다면 피해만 늘릴 뿐이다. 안 그래도 아직
도망치지 못한 사람이 휘말려 마음이 불편했다.

"그렇다면, 얌전히 승복하면 되지 않은가!"

샤를로트의 검이 명치를 노리고 찔러온다. 그렇지만 코
웃음이 절로 튀어나왔다. 무인의 입장에서 보는 샤를로트
의 검은 형편없다. 검술이라고 부르기 민망할 정도다.

천사의 힘 덕에 폭발적인 신체능력으로 싸우는 것뿐, 어
떠한 초식 등은 없었다.

칭후는 왼팔을 접은 뒤 크게 휘둘렀다. 팔이 아니라, 팔
꿈치를 이용해서 검면을 쳐내서 튕겨냈다.

"큿!"

검이 힘에 밀려서 방향을 틀었다. 자연스레 검을 잡고 있
던 샤를로트의 몸도 끌려가게 됐다.

칭후는 그 틈을 놓치지 않았다. 그대로 품 안에 파고들어
서 주먹을 찔러 넣었다.

콰아앙!

"꺄아아악!"

샤를로트가 비명을 흘리면서 뒤로 떨어져 나갔다. 그 충
격이 상당했는지 아틀란테스의 방패를 놓쳤다.

백 미터 바깥으로 떨어진 샤를로트는 아무렇게나 주차된 차량에 처박혔다.

"그럴 수 있을 리가…… 없잖아요……!"

샤를로트가 검을 지팡이로 삼아 제자리에서 일어났다. 그리고 신성 술법으로 맞은 부위를 치유했다.

"이대로 승복하게 된다면, 당신들을 멈출 수 없어요!"

"왜 멈춰야하지?"

"그걸 모르실 리가 없을 텐데요!"

설사 ― 그들의 행동이 정말로 수많은 사람들을 구한다고 해도, 용서받을 수 있는 것이 아니다.

자신의 주변을 구하기 위해서 남들을 죽이고 파멸시켜서 얻는 행복이라니. 그런 건 분명히 잘못됐다.

"그래. 그렇기에, 멈출 수 없다는 거다."

칭후가 왼손으로 오른쪽 어깨를 붙잡고 팔을 빙글빙글 돌렸다. 그런데 팔도 자세히 보니 보통이 아니었다.

손끝부터 시작해 손목까지 푸르스름한 색을 띠고 있었다. 창백하고 침침한 색은 아니었다. 아름답다고 칭찬해 줄 정도로 맑은 느낌이 묻어나는 청색이었다.

"아무것도 없는 자들에겐 공부가 됐건, 예술이 됐건, 운동이 됐건 간에 배움이란 건 굶주림만큼 중요하다."

태어나자마자 버림을 받았다. 왜 버림을 받았는지도 기억이 나지 않는다. 알고 있는 것이라면 피가 이어진 쌍둥이라는 점뿐. 이름도 나이도 알지 못했다. 다행히도 운 좋게 골목길의 어떤 노인에게 주워진 덕에 살 수 있었다.

노인은 약 대여섯 살 때까지 뒷골목에서 살아가는 법을 알려줬다. 구걸, 도주, 강도, 소매치기 등이었다.

부모 역할을 대신하던 노인은 얼마 지나지 않아 쌍둥이를 떠나게 됐다. 소매치기를 하다가 맞아죽었다.

노인을 슬퍼할 여유도 없었다. 굶주린 배를 채우기 위해서 눈물을 꾹 참고, 쌍둥이끼리 의지하며 살아갔다.

그리고 그 혹독하고 잔인한 세상 속에서 깨달은 것이 하나 있었다. 그게 바로 '지식'이다.

아는 것이 있다면 속지 않고 이득을 챙길 수 있다. 배를 채울 수 있다. 따듯한 이불을 덮을 수 있다. 모른다면 남에게 철저하게 속아 이용하다가 버림을 받을 뿐이다.

무학도 마찬가지다. 힘을 사용하는 법, 몸을 움직이는 법 등도 누군가에게 배움을 받아야 알 수 있다.

"그러니까, 그 아이들을 위해서 — 배울 수 있는 기회를 선사할 수 있다면 수라가 되는 것도 망설이지 않겠다."

타앗!

칭후가 나비처럼 날아서 샤를로트에게 접근했다. 샤를로트가 투구 안에서 눈을 번뜩 뜨며 검을 휘둘렀다.

"그렇다고 해도 그 방식은 잘못됐어요!"

파바바밧!

최대한 속도를 내서 검을 사방팔방으로 휘둘렀다. 검격이 빗줄기처럼 쏟아졌다. 초식이 엉망이긴 해도, 신체능력이 워낙 뛰어나다보니 눈 껌뻑한 사이에 수많은 검격이 날아온다. 칭후는 피하려다가 말고, 호신강기를 몸에 둘러싸서 검격을 튕겨냈다.

쿵! 쿵! 쿵!

성화가 호신강기를 불사르면서 몇 번이나 가격한다. 강기의 막이 마구 흔들리면서 진동을 선사해줬다.

"잘못됐다, 잘못됐다, 당신은 그 말밖에 하지 못합니까!"

그사이에 백고천의 기도주문이 완성됐다.

머리 위에서 열 세 명의 타천사가 시커멓게 물든 날개를 펄럭이면서 내려와 샤를로트를 집중 포화하려 했다.

"몇 번이나 말해 주겠어요!"

샤를로트가 위를 쳐다보면서 날아올랐다. 도약한 것이 아니다. 등 부근에서 날개가 튀어나와 펄럭였다.

"신의 개를 무찌르십시오!"

백고천이 타천사들에게 명령을 내렸다.

이에 삼지창을 쥔 타천사가 하강을 멈추곤, 로켓처럼 쏘아진 샤를로트를 향해서 힘껏 내던졌다. 마치 번개처럼 아래로 무섭게 내리 꽂혔으나, 샤를로트가 어림없다는 듯 검을 휘둘러서 삼지창을 후려쳤다.

"어딜!"

그리곤 선공을 가한 타천사에게 그대로 날아가 — 시커멓게 변색된 천사의 육체의 정중앙을 검으로 꿰뚫었다.

—꺄아아아악!

다른 것도 아니고 파괴의 천사라 불리는 우리엘의 검이다. 상성이 안 좋아도 너무 좋지 않다.

검이 닿자마자 순백의 불꽃이 피어오르면서 타천사의 몸을 순식간에 먹어치우며 불살라버렸다.

"남들을 불행에 빠뜨리고, 생명을 빼앗으면서 주변을 구해겠다니 — 그건 잘못됐어요! 막고 말겠어요!"

투구 속 안, 눈가에 물방울이 뚝뚝 떨어졌다.

"그 잘못된 가치관을 제가 뜯어 고치겠어요!"

"흥, 결국은 우리를 죽이겠다는 뜻이 아닙니까."

백고천이 이죽거리면서 하늘을 올려다봤다.

그 광경이 꼭, 신에게 도전하는 모습을 연상시켰다.

"아니오, 죽이지 않고 — 막아보겠어요!"

"정말이지 역겨울 정도로의 이상주의로군요."

백고천이 혐오 어린 눈으로 신성력을 내뿜었다.

"그렇다는데?"

멀리서 그 외침을 듣고 있던 지우가 어깨를 으쓱였다.

"미안하지만, 난 그렇게까지 녹록하지 않아."

잔해 속에서 걸어 나온 마들린이 말했다.

"너희는 결코 용서할 수 없고, 또 살려둘 수도 없어. 목
숨을 붙여줬다간, 어떤 일을 벌일지 모르니까."

지금의 상황만 봐도 알 수 있다.

여태껏 숨어있던 이 세력은 디스페어처럼 대량 학살을
일으키거나 하지는 않았다. 허나 그렇다고 안도할 수 있는
건 아니었다. 자신들의 안위를 위해서라면 얼마든지 일반
인들을 인질로 삼는다. 그뿐만 아니라 희생도 거리낌 없이
시켰다. 오늘만 해도 알 수 없다. 자신이 인정해도 호구밖
에 없는 언컨쿼러블을 위해서 일부러 이런 장소를 잡았다.

그리곤 아까부터 일반인들이 휘말릴 만한 공격을 하면서
성가시게 했다. 그것 때문에 열이 머리끝까지 올랐다.

"해볼 수 있다면 해보시던가."

제8장

언컨쿼러블, 다섯 번째 멤버

"어디, 이것까지 막을 수 있는지 볼까."

마들린이 손바닥을 보인 채로 팔을 들었다.

위이이잉!

공기가 웅웅 하고 울어댄다. 에너지의 파동이 주변을 슥 훑자 땅이 흔들렸다. 마들린에게서 시커먼 아지랑이가 폭풍처럼 회오리치면서 아가리를 쩍 벌렸다.

"호오."

지우가 상당히 놀란 듯, 눈을 동그랗게 뜨면서 감탄했다. 그가 바라보는 앞, 마들린의 뒤쪽에는 수를 셀 수도 없을 정도로의 에너지 구체가 떠올라있었다.

크기는 어린아이의 머리만 한 구체였으며 색은 칼리고의 영향인지 불길할 정도로 검었다.

"매직 미사일!"

직역하자면 마법 화살. 판타지에서 단골로 출현하는 마법이다. 헌데 그 숫자가 범상치 않다. 대충 세어 봐도 세 자리 수를 가뿐히 뛰어넘는다.

"뒈져버렷—!"

마들린이 팔을 내려 정면을 향해 가리켰다.

파바바밧!

그 목소리를 끝으로 수백 개에 이르는 구체들이 한꺼번에 쏘아져나갔다. 비록 색깔이 거무튀튀하긴 하지만, 그 광경이 꼭 유성이 내리는 것처럼 보여 아름답게 느껴졌다. 물론, 표적이 된 지우 입장에선 전혀 그러지 보이지 않는다.

"스피릿 소드!"

시계의 초침이 힘 있게 회전한다. 오른손에 빛으로 된 검이 잡혔다. 혼공의 영향으로 회색을 띄었다.

"날 위해서 이렇게나 준비해 주다니, 감동인걸!"

두근! 두근!

심장이 거세게 뛰었다. 동공이 수축된다. 온몸의 근육에 힘이 들어갔다.

지면을 밀듯이 박차곤 몸을 날렸다. 혼공으로 열 배 이상 강화된 몸에서 열기가 뿜어져 나왔다.

하늘에서 에너지 덩어리가 비처럼 쏟아져 내린다. 미치지 않는 이상 이걸 그대로 맞을 생각은 없었다.

아래에서 위로, 위에서 아래로, 좌에서 우로 — 검을 사방팔방으로 휘두르면서 에너지를 쳐냈다.

하나, 둘, 셋…… 수를 세기도 힘들었다.

어떻게 쳐내는지도 알 수 없었다.

생각이 이어지기도 전에 몸이 먼저 반응해서 에너지를 쳐내고, 없애고, 소멸시켰다.

"우오오오옷!"

세포가 활성화되어 활발하게 움직였다. 아드레날린이 뿜어져 나와 온몸을 가득 채웠다.

전속력으로 달려 나간 채, 잔상을 남길 정도로 무시무시한 속도로 검을 휘둘러서 에너지 구체를 쳐냈다.

쳐내도, 없애도, 막아도 매직 미사일을 끊이지 않는다. 얼마나 무식한 마력을 가진지는 모르겠으나 정말로 비처럼 쏟아지면서 온몸을 공격해왔다.

"성가신 녀석!"

타다다다!

에너지 구체들이 연달아 쏟아졌다. 그것이 꼭 기관총을 쏴대는 것처럼 연상시켰다.

잿빛의 검을 사방팔방으로 휘두르던 지우는 원형으로 회전시켜서 구체를 모두 튕겨냈다. 물론 그렇다고 모조리 튕겨 내거나 막아낸 건 아니다. 베리어처럼 온몸을 두르지 않은 이상, 이 많은 걸 맞지 않는 것은 말이 되지 않는다.

다만 예전에 구입했던 초재생능력이 있는 덕분에 맞는다고 해도 자연 치유를 할 수 있었다.

매직 미사일은 시전하는 데 마력의 양도 적고, 영창을 하지 않아도 사용할 수 있는 기초적인 마법이다.

다만 그만큼 파괴력 면에서 떨어지는 편이다. 수많은 매직 미사일에 당한다면 모를까, 하나하나는 약하다.

"하아아아압—!"

주변이 떠나갈 정도로의 기합소리를 토해내면서 도약했다. 마들린과의 거리를 순식간에 좁히는 데 성공했다.

"뒈졋!"

오른손에 쥔 검을 수평으로 크게 휘두른다.

"쳇!"

마들린이 혀를 차면서 블링크를 사용했다. 검이 닿기 전,

아슬아슬하게 공간이동하여 멀리서 나타났다.

"어딜!"

시선을 돌리지도 않은 채 왼손을 쭉 뻗어 힘을 모았다. 탁한 빛을 내뿜는 입자들이 모여서 구를 형성했다.

"뇌혼포(雷混砲)!"

기술 이름을 짓고 입으로 내뱉는 건 낯간지럽다. 그렇지만 괜히 이런 수고를 하는 것이 아니다.

이름을 지으면 이미지 형성에 도움이 된다.

혼공을 사용한 것은 이번이 처음인지라, 지금 사용하는 공격은 대부분이 오리지널이다.

앱스토어의 상품처럼 힘의 방식이나 지식을 머릿속에 구겨 넣는 것이 아닌지라 도움이 됐다.

콰아아앙!

폭음이 터지면서 왼쪽 손바닥에 모였던 입자의 구가 폭발하면서 뿜어져 나갔다. 회색으로 물든 에너지 덩어리는 일직선으로 곧게 뻗어져 나가 정확히 마들린을 노렸다.

칼리고로 인해서 힘이 증폭된 건 좋지만, 그만큼 존재감이 상승된다. 굳이 보지 않아도 '나 여기에 있소.'라는 강렬한 존재감이 느껴져서 안 보고도 공격할 수 있었다.

'블링크!'

마들린이 식겁하면서 공간이동을 시도했다.

혹시나 몰라서 공중으로 이동한 것이 다행이었다. 저 무지막지한 걸 막기에는 마법을 펼칠 시간이 부족하다.

"또 그렇게 거리낌 없이……!"

머리카락이 바람에 스쳐 휘날린다.

"사, 사람이 떠 있어!"

도망치는 걸 포기하거나, 혹은 혼란에 빠져 어찌할 줄 모르는 일반인들이 하늘을 날고 있는 마들린을 보고 경악했다. 저건 속임수라거나 할 수 있는 것이 아니다.

"쯧."

지우가 혀를 차면서 진심으로 아쉬워했다. 나름대로 힘을 더해서 회심의 일격을 먹이려 했는데, 제대로 된 피해는 커녕 스치지도 못했다. 마들린의 공간 마법은 정말로 성가시다. 뭘 하려고 해도 저렇게 피해버리니 답이 없다.

"사람들의 목숨을 뭐라고 생각하는 거야!"

마들린은 주변의 시선에도 아랑곳하지 않고 지우를 향해서 분노 어린 목소리를 토해냈다.

"나도 웬만하면 휘말리게 하고 싶지 않아."

지우도 살인을 즐겨하지 않는다. 웬만하면 일반인들 또한 휘말리게 만들고 싶지는 않았다.

독일, 율리아 때도 그랬다. 백고천에게 부탁해서 관중석에 앉아있던 사람들을 보호했었다.

애초에 일반인들의 목숨을 개미보다 못한 존재로 보고 있다면 그런 짓은 하지 않는다. 하지만, 필요로 의해서면 언제든지 희생시킬 각오가 있다. 그게 이득이 된다면 전혀 개의치 않는다. 디스페어 때 사람들을 인질로 삼지 않은 건 그들에게 통하지 않기 때문이었다.

하지만 언컨쿼러블은 다르다. 사람들을 인질로 삼는다면 전투력을 적어도 삼 분의 일은 깎을 수 있다.

그런 방법이 있는데 쓰지 않을 리가 없다. 일단 목숨이 걸린 싸움이다. 자칫 잘못하면 죽을 수도 있기에 주변의 상황을 철저하게 이용한다. 그게 그의 방식이다.

"으드득!"

마들린이 이를 갈면서 주먹을 꽈악 쥐었다.

지우는 그 모습을 올려다보면서 생각에 잠겼다.

'슬슬 지친다.'

겉으론 아무렇지 않은 척을 하고 있지만, 몸 곳곳이 고장난 인형처럼 삐걱거린다. 칼리고의 부작용을 막는 건 좋았지만, 역시나 이 능력은 소모가 너무나도 크다.

엘릭서나 포션을 마시려고 해도 눈치가 보였다. 꺼내서

마개를 따는 순간마저도 시간이 아까웠다. 그만큼 마들린은 벅찬 상대다. 마법에 대해서 모르니 더더욱 그랬다.

'그렇다면······.'

머릿속에서 최선의 방법이 떠올랐다.

"그만해라!"

제임슨이 버스 뒤에 숨어서 소리를 버럭 질렀다.

"쏴라."

알렉산드라가 무시하면서 무전기로 명령을 내렸다.

버스로 총알 세례가 다시 한 번 쏟아져 내렸다.

"어째서냐, 알렉산드라!"

제임슨은 괴로운 얼굴로 외쳤다.

"분명히 어떠한 단체에도 들어가지 않는다고 했을 텐데······!"

몇 년 전, 그녀에 대해서 알았을 때는 정말 놀랐다.

남의 정신을 마음대로 조종할 수 있다니, 듣기만 해도 소름끼치는 능력이었다. 그런 상품이 있는지도 몰랐다.

나중에 관리자에게 문의해보니 한정 상품이란 것을 알았다. 여러모로 대단하면서도 두려움을 느꼈다.

만약에 알렉산드라가 각국의 수장들을 찾아가 핵을 날리

기라도 한다면 최악의 시나리오가 벌어진다.

그래서 먼저 찾아가서 설득에 힘썼다. 자극하지 않도록 조심조심 하면서 대화에 임했다. 한 번이 아니라, 여러 번 찾아갔다. 환심을 사기 위해서 선물도 들고 가 보고, 또 원하는 것이 있다면 사정에 따라서 얼마든지 도와주겠다고 약조까지 했다. 당시에 그 노력이 얼마나 대단했냐면, 연인이었던 마들린조차도 살짝 질투를 할 정도였다.

허나 이런 노력에도 불구하고 알렉산드라를 영입하는 데 실패했다. 대신 숙적인 악의 조직, 디스페어에도 들어가지 않겠다는 약조를 받는 것으로 만족했다.

여전히 미련이 남고 아쉽긴 했지만 어쩔 수 없었다.

또 자신의 뒤를 조사한다거나 한다면 '상대 조직에 들어가겠다.' 라는 협박을 해서 쫓을 수도 없었다.

그걸 끝으로 알렉산드라는 모습을 감췄다. 다행히도 약속한 대로 디스페어에 가담하지도 않고, 또 앱스토어의 힘을 나쁘게 사용하는 것 같지도 않아서 안도했다.

그러나 몇 년이 지난 오늘날, 거의 잊고 있었던 그녀가 또 다른 세력의 두뇌로서 모습을 나타냈다.

"쿠퍼, 멋대로 판단하지 말도록."

알렉산드라가 주머니에 손을 찔러 넣은 채 말했다.

"확실히 디스페어에는 가담하지 않는다고 했지만, 다른 세력에 들어가지 않겠다는 말은 하지 않았다."

"말장난을 하고 있는 것이 아니야!"

그녀와 만났을 때, 언컨쿼러블에 대해서 자세히 설명했다. 이 힘을 악용하지 말 것을 강조했다. 하지만 알렉산드라는 그걸 무시했다. 아니, 그것도 그냥 무시한 수준이 아니었다. 범죄 조직, 레드 마피아를 수중에 넣어 온갖 범죄를 저질렀다. 기적의 힘으로 남들을 절망에 빠뜨렸다.

"딸을 위해서인가!"

알렉산드라가 무표정을 풀면서 눈살을 찌푸렸다.

역시나 했지만 자신에 대해서 알고 있었다.

예전은 그렇다 쳐도, 적으로 나타난 이상 자신에 대해서 조사해도 전혀 이상하지 않다.

"알렉산드라, 지금이라도 늦지 않았어. 모든 걸 내려놓고 우리에게 와라. 딸은 샤를로트에게 말하면……."

"알고 있을 텐데."

알렉산드라가 제임슨의 말을 가로챘다.

"더 이상 기적의 힘은 사용하지 않는다."

"그렇다고 이 방식은 잘못됐어! 네 주위를 봐라!"

제임슨이 이를 갈면서 버스를 주먹으로 후려쳤다. 그 괴력에 버스의 한쪽 면이 참혹하게 뭉개졌다.

"으아아앙!"

"아아악, 내 다리가아!"

"누가 절……살려……주세…….."

비명이 들려온다. 미쳐 피하지 못한 사람들이 눈물과 피를 흘리면서 괴로워했다. 그중에는 부모를 잃은 아이도 있었고, 아이를 잃어 애타게 찾아다니는 부모도 있었다.

"남의 행복을 무너뜨리고, 누군가를 좌절시키고…… 이런 방식으로 딸을 구하는 것이 옳다고 생각해?"

"옳건 그른 건 나에게 중요하지 않아, 쿠퍼."

알렉산드라가 흔들림 없는 눈동자를 유지하며 말했다.

"딸을 원래대로 되돌릴 수 있다면 악마가 되건, 괴물이 되건 상관하지 않겠다."

"알렉산드라아아아아아!"

"우리의 질긴 연을 끝내도록 하자. 너희에게 도망쳐 다니는 것도 슬슬 힘드니까."

＊　　　＊　　　＊

"용제검(龍帝劍) 출아(出牙)."

검을 재빠르게 휘두른다. 그러자 검기가 뿜어져 나오면서 루카스를 덮쳤다.

"어딜!"

루카스의 눈앞에 보이지 않는 막이 형성된다. 순전히 염동력으로 만든 방어막이었다.

초승달 모양에 적색으로 물든 검기다발이 막에 부딪쳐서 카가가강 하고 거친 소리를 토해냈다.

"용제검."

자오웨가 곧바로 다음 행동에 나서려 한다.

"어림없네!"

루카스가 팔을 좌측에서 우측으로 크게 휘둘렀다. 그러자 멀리서 부우웅 — 하고 빈 버스가 날아왔다.

육중한 몸체를 지닌 버스는 일직선으로 날아가지 않았다. 위에서부터 대각선으로 내리꽂혔다.

쿠와아앙!

버스는 자오웨를 덮친 동시에 바닥에 닿자마자 폭발을 일으켰다. 새빨간 불꽃이 주변의 산소를 태워먹었다.

"여자에게 너무 거친 거 아니야?"

불꽃이 모세의 기적마냥 둘로 갈라진다. 그 사이로 자오웨가 머리카락을 휘날리면서 걸어 나왔다.

"나쁜 남자가 대세라지만, 아무래도 넌 아닌 것 같네."

자오웨가 만면에 미소를 머금은 채로 몸을 날렸다. 단순하게 달려든 것만이 아니다. 일정한 규격, 방향, 걷는 방식 등의 묘리가 숨겨져 있는 보법으로 움직였다.

루카스가 접근을 저지하기 위해서 염동력을 대포알처럼 쏘아내 자오웨가 있던 곳에 폭격을 내렸다.

"후훗."

자오웨가 비틀린 웃음소리를 흘린다. 상당한 위력을 지닌 폭격이 떨어졌으나, 모두 맞추지 못했다.

펑! 퍼펑! 퍼어엉!

구름 위를 용이 거닐 듯, 자유롭게 방향 전환까지 해 가면서 부드러운 몸놀림으로 염동폭격을 피해냈다.

자오웨의 말도 안 되는 기동력을 자랑해 주는 용운군림보 덕에 모조리 회피할 수 있었다.

"무기보(武器寶) 공포(公布)."

용연이 들리지 않은 좌수(左手)의 다섯 손가락을 반쯤 구부려서 무언가를 쥐는 자세를 취했다. 그러자 얼마 지나지 않아 공간이 희뿌옇게 일그러지더니만, 검 한 자루가 모습을 드러냈다. 한눈에 봐도 예사롭지 않은 명검이었다.

월나라의 명공, 구야자는 간장과 함께 초소왕의 명으로

세 자루의 검을 만들었다.

"하앗!"

외침을 끝으로 양손에 쥔 검을 위로 힘껏 던졌다.

용연과 공포는 허공에서 화려하게 빙글빙글 돌더니, 갑작스레 움직임을 멈추곤 그대로 화살처럼 쏘아졌다.

"무슨!"

더더욱 무서운 점은 여전히 강기가 실려 있다는 점이다. 이 무지막지한 공격에 루카스가 기겁했다.

'좀 위협적이긴 하지만……!'

루카스가 염동력을 최대한 끌어올려서 물리력을 행사했다. 뇌가 타오를 것 같이 아파왔지만, 상관없었다.

저걸 막지 못하면 자신은 죽는다. 그 생각에 초인적인 힘을 발휘하여 날아오던 검을 후려쳐냈다.

"태아(泰阿)!"

정면에서 보랏빛으로 넘실거리는 아지랑이가 성난 황소마냥 마구 날뛰기 시작했다.

그 존재감이 한눈에 봐도 범상치 않다. 태아라는 검을 들고 미사일처럼 날아오는 자오웨는 무시무시했다.

"하지만, 무섭다고 피할 수는 없는 노……커허억!"

호기롭게 외치려던 루카스의 입에서 비명이 흘러나왔다.

아니, 비명뿐만이 아니다. 피가 쏟아져 나왔다.

"……쿨럭!"

염동력으로 인해 영향을 받아 공중에 두둥실 떠올랐던 자갈이나 모래들이 힘을 잃고 바닥에 떨어졌다.

루카스는 피를 한 움큼 쏟아내곤, 도저히 믿을 수 없는 표정으로 고개를 천천히 아래로 돌렸다.

"도대체……?"

아까 전에 쳐냈던 검 — 공포가 그의 가슴을 뒤에서부터 꿰뚫은 채로 고개를 빼꼼 내밀고 있었다. 새하얀 검신을 타고 핏줄기가 흐르면서 바닥에 뚝뚝 떨어졌다.

"어……떻게……!"

루카스는 다시 머리를 들어서 의문이 깃든 눈으로 정면을 쳐다봤다.

"신검합일(身劍合一)."

사람이 검이 되고, 검이 곧 사람이 된다.

사람과 검이 곧 한 몸이 되는 지고의 경지.

"이기어검(以氣御劍)."

뜻과 진기만으로 검을 움직일 수 있는 걸 곧 이기어검이라 불린다. 아니, 보다 고차원적인 경지다.

거리에 상관없이 마음대로 움직이는 걸 넘어 검기나 검

강까지 불어넣은 채로 상대를 공격할 수 있다.

루카스는 용연과 공포가 처음 날아왔을 때, 염동력을 운용한 것처럼 힘을 가해 단순히 쏜 것이라고 생각했다.

그런데 그게 아니었다. 정확히 말해서는 그렇게 꾸민 것에 불과했다. 처음부터 자유롭게 조종할 수 있었지만, 일부러 그냥 쏘는 것처럼 꾸며 루카스를 속였다.

보통, 투척한 무구가 빗나가면 그걸로 끝이다. 다시 주워 담는다거나 하는 것은 없다. 만약에 자오웨가 그 전에 이기어검을 보여줬다면 경계했겠지만, 그렇지 않아서 꼼짝 없이 당해버렸다. 거기에다가 태아를 마지막에 꺼내 들어서 시선까지 집중하게 만들었으니, 당해도 할 말이 없다.

뒤로 흘려버렸던 검이 그대로 부메랑처럼 돌아와 루카스의 등을 꿰뚫고 흉부 바깥으로 튀어나왔다.

"교……활한………!"

"교활하다니, 멍청한 소리 하지 마. 루카스."

자오웨가 아까 튕겨져 나간 용연을 불러들여서 낚아챘다. 용연과 태아를 쥔 자오웨가 비웃음을 흘렸다.

"목숨이 걸린 싸움에서 비겁이라고 외치는 쪽이 반대로 이상하지."

"……널……죽일 생각은 없었……네……!"

루카스가 피를 울컥울컥 토해내면서 힘겹게 말했다. 강렬하게 빛나는 눈동자에 자오웨의 모습이 비친다.

"어머나, 그랬구나. 그럼 멍청이가 아니라 병신이었네."

자오웨는 루카스 앞에 멈춰 서서 어깨를 으쓱였다.

"잘 들어, 루카스. 상대방이 살의를 갖고 덤벼오는데 그걸 그냥 두고 있는 건 자살행위나 마찬가지야."

자오웨는 루카스를 신랄하게 비판했다.

"물론 그 적이 개미보다 못하다면 이야기가 좀 다르겠지만, 그건 아니잖아? 자신에게 위협이 된다면, 때에 따라서 목숨을 빼앗아도 당연히 그걸 배제해야 할 필요가 있어. 정당방위라는 말이 괜히 있는 게 아니라고."

자오웨는 샤를로트와 루카스를 이해하지 못했다. 죽이지 않고 멈추겠다니, 터무니없는 이상주의다.

"루카스 피에나르. 당신은 병신이고 호구긴 하지만, 그래도 마음에 드는 사람이었어."

자오웨가 검을 천천히 들어 루카스를 겨누었다.

"당신 같은 교육자, 싫어하지는 않아."

방금 전의 말만큼은 진심이었다.

루카스 피에나르는 자오웨의 과거와 비교해도 지지 않을 정도의 환경에서 태어나고 자라왔다.

그 역시 어릴 때 부모에게 버림을 받았고, 빈민가에서 살면서 열심히 공부만을 해왔다. 그 열의 덕분에 크게 성공하여, 아프리카에서 제일이라는 수준 높은 대학에서 교수 제의도 들어왔다. 허나 루카스는 그걸 거부하고 고향을 시작하여 사정이 좋지 않은 곳에 찾아가 아이들을 무료로 가르쳤다. 루카스는 한참 사랑과 교육이 부족할 아이들을 스스로를 희생하여 사랑해 주고, 보살펴 줬다. 솔직히 말해서 노벨평화상을 받아도 부족하지 않을 정도다. 그게 무려 몇십 년이었으니 존경할 만하다.

"그렇다면, 왜……!"

루카스가 이를 갈면서 자오웨를 노려봤다. 가슴에 뚫린 구멍에서 극심한 통증이 느껴졌지만 상관없었다.

죽음이 바로 코앞에 왔으나, 자신의 안위보단 자오웨와의 대화가 더욱 중요했다.

"확실히 대단하고 존경스럽고, 박수를 칠 만해. 하지만, 그렇다고 내가 그걸 하겠다는 건 아니야."

자오웨가 심드렁한 눈길로 루카스와 눈을 마주쳤다.

"효율만 따져보면 네가 아니라 내가 하는 방식이 좀 더 많은 아이들을 구할 수 있어. 사랑과 관심이 부족할진 몰라도, 내 쪽이 좀 더 이득이야."

학문, 예능, 운동 등 분야를 가리지 않고 다양한 교육. 그것도 수준 높은 교육을 할 수 있다. 거기에다가 기숙사 생활 등 삶의 질 또한 상당히 높은 편이다.

그렇다고 자오웨가 아이들의 자유를 억압하는 것도 아니다. 정말로 원한다면 상담하에 사회로 내보낸다. 물론 정상적인 졸업이 아닌 경우, 나가도 책임져주지 않는다.

하지만 이런 경우는 정말로 존재하지 않는다.

아이들 — 흑해자들은 대부분 바깥에서 지옥을 경험하고 왔다. 그것에 비해 학교는 천국 그 자체다.

장애를 가져도 사회에서 살아갈 수 있도록 도와주니 정신이 나가지 않는 이상 혜택을 버릴 리가 없다.

"자아, 말해 봐."

자오웨가 입가에 맺힌 미소를 싹 지우곤 말했다.

"이러고도 내 말이 정말로 틀렸다고 생각해?"

루카스의 이상 — 곧 그의 목표는 흑해자나 아프리카의 고아들을 비롯한 불쌍한 아이들의 구원이다.

그래서 그걸 위해 노력해왔다. 힘을 냈다.

허나 평생 동안 구해온 아이들의 숫자는 자오웨에 비하면 태양 앞에 반딧불이라 칭해질 정도로 비교가 됐다.

"지금이라도 나의 말을 인정하고, 날 돕겠다고 하면 동맹원들에게 부탁해서 특별히 널 동맹에 넣어주겠어."

자오웨가 무표정한 채로 다시 한 번 제안했다.

"아니, 자네의 방식은 틀렸네."

허나 루카스는 고민 한 번 하지 않고 즉답했다.

"……."

차갑게 굳은 자오웨의 얼굴이 꿈틀거렸다. 눈썹은 사납게 구부려지고, 눈동자에선 한기가 흘렀다.

루카스는 그런 자오웨를 올려다보면서 자신의 신념을 굽히지 않고 꿋꿋하게 지켜나갔다.

"누군가의 피로 얼룩지거나 절망으로 점철된 돈으로 만들어진 교육은 잘못됐어. 그건 변하지 않네."

"어머. 그 돈으로 먹을 수 있고, 잘 수 있고, 공부도 할 수 있다는 것 역시 변하지 않는걸."

"그 아이들을 불쌍하게도 아무것도 모른 채 지내고 있지 않은가. 진실을 알게 되면 어떻게 될 것 같나!"

루카스는 가슴에 구멍이 났는데도 불같이 화를 내면서 소리를 버럭 질렀다.

"됐어."

자오웨는 흥미를 잃은 얼굴로 오른손에 쥔 용연을 치켜들었다. 검극이 하늘을 높이 찌른다.

"조금이라도 기회를 준 게 내 잘못이었네."

아무것도 없는 불쌍한 아이들을 보살피고, 또 구원하려
는 것이 마음에 들었다.

비록 방식이 다르긴 했지만, 그래도 나름대로 진심으로
존경하는 바였다. 하지만 여기까지다.

목적이 같아도 추구하는 방식이 너무나도 다르다. 그리
고 자신을 방해하려는 이상, 살려둘 수는 없다.

"애초에 대화가 통했다면 싸우지 않았겠지?"

자오웨의 검이 천천히 아래로 떨어졌다.

"잘 가, 루카스."

검이 떨어지면서 사형선고가 내려지자 루카스는 눈을 질
끈 감았다. 염동력을 쓰려 해도 힘이 남아있지 않다.

그렇게 이제 끝인가, 라고 생각했을 때.

"안 돼!"

누군가의 비명소리가 터졌다.

'……아아, 그런가.'

자오웨는 이해한 표정을 지었다.

세상이 느릿느릿하게 흘러간다. 검도 천천히 떨어져 놀
란 표정을 지은 루카스의 목으로 향했다.

아니, 정확히는 다른 사람의 목이었다.

'언컨쿼러블이 그렇게나 숨겨두었던…….'

언컨쿼러블의 인원은 다섯 명. 그러나 지금까지도 네 명 밖에 보이지 않았다. 비장의 한 수로 숨겨둔 게 아니었다. 정확히는 '데려올 수 없었던 것' 이다.

"맙소사, 네가 왜 여기에…….."

루카스가 놀란 채로 홀연히 나타난 소년의 몸을 감싸 안 았다. 나이를 어림잡아 보면 예닐곱 살 정도.

눈물을 글썽이면서 손바닥을 쫙 펼치고 있다. 그 손바닥 앞에 에너지 덩어리가 순식간에 모였다.

"짜증나."

단번에 목을 베려던 용연이 우뚝 멈추었다. 갑작스런 멈 춤에 내기가 뒤엉키면서 엉망진창이 됐다.

"싫어어어어!"

아직 변성기를 채가지 않아, 높은 톤의 비명이 터지면서 손바닥에서 에너지 덩어리가 쏘아져 나왔다.

"아이는…….."

그리고 그 에너지 덩어리는 그대로 일직선을 그려내며 — 자오웨의 복부를 꿰뚫어 구멍을 냈다.

"얌전히 집에 있으럼…….."

그녀의 목소리가 애달프게 울려 퍼졌다.

제9장

제가 당신을
기필코 바꾸겠어요

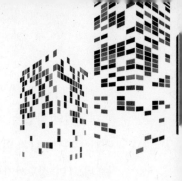

"사람이…… 어떻게 그럴 수가 있어……."

마들린은 분노로 인하여 몸을 떨어댔다. 흰자위가 시커 멓게 물든 덕에, 화내는 표정이 무섭게 보였다.

"나도 이렇게까지 하지 않으려고 했는데 말이야."

지우가 어깨를 으쓱이면서 눈을 올려 슬쩍 위를 쳐다봤 다. 남자와 여자가 두둥실 떠다니고 있었다.

그들에게 무슨 특별한 능력이 있어서가 아니다. 중력 조 작으로 허공에 떠오르게 만들었다.

다행히 정신을 잃고 있는지라 날뛰거나 하지는 않았다.

"네가 이렇게까지 귀찮게 나오니 별 수 없는 일이지."

마들린의 마법은 위협적이다. 전력을 다해서 싸우긴 했지만, 결판이 나지 않았다. 심지어 사람들을 지키면서 싸우는 데도 이 정도까지 하니, 만약 신경을 쓰지 않는다면 얼마나 강할까라는 생각이 들었다.

어쨌거나 슬슬 혼공으로 인한 몸의 부담감이 밀려들어오자 최선의 방법을 찾아 사용했다.

바로, 아까부터 사용하고 있던 수단. 인질이다.

"네 마법으로 이들을 풀어주는 것도 상관없으나, 그렇게 되면 또 다른 사람들이 희생하게 될 거다."

"큭!"

"나도 더러운 거 아니까, 그만 좀 말해라."

이미 예전부터 대놓고 인질을 내세우며 협박했다. 이제 와서 직접적으로 해도 달라질 건 없다.

처음부터 이걸 쓰지 않은 건 지우조차도 찝찝해서 그랬다.

"마들린, 확실히 넌 언컨쿼러블의 다른 인원들에 비해서 덜 호구긴 하지만, 그렇다고 마음이 모질지는 못해."

아무것도 하지 못하는 게 그 증거였다.

"으드득, 자존심이란 것도 없어……?"

"자존심이 밥 먹여 주거나 목숨을 살려 주지는 않지."

피식.

"설마하니 끝까지 전력을 다한다는 격렬한 전개를 기대한 건 아니겠지?"

만화나 소설 등에서 나오는 전개가 있다. 이렇게 최종 결전 분위기 비스무리 할 때, 어느 한 쪽이 무너질 때까지 격렬하게 싸운다. 그러나 그건 어디나 만화나 소설의 이야기다. 현실은 그렇게까지 뜨거운 전개는 없다.

아직 근처에서 다른 동맹원들이 싸우고 있는 동안, 힘은 최대한 아끼는 편이 좋다. 그래야 도울 수 있다.

또 동맹원들이 꼭 이긴다고 장담할 수도 없었다. 그러니 보다 효율적으로 힘을 저장한 채 이겨야만 했다.

"미안하지만, 난 그런 낭만적인 놈이 아니라서 말이지."

파지직, 하고 눈에 보이지 않을 만큼 작은 입자들이 모이고 모여서 고농도의 에너지로 된 창을 만들어냈다.

피부가 따끔거릴 정도로 그 전류의 양이 상당했으나 마들린은 입술을 깨문 채로 가만히 있을 수밖에 없었다.

이에 지우는 행동불능에 잠긴 적을 쳐다보면서 만족스럽게 웃으면서 창을 힘껏 내던졌다.

"바사비 — 샤크티!"

한눈에 봐도 범상치 않은 잿빛의 창이 날아온다. 직경만 해도 이십 미터를 거뜬히 넘는다.

크기도 길이도 전부 대단했다. 저걸 정면으로 막아내려면 정말로 힘들다.

'그렇다면, 피해 정도는 최소화해야지.'

하지만 인질이 잡혀있는 이상, 피할 수는 없다. 물론 그렇다고 그대로 맞아 죽을 생각도 없었다.

일단은 그가 눈치채지 못하도록 방어 마법을 사용해서 데미지를 축소한다. 그리고 방심을 시킨 다음에 다시 일어나서 싸울 생각이었다. 뒤에서 습격을 한다면 사람들이 다치지 않게 이길 수 있다.

끼이이익!

칠판을 손톱으로 긁는 것보다 더한 소리가 났다. 전류가 서로 부딪치면서 소음을 토해냈다.

"꺄아아악!"

일부러 목소리를 내서 비명을 내지른다. 눈속임을 위해서 혼신의 연기를 보였다. 그러나 거짓이었던 그 비명은 곧 진짜가 되어 입 바깥으로 터져 나오게 됐다.

"연발투창(連發投槍)!"

마들린의 가슴이 철렁 주저앉았다. 앞의 시야를 물든 잿빛이 배로 늘었다. 정신을 차리고 보니 보이는 건 연달아 날아오는 세 자루의 창이었다.

"오, 이런 맙소……."

'사' 라는 다음 말을 이어지지 못했다. 대신에 천지를 뒤흔들 정도로의 굉음이 터졌다.

뇌와 심장을 둘러싼 마나의 고리를 고속으로 회전시켜 급히 방어 마법을 펼쳤지만 이미 늦었다.

이미 막고 있던 바사비 샤크티에 이어서 연달아 공격이 이어져오자 그 힘을 버틸 수가 없었다.

결국은 바사비 샤크티를 제대로 막지도 못하고, 창에 밀려서 쭉 날아가 건물에 처박혔다.

콰아아아아앙—!

그 다음 일어날 일은 굳이 보지 않아도 알 수 있었다.

아래 지반이 무너진 고층 빌딩이 손쉽게 무너져 내렸고, 고막이 찢어질 정도로의 폭음이 연달아 터졌다.

화상을 입을 정도로의 뜨거운 열기와 더불어 불꽃이 뿜어져 나오고, 잔해가 무너져 먼지 구름이 흘러나왔다.

"텔레포트."

이제는 보이지 않는 그녀를 뒤로 한 채 이동했다.

지우는 주변을 둘러보기 위해 높은 곳으로 이동했다. 그리곤 제일 먼저 알렉산드라를 찾으려했다.

다른 사람들은 그렇다고 쳐도 알렉산드라는 직접적인 무력이 없다. 우선적으로 그녀부터 지켜야만 했다. 일단은 군인이나 경찰들이 몰려있는 주변을 샅샅이 뒤졌다.

마침 제임슨이 초고속능력으로 이리저리 돌아다니며 군인이나 경찰들을 기절시키는 것이 보였다.

총알 세례가 쏟아지긴 했으나, 재생과 초고속 능력 덕분에 어찌어찌 살아남을 수는 있었다. 다만 고통은 그대로 느끼는 것인지 얼굴이 고통스럽게 일그러져있었다.

게다가 제임슨은 누군가를 찾는 것처럼 보였는데, 아무래도 지휘관인 알렉산드라를 쫓는 모양이었다.

"찾아도 나올 리가 없겠지만……."

알렉산드라가 초코파이를 우물거리면서 중얼거렸다.

그녀는 일찍이 제임슨과 대화를 끝낸 뒤, 그가 안 보는 사이에 미리 대피했다. 지휘관인 자신이 대놓고 모습을 드러내는 건 미친 짓이다.

그래서 좀 떨어진 장소에서 뉴욕에서 일어난 테러에 군대가 가져온 병력수송 장갑차 — APC에 탑승하여 몸을 숨기고, 드론을 띄워 전황을 살펴보며 명령을 내렸다.

군대건 뉴욕 경찰이건 간에 지휘부를 집어 삼켜서 현대

병기의 힘으로 제임슨을 견제했다.

"어이."

"……!"

차량 안에 있던 병사들이 깜짝 놀라 벌떡 일어났다.

그들은 불청객에게 총구를 겨누었으나, 방아쇠를 당기기 전에 알렉산드라가 나서서 제지했다.

"아군이다."

"네."

알렉산드라의 말에 병사들이 곧장 제자리에 앉았다.

의문이나 의심 하나 없는 얼굴이었다.

"여기에 있는 건 어떻게 알았지?"

알렉산드라가 신기한 듯이 지우를 쳐다봤다.

지휘 차량은 이거 하나가 아니다. 만약을 대비해서 이 근처 곳곳에 준비해두었다.

만약에 위치를 의심을 받거나 등의 일이 생기면 주저 없이 다른 곳으로 이동해 지휘를 계속하기 위해서다.

"뇌의 전기신호."

"허어."

알렉산드라가 감탄을 금치 못했다.

"나도 방금 전에 막 새로 얻은 힘이라서 불안불안 했는데, 생각보다 잘 되더라."

혼공을 사용하면서 일렉트로의 능력 범위도 넓어졌다. 종류도 많아졌다. 뇌에서 흘러나오는 전기신호를 감지하고, 해석하고, 추적까지 가능하게 해졌다.

"마들린은?"

"방금 전에 막 처리하고 오는 길."

꽤나 거칠게 싸워서 그런지 옷이 엉망이다. 재킷부터 걸레처럼 너덜너덜하게 뜯겨졌다. 그 안에 와이셔츠도 마찬가지다. 성가셔서 둘 다 벗어던졌다.

옷을 벗자 신이 내린 조각이라 칭할 정도로 완벽하게 자리 잡은 근육이 드러났다.

"나 외에는 어떻게 됐지?"

"칭후와 백고천은 고전 중이다."

심하진 않지만 상처 입은 부위가 제법 있다. 그래서 포션을 꺼내 치료했다.

"자오웨는?"

"졌다."

"……그런가."

놀랄 일은 아니다. 언컨쿼러블은 결코 약하지 않다. 전면전을 벌이기 전, 충분히 예상했던 일이다.

"나머지 멤버가 나타나서 허를 찔렀다."

알렉산드라는 자오웨와 루카스의 싸움도 지켜보고 있었다. 그래서 어떻게 된 상황인지 모두 알고 있었다.

전장에 새로이 등장한 소년. 그리고 아이를 건드리지 못하고 치명상을 입은 자오웨.

지우는 그 사정을 듣곤 고개를 주억거렸다. 그런 상황이었다면 자오웨가 진 것도 당연한 일이다.

그녀는 다른 건 몰라도 소년이나 소녀로 불릴 만큼의 아이들은 건드리지 못하니까.

"자오웨가 살아있는지는 모르겠지만, 일단은 제임슨부터 처리해라."

알렉산드라가 언제나차럼 차가운 눈길로 판단을 내렸다.

"루카스는 치명상을 입어 이미 전투 불능이고, 새로운 멤버 또한 정신 상태가 불안하다. 아마 더 이상 싸우는 것은 무리일 것이니, 제임슨부터 처리해라."

"그래."

"제임슨을 처리하면 다른 둘 쪽으로 합류해라. 포션이나 엘릭서를 두고 간다면 내가 자오웨를 회수하지."

자오웨의 목숨이 아직까지 붙어있는지는 모른다.

그렇기에 더더욱 갈 수가 없다. 만약에 찾아갔는데 사망하여 육체가 사라졌다면 헛고생만 하게 된다.

그 시간 동안 만약에라도 칭후와 백고천이 패배하거나, 제임슨이 알렉산드라를 잡게 된다면 문제다.

자오웨에게 미안한 말이지만, 지금 이 상황에선 좀 더 확실하게 이기기 위한 방법을 찾아야만 했다.

"다녀와라."

"그래."

"컥!"

정신을 빼앗긴 군인이 외마디 비명을 흘리며 쓰러졌다. 그걸 본 제임슨은 생각에 잠겼다.

'후유증만 아니었으면…….'

베드로의 검으로 카르밀라를 꼼짝하지 못한 건 좋았다. 허나 사도의 힘을 사용한 대가는 컸다.

샤를로트의 신성 술법으로도 치유할 수 없었다. 마들린의 마법도 마찬가지다.

포션도 엘릭서도 무소용. 능력 중에서 여럿이 사라지거나 깎여버려서 너무나도 약해져버렸다.

"여, 제임슨."

"……설마……."

마들린은 정지우를 자신에게 맡겨달라고 했다. 그리곤 불길해 보이는 마법을 사용하면서 사라졌다.

이후에 멀리서부터 마법진이 연달아 보이고 폭발이 나면서 격렬해 보이는 싸움이 이어졌다.

그런데 몇 분 전부터 그 소리가 멈춰서 불길해 했는데, 그 예감이 적중했다.

마들린은 돌아오지 않았고, 대신 정지우가 왔다.

"그래, 네 여자 친구가 졌다."

"이 개자식!"

"더 개자식이 뭔지 보여줄까?"

지우는 발끝으로 지면을 툭 쳐 진각을 밟았다.

콘크리트가 깨져나가거나, 지면이 움푹 주저앉거나 하는 일은 없었다.

그 대신 제임슨에게 당해 바닥에 누워있던 군인과 경찰들이 동시에 모조리 공중으로 떠올랐다.

"내가 좀 바쁘다. 길게 가지 말고 얼른 끝내자."

그중 하나를 끌어와서 목을 낚아챘다.

"괜히 초고속으로 움직일 수 있다고 허튼짓 하지마라. 나라를 지켜주는 군인과 경찰이 불쌍하지도 않냐."

지우는 왼손에 인질을 대롱대롱 매단 채로 앞으로 거리

낌 없이 걸어갔다.

제임슨은 이러지도 저러지도 못한 채, 살의가득한 눈으로 지우를 쳐다볼 뿐이었다.

"크리스마스 때, 너희가 승리하기를 기도했었다."

선과 악의 대결.

"그래야 우리가 좀 더 편하고, 수월할 테니까."

디스페어에게 인질이란 건 통하지 않는다. 반대로 그놈들에게 가족이 잡히지 않을까 경계해야만 했다.

놈들이라면 충분히 가능성 있는 일이었다.

반면 언컨쿼러블은 전혀 그렇지 않다. 분명 다들 강하긴 하지만, 인질 하나로 이렇게 상대하기가 쉬워진다.

"우리의 승리다, 제임슨 쿠퍼."

*　　　*　　　*

수십 번의 격돌이 일어나면서 주변이 엉망진창이 됐다. 뉴욕 시내에는 커다란 흉터가 남았다.

창호화신을 사용한 칭후는 창법 외에도 조법(爪法)이나 권법을 번갈아 사용하면서 샤를로트를 압박했다.

그 외에도 열둘이나 남은 타천사들이 돌아가면서 정신

사납게 공격을 해왔다.

허나 샤를로트는 집중포화를 당하는데도 결코 쉽게 당하지 않았다.

"괴물이십니까……!"

백고천이 어이없어 했다. 열둘의 타천사도 점점 그 수가 줄어 다섯밖에 남지 않았다.

"후읍!"

샤를로트가 몸을 움직인다. 좌측에 있던 타천사가 검을 휘둘렀지만 단단한 갑주에 튕겨져 나갔다.

공격을 당한 그녀는 당황하지 않은 채 좌측에 있는 타천사를 방패로 힘껏 후려쳤다.

비록 우리엘의 검처럼 성물은 아니나, 전설의 방패에 당한 충격이 상당했는지 몸을 비틀거렸다.

—신의 개!

타천사라는 건 신에게 실망하거나, 분노하거나, 배신하여 타락한 자들을 말한다. 신에 관련된 자들은 물론이고 그 물건에게까지 깊은 원한을 지니고 있다.

굳이 백고천이 이렇게 하라, 저렇게 하라 라는 명령을 내리지 않아도 알아서 전력으로 달려들었다.

나머지 네 개체의 타천사가 사방에서 각자의 무기를 들

고 날아왔다.

이에 샤를로트는 흔들리지 않은 평정심을 유지하며 침착하게 대응했다.

"하아아앗!"

기합을 터뜨리자 온몸에서 성화가 튀어나와 주변을 한 차례 집어삼켰다. 접근해 오던 타천사들이 멈칫했다.

샤를로트는 그 틈을 노려서 전방에 있는 타천사에게 날아가, 그대로 흉부에 검을 꽂았다.

―어딜!

우측에 조금 떨어져 있던 타천사가 어림없다는 듯이 삼지창을 내질렀다.

샤를로트는 옆을 보지도 않고 우리엘의 검에서 손을 떨어뜨려 옆구리를 찔러오는 삼지창을 붙잡았다.

―헉!

타천사가 당황하면서 삼지창을 회수하려 했으나 어림없었다.

그녀는 그대로 괴력을 발휘하여 삼지창과 함께 타천사를 자신 쪽으로 끌어당겼다.

샤를로트는 그제야 창에서 손을 떨어뜨린 뒤, 타천사의 목줄기를 낚아채곤 힘을 가해 그 목을 부러뜨렸다.

우드득하는 소리와 함께 타천사가 힘없이 몸을 축 늘어뜨리곤 입자로 변해 사라져버렸다.

"칭후!"

"알고 있다!"

칭후가 도약하여 허공을 걷듯이 경공을 펼쳤다.

날개가 없으니 하늘을 날 수는 없으나, 허공을 걷거나 달리거나 하는 방법으로 공중전에 참여할 수는 있었다.

이를 허공답보(虛空踏步)라 하여, 보법과 경공의 경지 중에서도 극의에 속한다.

샤를로트는 아래에서부터 칭후가 접근해 오는 걸 보고 재빨리 허리를 돌리며 방패를 투포환처럼 날렸다.

휘리리릭!

방패가 무시무시한 속도로 빙글빙글 회전하면서 부메랑처럼 날아갔다.

—이, 이런……!

칭후에게 날아갈 줄 알았으나 전혀 아니었다. 그 목표는 맨 처음에 방패에 맞은 타천사였다.

타천사는 급하게 피하려고 했으나 이미 너무 늦었다. 방패는 그대로 타천사의 옆구리를 반으로 갈라버렸다.

비명을 지르며 입자화되기도 전, 방패는 그대로 쭉 날아가서 끼이익 하고 섬뜩한 소리를 내뿜었다.

─캬아아악!

둘밖에 남지 않은 타천사들도 결국은 전의 타천사처럼 상반신과 하반신이 분리되면서 사라져버렸다.

샤를로트는 아까처럼 그 소멸은 확인하지 않은 채, 코앞이라 할 정도로 접근한 칭후를 내려다보았다.

"비호승천(飛虎昇天)!"

칭후가 오른손을 치켜 올렸다. 자세히 보면 손가락이 죄다 반쯤 구부려져 있어 짐승의 발톱과도 같았다.

거기에다가 손가락 하나하나가 푸른색으로 물들어 강기를 내뿜고 있었으니 그 위력은 두말할 것도 없었다.

"크읏─!"

샤를로트가 신음을 토해내면서 후퇴했다. 다행히도 우리엘의 날개 덕에 공중에서의 전환이 빨랐다.

시간이 느릿느릿하게 흘러간다. 창호의 발톱이 샤를로트의 투구 부근을 스치고 지나갔다.

카가가가가각!

투구에 기다란 발톱 자국이 남겨졌다. 소음이 흘러나오면서 불꽃이 튀었다.

"훙!"

비록 공격이 빗나갔으나 아쉬워할 것 없다. 공중전에서 조금 불리해도, 자신이 쌓아온 무학은 강하다.

칭후는 발바닥 밑, 용천혈에서 기를 뿜어내 허공을 다시 밟곤 몸을 팽이처럼 돌려 제자리로 돌아오려 했다.

'방천화극!'

무기보에서 방천화극을 꺼내 창강을 내뿜는다. 설사 뒤로 후퇴한다 해도 창의 범위에 들어오니 상관없다.

막는다고 해도 조법이나 권법으로 대응해서 치명상을 입힐 생각이었다.

그러나!

"바리사다(Balisarda)!"

샤를로트가 방천화극을 보자마자 눈을 번뜩였다. 그리곤 기다렸다는 듯이 왼손에 검을 소환했다.

"하아아앗!"

휘둘려진 창대가 구부려진 것처럼 눈의 착각을 들게 한다. 방천화극의 월아가 휘황찬란하게 빛났다.

샤를로트가 바리사다로 월아를 쳐내려했다. 그 순간을 포착한 칭후가 이상함을 느꼈다.

'어째서?'

우리엘의 검에는 성화가 있어서 강기에 대항할 수 있다.

그러나 저 새로 꺼내든 검에는 아무것도 없었다.

성화는 물론이고 고에너지라 느껴질 만한 어떤 것도 실려 있지 않았다.

만약 — 칭후가 전설의 무기 등에 조금이라도 관심이 있었다면 상황은 달라졌을지도 모른다.

"이걸로 끝이에요!"

바리사다가 월아와 접촉했으나, 놀랍게도 그대로 월아를 넘어 창 자체를 통과해 버렸다.

"뭣……!"

칭후가 불신 어린 눈으로 바리사다의 검신을 멍하니 쳐다봤다.

순간 무슨 일이 일어났는지 이해를 못 했다. 허나 몸이 번개같이 반응해서 바리사다를 방어하려 했다. 확실히 반응만큼은 누가 봐도 빨랐다. 말도 안 될 정도로 신속했다.

하지만 빠른 건 샤를로트도 마찬가지다. 그녀의 신체능력은 천사의 힘을 받아 이미 인간을 초월했다.

푸욱!

"커허어억—!"

바리사다의 검극이 칭후의 명치를 꿰뚫고 등 뒤로 튀어나왔다. 방천화극이 힘을 잃고 사라져버렸다.

"아프게 해서 정말로……죄송해요!"

칭후의 몸이 중력의 법칙에 의해서 천천히 떨어진다.

샤를로트는 바리사다를 손에 쥔 채 사과하면서 그대로 체중을 담아 최후의 일격을 가한다.

"우리에에에엘!"

천사의 이름을 부르짖자 새하얀 불꽃이 바리사다에서부터 뿜어져 나와 둘을 감쌌다. 성화는 샤를로트에게 힘을 주었으나, 칭후에게는 고통을 전해주었다.

샤를로트는 몇 십 미터 위 상공에서 그대로 칭후를 아래로 짓누르며 수직 낙하에 지면에 처박혔다.

쿠와아아아아앙!

다이너마이트를 한꺼번에 폭발한 것처럼 고막이 찢어질 정도로의 굉음이 터졌다. 동시에 그 충격파가 파도가 되어 주변을 쑥 훑어버려 모든 걸 날려버렸다.

가로수 길의 나무들은 뿌리까지 뽑혀져나갔고, 자동차도 데굴데굴 구르며 아무 곳에 부딪쳐 폭발했다.

추락한 장소를 기준으로 반경 백 미터 안팎이 움푹 주저앉았고, 콘크리트는 죄다 깨져서 사방으로 흩어졌다.

"하아, 하악, 하아악……!"

칭후는 지면에 대자로 뻗어있었다. 다만 정신을 잃은 듯,

눈을 까뒤집은 채로 흰자만 보이고 있었다.

정신을 잃지 않은 것이 신기하다. 몇 십 미터 위에서 떨어진데다가, 명치를 꿰뚫려 치명상까지 입었다.

샤를로트는 그 위에 바리사다를 잡은 채로 무릎 꿇고 심호흡 하다가, 자리에서 천천히 일어났다.

"자연……치유……."

손바닥에서 여전히 성스러울 정도로 새하얀 빛이 뿜어져나와서 칭후의 몸을 슥 훑고 지나갔다.

시간이 좀 걸리겠지만 이걸 걸어둔다면 적어도 죽지는 않을 것이다.

"사물을 통과하여 벨 수 있는 능력을 지닌 검인가."

"……."

샤를로트는 낯설지 않은 목소리를 듣고 앵두같이 두툼한 입술을 질끈 깨물었다. 그가 여기에 있다는 건, 그다지 좋지 않은 뜻이었다. 가슴이 짜릿하고 아파왔다.

미세하게 떨리는 손을 들어서 얼굴을 가리는 투구를 벗어던졌다. 칭후와의 대결로 균열이 생겼다.

눈부실 정도로의 금발이 비단결처럼 흘러내렸다. 슬픔에 가득 찬 눈동자가 나타났다.

몸을 뒤로 돌리자 축 늘어진 백고천을 옆구리에 낀 지우가 보였다.

"네가 기부한 돈은 상당한 걸로 알고 있는데, 정말로 잘도 그런 걸 샀네. 대단해."

제임슨의 처리는 그다지 어렵지 않았다. 인질을 앞에 세우고, 주먹을 날리니 마들린처럼 건물에 처박혔다.

초재생능력이 신경 쓰이긴 했지만, 그래도 혼공의 힘으로 전력을 다했으니 무사하진 못할 것이다.

날려버린 뒤, 잠잠한 것을 확인하곤 곧바로 샤를로트 쪽으로 왔다. 다만 애석하게도 타이밍이 늦어서 칭후가 방천화극을 막 꺼냈을 때에 와버렸다. 도와주기에는 이미 너무 늦은 시간이었다.

칭후는 목숨은 건졌지만 그대로 리타이어. 백고천도 방어막을 펼쳤으나 타천사를 불러내느라 신성력을 소진했는지 제대로 버티지 못하고 기절했다.

그래서 일단은 백고천이 죽지 않도록 회수하여 보호했고, 이렇게 샤를로트의 앞까지 당도하게 됐다.

"샤를로트, 더 이상의 지원은 기대하지 않을 게 좋아. 그토록 숨겨왔던 꼬맹이도 오지 못할걸?"

"꼬맹이라면…… 설마하니 딩, 그 아이까지 건드린 것인가요!"

샤를로트의 얼굴이 분노로 일그러졌다.

"루카스를 지키려고 나섰을 뿐, 건드리지는 않았어. 그덕분에 자오웨의 생사도 알 수 없다고."

"아아…… 이럴 수가…… 어째서, 그 아이까지……!"

샤를로트는 가녀린 어깨를 떨면서 눈물을 흘렸다. 비통에 잠긴 그녀의 표정은 무척 슬퍼보였다.

"그 아이만큼은 평범하게 자라주기를 바랬는데!"

"샤를로트, 그건 너무 무리한 요구지. 애초에 그 나이에 앱스토어의 고객이 된 것 자체가 평범하지 않다고."

여태껏 만나왔던 고객들 전부가 성인이 되면서 기적을 잃게 됐다. 미성년자, 그것도 청소년도 아니고 어린아이로 보이는 고객은 딩이라는 소년이 처음이다.

도대체 얼마나 잔혹하고 끔찍한 불행에 둘러싸인 인생을 살아왔는지 감히 상상할 수가 없었다.

"제임슨 쿠퍼, 마들린 위치 코번, 루카스 피에나르, 그리고 딩. 이중에서 움직일 수 있는 자는 아무도 없다."

샤를로트가 쥔 주먹에 힘이 잔뜩 들었다.

"우리도 비슷한 건 마찬가지지만, 미안하게도 아직 이쪽에는 알렉산드라가 움직일 수 있어. 솔직히 말하마. 샤를로트 드 아멜리, 너에게 승산이란 없다."

다른 사람이 살아있었다면 모른다. 그런데 무조건적으로 한 사람을 붙들 수 있는 알렉산드라가 있다.

마들린이 멀쩡했다면 정신 교란 마법 같은 걸로 방해했을지도 모른다. 하지만 그것도 아니니, 알렉산드라가 자오웨를 회수하고 온다면 완벽한 승리를 이룬다.

"알렉산드라가 오는데 시간이 좀 걸리긴 하겠지만, 미안하게도 그 시간 동안 넌 날 이길 수 없거든."

백고천을 옆구리에 떨어뜨리고, 중력 조작을 이용하여 다른 장소에 슬며시 내려두었다.

그리곤 제임슨을 상대하면서 함께 데려왔던 정신을 잃은 일반인 둘을 데려와서 허공에 떠올렸다.

"보다시피, 인질들이 있으니 허튼 수작을⋯⋯."

"프로브케이션(Provocation)."

샤를로트가 신성술법을 사용했다. 정화하거나 치유하는 등의 부류의 능력이 아니었다.

백고천도 얻을 수 없는 신성술법, 오직 누군가를 수호하려는 성기사만을 위한 능력이었다.

"미안하지만, 그건 할 수 없을 거예요."

샤를로트가 오른손에는 우리엘의 검을, 왼손에는 바리사다를 쥔 채로 눈을 예리하게 떴다.

"너어……."

그녀가 말한 대로 인질을 풀어줄 수밖에 없었다.

시각과 청각 — 아니, 육감까지 포함한 모든 감각이 한 사람. 오직 샤를로트에게로 쏠렸다.

마음을 다르게 먹으려고 해도 그럴 수 없었다. 중력 조작을 사용하려 했으나 인질에게 손을 댈 수가 없었다.

직역하자면 도발. 게임에서 탱커에게 딸려있는 기본적인 스킬로 적에게 어그로를 끌어 자신에게 집중한다.

게임과 다른 게 있다면 아무래도 샤를로트의 도발은 일정 시간이라는 제약이 없는 모양이었다.

"이 시간부로 당신은 저를 제외하고 그 누구도 건드릴 수 없어요."

샤를로트가 우리엘의 검을 지우에게 겨눴다.

"분명히 말했었죠!"

"샤를로트—!"

그의 몸에서 잿빛이 뿜어져 나왔다.

"제가!"

그녀의 몸에서 새하얀 빛이 뿜어져 나왔다.

"제가 당신을 기필코 바꾸겠어요!"

제10장

그냥, 그러고 싶었다

샤를로트가 몸을 날렸다. 한눈에 봐도 수십 킬로그램은 넘어갈 듯한 갑옷을 입었음에도 그 속도는 빨랐다.

금발이 나부끼면서 시야에 방해가 되지 않을까 싶었으나, 전혀 그렇지 않은 것 같았다.

"정지우우—!"

샤를로트가 그의 이름을 부르면서 아까 칭후와 싸우다가 떨어뜨린 우리엘의 검을 불러들였다.

그리곤 양 손에 검을 쥔 채로 곧은 직선을 그려내며 날아갔다.

"샤를로트으─!"

일렉트로의 양기와, 칼리고의 음기를 반반씩 담은 혼공이 흑도 백도 아닌 회색의 기운을 내뿜었다.

회색으로 물든 아지랑이는 실처럼 뽑아져 나와 이윽고 폭사되어 허공에서 춤을 췄다.

"어째서!"

샤를로트가 화를 내면서 검을 휘둘렀다. 우리엘의 검이 성화를 내뿜으면서 수평선을 그었다.

지우는 검이 닿기 전 목을 꺾듯이 뒤로 틀어서 검을 피해 냈다. 그의 눈매가 가늘어졌다.

'상상 이상으로 빠르다.'

성격이 온순하다고 우습게 볼 게 아니었다. 천사, 그것도 우리엘의 힘을 강림시킨 샤를로트는 강했다.

마들린은 아무리 칼리고로 강해졌다고 한들, 본디 마법사. 근접전에는 형편없을 정도로 약했다.

그에 반면 샤를로트는 힘이나 속도 면에서나 어디 하나 부족할 것이 없다.

검술이라거나 하는 형식을 무시할 정도로 위협적. 방금 전에도 혼공이 아니었다면 피하지 못했을지 모른다.

'정신 차려라!'

다시 한 번 속으로 마음을 바로잡았다. 정신을 번쩍 차리고, 뇌와 근육까지 긴장시켰다.

저 앞에 자신의 동맹원, 백고천과 칭후가 당했다.

지우도 이 둘을 상대로 싸운다면 승리를 장담을 하지 못한다. 백고천이 소환한 타락한 천사들, 이어서 버프 계열의 신성술법을 받은 칭후를 생각하면 무시무시하다.

헌데 와보니 칭후는 엉망진창이 되어서 바닥에 대자로 뻗어있고, 타천사들도 모조리 소멸해버렸다.

"대화로도 충분히 끝날 일이었는데!"

싸우고 싶지 않았다. 전쟁을 하고 싶지 않았다.

주변을 휘말리게 하고 싶지 않았다. 세상에 기적에 대한 진실을 끝까지 숨기고 싶었다.

그래서 몇 번이나 설득하려 했고, 대화를 시도했으나 결국 돌아온 것은 차디찬 적의뿐이었다.

"왜, 당신은 계속해서 싸우려는 거죠!"

방금 전에 막 검을 휘두른 것이 끝나기 무섭게, 바리사다를 연달아 휘둘렀다. 잘만 사용한다면 이렇게 무시무시한 위력을 발휘하는 이검류(二劍類)다.

"몇 번이나 똑같은 대답을 하게 하지 마라!"

지우가 분노의 외침으로 답변하면서 양손에 스피릿 소드

를 불러들여 하단에서 상단으로 힘껏 후려쳤다.

채애앵—!

잿빛으로 물든 검과 바리사다가 충돌하면서 가볍게 폭발했다. 그 충격파가 각자의 손으로 전해졌다.

두 남녀는 얼굴을 살짝 찡그리곤, 검을 마주한 채로 서로를 쳐다보았다.

'사물이 아니라면 통과할 수 없지.'

바리사다는 사물을 통과하는 능력을 지녔으나, 정신력으로 구성된 스피릿 소드 앞에서는 무의미하다.

"너희가 추구하는 방식은 우리와 맞지 않는다."

"도대체 뭘 원하시는 건가요?"

"돈."

"돈이라면 지금도 충분하시잖아요!"

물론 세계 대기업 순위에 열 손가락 안으로 들어가는 건 아니다. 하지만 그와 비슷할 수준은 된다. 아니, 애초에 로드라는 브랜드가 나타난 지 채 삼 년에서 사 년도 되지 않았다. 그걸 생각하면 반대로 더더욱 대단한 일이었다.

정치인이건 기업인이건 간에 정지우라는 석자 이름 앞에서 목부터 움츠리며 겁먹기 시작한다.

그 정도로 로드와 정지우. 이 두 이름은 이미 대한민국뿐만 아니라 세계 곳곳에 영향력을 떨치고 있었다.

오직 기업과 돈의 힘으로.

"아니, 어떤 상황에서도 대응할 수 있는 돈이 필요하다. 또 그 돈을 그걸 지키기 위해서는 정직하기만 한 방식으로 해결되지는 않는다. 세상엔 나쁜 놈이 많아."

눈에는 눈으로! 이에는 이로!

"몇 번이나 말씀드릴게요. 설사 그렇다고 한들, 그 방식은 잘못됐어요!"

돈에는 돈으로! 악에는 악으로!

"알아."

"그런 방식으로 번 돈이 — 당신과 그 주변 사람, 그리고 가족분들을 행복하게 할 것이라고 생각하시나요!"

움찔.

"여동생분께서 계속해서 괴로워하고, 슬퍼하시는 걸 그냥 둘 생각이냐고요!"

영원히 진실을 몰랐으면 했다.

지하가 아무것도 모르기를 빌었다.

여동생에게 거짓말을 하는 건 힘들었다. 그래서 항상 애매모호하게, 눈치채지 못하도록 장막을 쳤다.

하지만 결국 의심을 받다가 — 언컨쿼러블이 강제로 기

적을 보여주면서 행복이 깨져버렸다.

"너희만 아니었다면, 그대로였다!"

뿌드득!

"애초에, 그렇다면 나보고 어쩌라는 거냐?"

인간이란 건 때때로 돈이나 이득을 위해서라면 뭐든지 하는 종이다. 도덕적인 윤리관은 벽이 되지 않는다.

"잘 들어, 샤를로트. 이런 방식을 쓰지 않는다면, 나 역시 멍청하게 당할 뿐이다."

이 사회는 그렇게 구성되어 있으며, 과거에도 지금도 그렇게 돌아가고 있다.

"한두 번을 시작으로 약해진다면 또 다른 자들이 그걸 노리고 어금니를 드러내겠지. 미리 말하지만 다른 방법이 있을 것이라고 말하지는 마."

정의는 승리하고, 악은 벌을 받는다.

"어쩔 수 없지 않나!"

전형적인 권선징악의 이야기. 그러나 그건 이상일 뿐이다. 현실과는 전혀 다른, 그야말로 꿈의 세상이다.

"돈이 없다면 또 다시 힘들고 지친 삶으로 돌아갈 뿐! 그렇게 되느니 차라리 이렇게 살아가겠어!"

"돈이 없다고 행복할 수 없다니, 멋대로 판단하지 마세요! 그걸 누가 정한 거죠!"

샤를로트가 검에 힘을 가해 휘둘렀다. 부딪치고 있던 잿빛의 검이 충격에 의해 챙, 하고 치켜 올라갔다.

"저 역시 가난하고 불행했으나, 그렇다고 행복하지 않았던 건 아니에요!"

파바바밧!

우리엘의 검과 바리사다가 연달아 검격을 날렸다. 궤도를 읽을 수 없을 정도로의 엉망진창인 검이었다.

그러나 그 속도가 워낙 빨랐는지라, 눈 깜짝할 사이에 수십 번이나 휘둘렀다.

'괴물 같은 년!'

지우가 속으로 욕설을 내뱉으며 유성우처럼 쏟아져 내리는 검격들을 잿빛의 검으로 겨우겨우 쳐냈다.

"돈은 없었지만, 가족들이 있어서 행복했잖아요!"

샤를로트가 고아였을 시절, 비뚤어지지 않을 수 있었던 건 자신을 길러 주고 보살펴 준 수녀 덕분이었다.

설사 배가 고프다고 해도, 남의 재물을 훔치거나 하는 짓을 결코 용서하지 않았다.

그 대신 수녀는 자신의 수면 시간을 줄이거나 끼니까지 거르면서 일을 하여 아이들을 먹여 살렸다.

샤를로트는 그 희생에 감동하여 소매치기 등의 나쁜 짓을 관두고 다른 방법으로 살아갈 방법을 찾았다.

주변에서 구해온 서적으로 열심히 공부를 했고, 시험을 봐서 학교에 입학했다. 이윽고 대학까지 입학하여 요리를 공부해서 파티시엘까지 되는 데 성공하였다.

물론 그 사이에 고난과 역경이 없었던 건 아니다. 반대로 남들에 비해서 불행하다 할 정도로 많았다.

몇 번이나 좌절하고 절망했다. 하지만 결코 꺾이지 않고, 다시 일어나서 올바른 길을 따랐다.

그녀의 의지가 대단하기도 하지만, 주변의 소중한 사람이 있었기에 가능한 일이었다. 힘들면 서로를 의지하고, 보듬어주면시 자라왔다. 사랑이 있었기에 버틸 수 있었고, 그 고난과 역경들을 넘을 수 있었다.

확실히 가난했고, 힘들었고, 불행했다. 그렇지만 사랑이 있었기에 돈이 없어도 행복했다.

"더 행복해지기 위해서다!"

지우가 텔레포트로 이백여 미터 바깥으로 이동했다. 그리고 손에 쥔 잿빛의 검을 없앤 뒤, 그 대신 회색 전류를 모아서 잿빛으로 물든 고에너지의 창을 만들었다.

"바사비 샤크티!"

쐐애애애액—!

창이 빙판에 미끄러지듯이 직선을 그려내면서 샤를로트의 정면을 향해 총알처럼 쏘아져나갔다.

"아틀란테스!"

샤를로트가 바리사다를 내려놓고 그 대신에 휘황찬란한 빛을 뿜어내는 방패를 소환해 창을 막아냈다.

콰드드득 하고 무언가 천천히 부서지는 소리가 났으나, 방패가 아니었다. 방패를 지탱하고 있는 지면이다.

"확실히 가족이 있었기에 나 역시 버틸 수 있었지만, 그렇다고 만족하는 건 아니야! 너도 그렇지 않나!"

만족할 수 없었기에, 지긋지긋한 불행에서 빠져나오기 위해서 따로 공부를 하고 열심히 일했다.

인간이라면 그런 욕심이 없을 리가 없다. 좀 더 편하게 쉬고 싶고, 여유를 갖고 싶고, 피곤을 풀고 싶다.

이런 기본적인 욕구가 없다면 그건 인간이 아니다. 지우는 그 욕구에 따라서 돈을 버는 길을 추구했다.

"그러니까, 이미 충분한 수준이잖아요!"

"몇 번이나 똑같은 말을 반복하게 하지 마라!"

샤를로트는 손해를 보는 방식을 추구한다.

정지우는 손해를 보지 않는 방식을 추구한다.

샤를로트는 도덕적인 윤리관을 지켜가며 살아가고, 정지우는 반대로 이득을 위해선 얼마든지 버릴 수 있다.

전혀 다른 두 사람이다. 대화를 한다고 해도 그 가치관이 변할 리가 없었다. 그래서 여기까지 오게 됐다.

"그렇다면, 제가 당신을 책임질게요!"

샤를로트가 바사비 샤크티를 막아내는 방패를 그대로 두고, 측면으로 빠져 지우를 향해 전속력으로 돌진했다.

"하아?"

지우가 뭔 개소리냐는 표정을 지었다.

"당신과 가족 분들 모두, 제가 책임질 수 있어요!"

샤를로트가 왼손에 다시 바리사다를 불러들여서 쥐었고, 동시에 오른손에 쥔 검으로 재빠른 찌르기를 날렸다. 파공성과 함께 불꽃을 휘감은 검이 날아온다.

지우도 다시 손에 잿빛을 모아서 검을 만들어낸 뒤, 하단에서 상단으로 치켜 올리며 찌르기를 쳐냈다.

"병에 걸리거나 다친다면 제 신성술법으로 고치겠어요! 엘릭서와 비슷하니 충분해요! 그뿐만이 아니에요!"

샤를로트가 곧바로 바리사다로 공격을 잇는다. 우측 상단에서 좌측 하단으로 부욱 하고 베어 갈랐다.

"배고프다고 하면 음식을 제공하고, 춥고 불편하면 얼마든지 원하는 대로 집도 구해다드릴 테니까⋯⋯!"

샤를로트는 정말 생각 이상으로 돈이 많다. 프랑스뿐만
아니라, 각국에서 기부 천사로 알려진 덕이다. 그 명성 덕
에 아멜리 베이커리는 유럽 전체에 분점을 낼 정도로 인기
였다. 정기적인 기부로 돈을 많이 소비하긴 하지만, 그래도
지우와 그 가족들 정도는 책임져줄 수 있다.

아니, 애초에 정지우를 막는 것만으로도 더 많은 사람들
을 도울 수 있으니 좋았다.

"어리광 부리지 마, 샤를로트."

대검 정도 되는 잿빛의 검이 둘로 나누어, 양손에 들었
다. 날아오는 바리사다를 좌검(左劍)으로 막아냈다.

"그런 걸로 끝날 일이었으면 진작 끝났어."

"⋯⋯고집불통⋯⋯바보 같은 사람⋯⋯."

샤를로트가 눈물을 뚝뚝 흘리는 채로 서글픈 목소리를
냈다. 누가 들어도 마음이 아플 만했으나, 정작 그 목소리
를 듣고 있는 남자에겐 쥐뿔도 통하지 않았다.

"어리광을 부릴 나이는 지나도 한참 지났어."

"⋯⋯."

"사람은 아이에서 어른으로 성장해가면서, 어쩔 수 없는
현실에 타협해가는 방법을 배워."

누구나 하나쯤 속에 품은 꿈이 있다. 이상이 있다. 없는 사람이 있을 리가 없다.

모두 그걸 이루기 위해서 몇 번쯤은 꿈을 꿔본다. 시도도 한다. 하지만 그걸 이루는 사람은 매우 극소수다.

꿈과 이상. 말로 곱씹으면 아름답지만, 그 속을 들여다보면 이보다 잔혹함을 없을 것이다.

그리고 사람은 그걸 경험하고, 고통 받고, 절망하면서 결국은 현실이란 걸 깨닫고 타협하게 된다.

그게 인간. 그게 사람.

"바보, 바보, 바보, 바보!"

샤를로트가 눈물을 흘리면서 검을 마구잡이로 휘두른다. 감정을 쏟아내듯, 어린아이가 칭얼거리듯이.

빛줄기가 그물처럼 그려질 정도로 재빠르게 검격이 날아왔다. 지우도 그걸 받아치면서 괴성을 질렀다.

"우오오오옷—!"

뺨에 혈선이 그어지며 피가 튀고, 흉부에도 상처가 남았다. 바지도 너덜너덜해져서 못 볼꼴이 됐다. 시커멓게 물든 눈자위에선 피눈물이 주르륵 흘러나왔다.

"하아아압—!"

신성함이 느껴질 정도로의 갑옷도 이제 먼지로 엉망진창

이었다. 그뿐만 아니라 곳곳에 균열이 가서, 마치 박물관에 보관된 골동품 같은 느낌이 묻어나는 상태였다.

'포기하지 않아요!'

아프다. 죽을 만큼 아팠다. 정신은 피폐해지고, 온몸은 고장 난 인형처럼 삐걱거리며 비명을 질렀다.

관절 하나하나가 멀쩡한 곳이 없어도, 근육도 찢어진 것처럼 아파왔다. 눈물이 절로 나온다. 포기하고 싶다.

'포기하지 않는다!'

왜 이렇게까지 싸우는지 모르겠다.

그냥.

왠지 모르게.

이럴 수밖에 없는 것 같다.

그뿐이다.

"혼식 — 뇌혼난무(雷混亂舞)!"

콰르르르릉!

천둥소리와 함께 전류를 담은 잿빛의 검이 허공에서 춤을 췄다. 눈이 어지러워 따라가지 못할 정도다.

그래서 샤를로트는 눈으로 좇기를 포기했다. 거의 본능에 맡겨서 쌍검을 휘둘러 맞받아쳤다.

새하얀 불꽃과 잿빛의 전류가 부딪치면서 화려한 폭발을 일으켰다.

"크흑!"

샤를로트가 눈을 찡그리면서 급히 뒷걸음질 쳤다.

옆구리에서 화끈한 통증이 느껴져 확인하니, 갑옷이 일부분 떨어져나간 상태다. 상처를 입어 피도 흘렀다.

"……후우우!"

다친 건 지우도 마찬가지였다. 샤를로트는 갑옷이라도 착용하고 있지, 자신은 아무것도 입지 않았다.

혼공으로 육체가 자체적으로 강화되어 금강불괴에 가까운 몸이 되긴 했지만, 안 다치는 건 아니었다.

"길게 끌지 말자!"

둘로 나누어진 검을 없애버린 뒤, 양손으로 쥐는 자세를 취했다. 그리고 손을 하늘을 향해 높이 들었다.

우르르릉!

우렛소리가 나면서 마른하늘에 벼락이 내리쳤다. 수천 가닥의 전류가 춤을 추면서 빠지직 하고 울어댔다.

수십억 개를 월등히 넘는 숫자의 전자들이 날아다니며 서로 부딪치면서 짐승처럼 울부짖었다.

탁한 색깔로 빛나는 스파크가 튀었다. 주변의 전자기기

가 모두 그 영향을 받아 난리를 쳤다.

파스스스슷!

전자들이 한 곳으로 모여, 응집되어 형상을 갖춘다. 잿빛으로 물든 검의 형상이다.

다만 그 크기가 범상치 않았다. 일반적인 장검이라 하는 수준이 아니라, '기둥'이라 칭해질 정도였다.

직경만 오십여 미터의 길이를 지닌 잿빛으로 물든 스피릿 소드는 하늘을 찌를 기세로 치솟아 올랐다.

정신력 에너지, 최대 출력!

"그만두세요!"

샤를로트가 창백해진 안색으로 외쳤다. 저런 걸 그대로 휘두르면서 주변이 어떻게 될지는 뻔하다.

아직 이 주위에는 생존자가 있을지도 모른다. 대놓고 그들을 죄다 죽여 버리겠다는 뜻이었다.

샤를로트는 다시 한 번 소리 지르려다가 입을 꾹 다물었다. 정면에 보이는 지우의 눈에 깃든 강렬한 의지를 보고 그가 멈출 생각이 없다는 걸 깨달았다.

"성 미카엘 대천사님, 싸움 중에 있는 저희를 보호하소서."

이에 샤를로트는 손을 옮겨서 닳아버려 쓸모없어진 일부 무장을 해제했다.

"사탄의 악의와 간계에 대한 저희의 보호자가 되소서."

일단 너덜너덜해진 퀴라스(cuirass:흉갑)가 먼저 떨어져 나가 바닥에 떨어졌다. 철그럭 하고 쇳소리가 났다.

"오, 하느님. 겸손되이 하느님께 청하오니, 사탄을 감금하소서."

이후 어깨와 겨드랑이 부분을 보호해 주는 폴드런(pauldron)까지 벗어 던지자, 검은 레오타드가 나왔다.

"그리고 천상 군대의 영도자시여, 영혼을 멸망시키기 위하여 세상을 떠돌아다니는 사탄과 모든 악령들을 지옥으로 쫓아버리소서!"

"그걸 기다려 줄 생각은 없다—!"

왼발을 내딛으며, 양손에 쥐어져 있는 잿빛의 기둥 — 최대 출력으로 뽑아낸 스피릿 소드를 휘두른다.

"아멘—!"

우리엘의 검과 바리사다가 사라졌다. 그 대신에 순수한 불꽃으로 된 검이 붙들렸다. 우리엘이 지니고 있던 성화처럼 백염(白炎)은 아니었으나, 느껴지는 신성력은 비교도 할 수 없을 만큼 압도적인 양을 자랑했다.

태양의 천사라고 불리며, 천사들 중에서도 단연 필두라고 꼽히는 대천사, 그 이름은 미카엘!

은은하게 발광하는 금발은 거센 바람에 의하여 휘날리고, 등 부근에선 새하얀 날개가 펄럭였다.

무려 최고위의 대천사를 강림한 샤를로트는 그야말로 폭풍이 되어 로켓처럼 치솟아 올랐다.

"하아아아압!"

샤를로트가 목청껏 소리 지르며 검을 아래에서 위로 있는 힘껏 휘둘렀다.

"미친!"

그 장면을 보자마자 욕설이 절로 튀어나왔다.

방금 전의 일격에는 정말 밑바닥 끝까지 힘을 끌어올렸다. 말뿐만인 전력이 아니다. 무리를 했을 정도다.

그런데 샤를로트는 그걸 정면으로 받아냈다. 하기야, 미카엘 정도 강림하면 수긍이 안 가는 건 아니었다.

제임슨 쿠퍼는 사도의 성유물까지 쓰더니, 이젠 샤를로트는 최고위의 대천사까지 강림시킨다.

사람이 얼마나 착하면 미카엘에게 인정을 받고 그 힘까지 빌릴 수 있을까?

"이제 그만 좀, 정신 차리세요!"

샤를로트가 비명을 지르듯이 소리를 질렀다. 그 얼굴에는 눈물이 가득 흐르고 있었다.

'마음에 들지 않아.'

그 눈물을 보니 마음이 아파온다. 가슴 한구석이 바늘로 찔려오듯이 아파왔다.

샤를로트의 머리부터 발끝까지가 마음에 들지 않았다. 특히나 그 성격이 문제였다.

'닮았지.'

샤를로트가 우는 모습을 보니 자연스레 머릿속에서 얼마 전에 눈물을 흘리던 여동생의 모습이 지나갔다.

외모가 닮은 건 아니다. 분위기도 그렇게까지 닮은 건 아니었다.

샤를로트는 붙임성 있고, 활발한 편이다. 그에 반면 지하는 사교성이 있는 것도 아니고, 감정 표현도 서툴다. 또 무뚝뚝한 편인지라 성격도 일치하지 않았다.

그러나 누군가를 걱정하고 생각해 주는 그 고운 마음이 무척이나 닮았다. 특히나 자신을 위해서 저렇게까지 서글프게 우는 모습이 너무나도 닮게 느껴졌다.

"그만 좀 울어라!"

샤를로트가 울면 지하가 우는 것처럼 느껴진다. 그게 싫었다.

얼마 전, 그다지 좋지 않던 기억이 떠오르며 마음과 머리를 불편하게 만들었다.

"눈물이 나는 걸 어떻게 해요!"

샤를로트가 눈물을 글썽이면서 소리 질렀다.

"죽이기 어려워지니까, 울지 말란 말이다!"

입술을 질끈 깨물면서 검에 힘을 가한다. 잿빛으로 물든 검이 폭사되면서 그대로 내려앉으려 했으나, 샤를로트도 미카엘의 힘을 끌어올려 전력으로 저항했다.

불꽃과 전류가 부딪쳤으나, 서로 섞어지는 않았다. 철저하게 상대를 집어 삼키려고 사납게 싸워댔다.

'어쩌면, 정말로 그때가 행복했을지 모르지.'

확실히 돈이 많았던 건 아니다. 반대로 남들보다 부족한 편에 속했다.

부모님은 여유 시간도 가지지 않은 채 일을 하셨다. 자신도 공부와 일을 병행해 가면서 피곤에 지쳐있었다.

확실히 힘들었다. 허나 그렇다고 행복하지 않았던 건 아니다. 가족끼리 서로를 의지하며 살아왔다.

가끔씩 싸우는 일도 있었다. 우울했던 적도 있다.

적어도 돈을 벌려고 남을 죽인다거나, 여동생을 울리거나, 이렇게 누군가의 인생을 망가뜨린 적은 없다.

'그렇지만, 후회는 하지 않는다.'

후회한다면 그걸로 끝이다. 지금까지의 선택과 행동이 무의미해진다.

아니, 애초에 그런 것이 중요한 게 아니다. 돈을 벌어 가족들에게 부족하지 않는 삶을 선사해 줄 수 있었다.

그걸 위해서라면 악마도 괴물이 되도 상관없다.

—정말인가요?

키득, 하고 누군가의 웃음소리가 들렸다.

동시에 이 세상이 무미건조한 회색으로 물들었다. 어떻게 된지는 잘 모르겠다.

기분이 고양되어 환각을 보고 있는지는 잘 모른다. 다만, 세계 전체가 멈췄다.

"고객님, 혹여나 후회하신다면 모든 걸 원래대로 되돌릴 수 있답니다."

타오를 듯한 적발이 흘러내리며 어깨에 닿았다. 몸은 꼼짝도 할 수 없었다.

누군가가 뒤에서 천천히 다가와 귓가에 속삭였다.

"가족 분들을 후유증 없이 기억을 지울 수 있어요. 그 뿐만이 아니에요. 앞으로의 불행도 찾아오지 않도록 만들어드릴게요. 아, 가족뿐만이 아니랍니다. 원하시는 만큼 주변 사람들도 그렇게 해드릴 수 있어요."

침묵.

"또 이미 죽어버린 사람들은 무리지만, 그래도 피해를 입은 곳도 원상태로 돌릴 수 있답니다. 이 정도면 괜찮은 조건이라고 생각하는데, 어떻게 생각하세요?"

공짜는 아니잖아.

"네, 그 말대로입니다. 아무리 기적의 힘이 만능이라 하여도, 대가가 필요 없는 건 아닙니다."

뭐가 필요한데?

"당신이 그동안 모아두었던 재산이 공중분해가 될 것이에요. 아, 물론 가족분들 것까진 뺐지 않아요."

끝?

"아뇨. 앱스토어의 고객들을 제외하곤 그 누구도 당신을 기억하지 못할 거랍니다. 설사 새로운 사람들을 사귀어도 마찬가지예요. 정지우라는 이름을 지닌 인간의 존재 자체가 이 세계에서 영원히 잊혀지게 되죠. 원래부터 없었던 것처럼 말이에요. 그리고, 이 기억은 설사 앱스토어의 상품을 이용해도 회복할 수 없어요."

"……"

"그리고 제 뒤를 이어서 대한민국 지부의 관리자로······."

"좆까."

지우가 그녀의 말을 단호한 목소리로 끊었다.

"가족을 위해서 뭐든지 하신다고 하지 않았나요?"

라미아가 눈을 가늘게 뜨면서 물었다.

"그렇지. 그런데, 그건 싫어."

확실히 자신만 없어지면 모든 게 정상으로 돌아올지 모른다. 지하도 더 이상 마음 아파하지 않을 것이다.

게다가 기적을 관리하는 자의 힘이라면 후유증 없이 정말로 모든 걸 제자리로 돌려놓을지도 모른다.

대가가 없다면 모를까, 이렇게 정당한 대가를 지불한다면 충분히 가능한 일이다.

"남들이 나에 대해서 잊는다니, 그딴 건 싫어. 질색이다. 조금도 받아드릴 생각은 없다."

가족이란 건 함께하고 싶은 사람들이다. 함께하지 않으면 의미는 없다.

아무리 가족들을 행복하게 하고 싶어도, 사랑한다고 한들 그들에게서 잊혀지고 싶지는 않았다.

자기중심적이고 이기적. 그게 자신이다. 그걸 부정할 생각이 없다. 실제로 그런 행위를 해왔으니까.

하지만 욕을 먹어도 상관없었다. 비난과 욕설을 받더라도 행복해지고 싶었다. 그게 전부다.

자신에 대해서 잊어버린다니, 그보다 슬픈 일은 어디 있을까. 그런 건 싫어. 잊혀지고 싶지 않아.

어린아이의 투정이라고 해도 상관없어.

그렇게까지 하고 싶지는 않아!

"관리자가 되면 영생에 가까운 삶을……."

"그러니까, 좆이나 까라고! 이 뱀꼬리 년아!"

지우가 짜증나다는 듯 소리를 버럭 질렀다.

"불로불사라니, 그보다 엿 같은 저주는 없지. 주변 사람들과 함께 늙고 죽어갈 수 있다면 그거대로 좋아."

그건 기적이 아니라 저주 그 자체다.

"슬픈 것도, 죽는 것도, 나쁜 것도 거절하마!"

세상이 다시 움직였다. 동영상을 잠시 멈추었다가 튼 것처럼 원래대로 돌아왔다.

삭막하고 무미건조했던 잿빛이 사라지고, 색깔이 채워지는 동시에 시끄러웠던 소리가 다시 들렸다.

"내가 원하는 건, 해피엔딩이다—!"

"그건 저도 마찬가지예요!"

다시 둘만의 세상으로 돌아왔다. 적발 대신에 금발이 나타났고, 샤를로트가 눈을 부릅뜨며 부딪쳐왔다.

"간다아아아아앗—!"

짜 맞추기라도 한 듯, 두 사람의 목소리에 동시에 울리며
공명을 이루었다.

이윽고, 최대 출력으로 뽑아낸 정신력과 신성력이 부딪
치면서 폭발을 일으키면서 그 목소리는 죄다 묻혔다.

투두두두두

헬리콥터의 프로펠러 소리가 시끄럽게 귀를 간지럽혔다.

지우는 멍한 기분으로 눈을 껌뻑이더니, 이윽고 자신이
바닥에 대자로 뻗어있는 걸 깨닫게 됐다.

구름 사이로 세어 나오는 햇빛이 쬐여 왔으나, 이내 누군
가의 그림자가 그걸 가렸다.

"살아있나."

눈 밑에 낀 시커먼 기미, 피곤해 보이는 눈매, 하얗지도
검지도 않은 머리카락. 사십 대 답지 않은 얼굴.

"……알렉……산드라……."

말하고도 무심코 깜짝 놀라게 된다. 자신의 목소리가 맞
을까 하는 기분 나쁜 쇳소리가 흘러나왔다.

"묻고 싶은 게 있다."

알렉산드라가 지우를 내려다보며 물었다. 그 얼굴에는 어떠한 감정도 나타나지 않았다.

지우는 그런 그녀를 말없이 올려다보다가, 말하라는 듯 눈짓을 보냈다.

"처음부터 몇 백 명의 사람들의 목숨을 붙잡고 협박했다면 그들은 제대로 싸워보지도 못했을 것이다."

손자병법에서 말하거늘, 싸우지 않고 이기는 것이 제일이라고 하였다.

알렉산드라가 말한 대로 처음부터 인질을 대거 꺼냈다면 굳이 이 난리를 피울 필요도 없었다.

사람들을 납치해서 정신을 잃게 만든 뒤, 저항하면 한 사람씩 죽인다고 했다면 언컨쿼러블은 진다.

농담이 아니라 그들이라면 정말로 그럴 것이다. 어쩔 수 없는 상황도 제대로 수용하지 못하는 바보들이다.

"너라면, 아니. 너희라면 충분히 가능했을 일이다. 어째서 그 누구도 제안하지 않은 거지?"

여태껏 지독하다 할 정도로의 악행은 많이 했다. 그걸 멈출 생각도 없었다. 이득을 위해서라면 뭐든지 했다.

그런데 전면전을 했을 때 그 누구도 이런 쉬운 방법을 제안하지 않았다. 아무런 피해도 입지 않고 끝냈을 일인데,

제안은커녕 관련된 말 하나 하지 않았다.

"……."

지우는 대답 대신 손을 뻗었다. 알렉산드라는 그 손을 붙잡고, 그를 일으켜서 부축했다.

"다들 질긴 목숨이야……."

힘겹게 눈을 뜨면서 옅은 웃음을 흘렸다.

정면을 바라보니 군인이나 경찰들이게 부축된 채로, 헬리콥터로 수송되는 칭후와 백고천이 보였다.

헬리콥터 안에 자오웨가 산소 호흡기를 단 채로 누워있는 것도 보였다.

"알렉산드라. 그렇다면 너는 왜 그러지 않았지?"

동맹원 중에서 제일 냉정하고 현명한 판단을 내릴 수 있는 건 다름 아닌 알렉산드라다.

항상 최선의 선택을 내려주기에 모두가 군말 없이 따랐다.

그의 물음에, 알렉산드라는 살짝 놀란 듯 눈을 동그랗게 떴다가 — 이내 옅게 웃으면서 대답했다.

"그냥."

그래.

"그러고 싶었어."

제11장

우리가 재앙이었고,
기적이었다

　세계는 충격과 공포에 빠졌다. 뉴욕 한복판에서 전쟁이
나 다름없는 테러가 일어났으니 당연한 일이다.

　미국은 9.11테러 이후 처음으로 영공과 영해를 폐쇄했
다. 그 누구도 들어오지도, 나가지도 못했다.

　이 전무후무한 테러로 인해 전 세계가 긴장했다.

　ICTB가 일어난 지도 얼마 되지 않았다. 그런데 뉴욕 한
복판이 불바다가 됐다. 재산 피해야 두말할 것도 없고, 수
많은 사망자나 중상자가 발생했다. 동시에 미국의 주식시
장이 닫히면서 세계 경제에서도 수많은 영향을 끼쳤다.

구구절절 읊지 않아도 알 정도로, 이 테러로 인해서 세상
이 어떤 일을 겪었을지는 두말할 것도 없었다.

아니, 확실히 이 일도 중요하긴 하다. 하지만 사람들 —
나아가 세계는 새로운 목격에 주목하고 경악했다.

　—뉴욕 한복판에 나타난 천사
　—빛으로 된 창은 롱기누스의 창인가?
　—마야 문명의 세계멸망 재조명
　—드디어 일어난 외계인의 침공인가?

기적의 앱스토어는 기적의 노출을 상관하지 않는다. 비
밀이 밝혀지건 말건 간에 신경 쓰지 않았다.

그러다보니 이번 사태는 그대로 알려지게 됐다.

인적이 드문 시골도 아니고 도심 한복판에서 마음껏 이
능력을 보여주면서 박 터지게 싸웠다. 그걸 숨긴다는 건 말
이 되지 않는다.

사람들은 처음에 이를 목격하고 믿지 않았다.

원래 사람이란 건, 상식에서 벗어난 일을 설사 두 눈으로
목격한다고 해도 받아들이지 못한다.

거기에 워낙 기술이라거나 과학 발달이 뛰어나서 그것의

일종이 아닐까 싶었다. 마술이란 얘기도 나왔다.

하지만 역시나 이걸 숨기기에는 힘들었다. 워낙 벌어진 일이 크기도 했고, 확실한 증거가 있었다.

사람들은 이 일을 어떻게 받아야할지 혼란에 빠졌다. 전 세계의 정부도 마찬가지였다.

천사라거나, 빛의 창이라거나 하는 등의 초자연적인 현상은 여태껏 대중 매체에서나 다루던 일이었다.

아무리 정확한 증거가 나왔다고 해도 이걸 그대로 믿는 것 자체가 힘들었다.

인류는 직접적인 모습을 드러낸 기적을 받아들이기에는 아직 부족했다.

인기를 끈 초능력 히어로 영화라거나 판타지 영화가 있다곤 해도 어디까지나 상상의 일이다.

그런 일이 현실로 벌어졌다면 좋겠다, 라고 가끔 생각하긴 해도 그게 정말 현실에 벌어지면 당황한다.

"멸망이다! 멸망이 도래하였다!"

세계가 혼란에 잠기면서 상황이 차츰 심각해졌다.

"정부가 숨기고 있는 것이 도대체 무엇이냐!"

"놔, 씨발! 놓으라고!"

"와아아아아아!"

다양한 일이 벌어졌다. 제일 먼저 일어난 건 불안을 참지 못하고 터져버린 폭동이었다.

대표적으로 보면 멕시코가 있었다. 멕시코는 예로부터 국가에 대한 신뢰도가 바닥을 쳤다. 국민들조차도 범죄 조직인 카르텔에게 기댈 정도이니 정말로 할 말 다했다.

이처럼 평소에 불만이 많고, 안정하지 못한 국가들은 봇물 터지듯이 속속히 뿜어져 나왔다.

물론 멕시코의 경우는 좀 극단적인 경우다. 단순히 불안이나 선동으로부터 시작된 폭동도 있었다.

하지만 전혀 이상한 건 아니다. 반대로 조용하다면 그건 그거대로 이상하다.

세계는 최근 일어난 테러와 더불어 ― 뉴욕에서 목격된 기적으로 인하여 끙끙 앓게 됐다.

국가는 혼란을 잠재우고 통제하려고 힘을 썼지만 생각대로 되는 건 아니었다.

참고로 천사의 등장으로 인해 종교계도 시끌벅적했다. 천사란 건 자고로 신의 심부름꾼이 아닌가.

그걸 목격하게 됐으니 흥분하는 것은 당연했다. 다만, 그다지 긍정적인 반응을 이끌어낸 건 아니다. 또 다른 성가신 논란과 싸움을 일으켰다.

개신교건 천주교건 가톨릭이건 이슬람교건 간에 다양한 종파에서 천사의 이름이나 지위에 대해 토론했다.

예를 들어 우리엘은 동방정교회에서 4대 천사라 하여 인정하지만, 가톨릭과 개신교에서는 인정하지 않는다. 수백 년 이상 이어져 내려온 논란이기에 쉽게 풀릴 리 없었다.

이렇게, 기적이란 건 세상에 큰 변화를 불러들였다.

모스크바 아일랜드(Moskva island).

오직 딸을 위해서 만들어낸 정신 병동이자 섬.

일단은 나탈리아를 위해서 만들어졌기에 정신병원이긴 하지만, 동시에 종합병원이기도 하다.

병이라는 건 결코 예상할 수 없기에, 알렉산드라는 나탈리아가 아플 경우를 완벽하게 대비하였다.

그래서 정신이나 심리 분야의 의사나 학자들을 제외하고도 외과의라던가 내과의라던가 어떠한 경우에도 대응할 수 있도록 완벽한 구비를 갖추었다.

설비 또한 최신식으로 맞춰놓은 덕분에, 솔직히 말하자면 이 모스크바 아일랜드는 역사를 되짚어 봐도 유례없는 최고의 병원이나 마찬가지였다.

"······."

병원에 입원한 환자는 그렇게까지 많지 않다.

사실상 나탈리아가 이상함을 느끼지 않도록, 직원들이 연기를 하고 있는 것뿐이었다.

이 연기를 하는 것 자체만으로 고수익을 얻을 수 있기에 사람들은 군말하지 않고 따른다.

그러나 약 한 달 전 — 나탈리아 외에도 정말로 환자가 들어왔다. 대신 정신병으로 들어온 건 아니었다.

죽기 직전까지 몸을 다쳐서 입원하게 되어 대기하고 있던 의사들이 모두 모여서 실로 오랜만에 실력을 발휘했다. 알렉산드라가 끔찍하게도 아끼는 딸을 위해서 데려온 의사들인지라 그 실력은 두말할 것도 없었다.

인류 최대의 의료진이라고 해도 부족하지 않을 정도였다.

드르륵.

문이 열리면서 누군가가 들어왔다. 주머니에 손을 찔러넣고, 무심해 보이는 표정을 하고 있는 청년이었다.

갑작스런 방문객에 침상에 누워있던 환자가 고개를 돌렸다가 눈살을 찌푸렸다. 그래도 아름다웠다.

창가에서 살짝 부는 바람에 휘날리는 금발, 오밀조밀한 이목구비, 마음을 절로 움직이게 만드는 청순한 미모까지 합해 누가 봐도 돌아볼 만한 미녀였다.

"······오셨군요."

"뉴욕 때 이후로 한 달만인가, 샤를로트."

지우는 몇 걸음 앞으로 갔다가 멈춰 섰다. 일정한 거리를 둘려는 듯이, 사이에 보이지 않는 벽을 세웠다.

샤를로트는 침상에 상체만 일으킨 채로 지우를 가만히 지켜보았다. 말을 꺼내지는 않았다.

먼저 이 묘한 침묵을 깬 건 지우였다.

"처음에는 너에게 엘릭서나 포션이 통하지 않는 걸 보고 꽤나 놀랐어."

샤를로트는 뉴욕 때의 결전에서 크게 다쳤다. 당장 죽어도 이상하지 않을 정도로 빈사상태였다.

솔직히 말해서, 살아있는 것 자체가 기적이었다.

"······미카엘을 강림시키는 건 너무 부담되는 일이거든요."

미카엘은 이슬람교를 제외하곤 어떤 종파에 가건 인정받는 최고위의 대천사다.

이름의 의미만 해도 애초에 '하느님을 닮은 자', '하느님과 같은 자'이다. 그만큼 강력하다.

제임슨이 사도의 성유물을 사용했던 것처럼, 샤를로트도 대천사를 불러들이느라 크나큰 후유증을 겪었다.

그중 대표적인 것이 엘릭서나 포션같은 '에너지' 자체를 몸에서 거부하게 된 것이다.

신성력이라는 에너지를 이미 너무 크게 담아버렸기 때문에, 회복 소비품 자체를 쓸 수가 없었다.

"아마 간호사에게 들었겠지만, 널 치료한 건 이 병원의 의사들 — 기적과는 전혀 관련 없는 일반인들이다."

어디까지나 엘릭서나 포션을 사용할 수가 없을 뿐이다. 참고로 백고천에게도 회복을 받을 수 없었다.

당분간 신성력 등의 에너지 자체를 몸에 받을 수가 없었다. 아마 한 달 정도는 더 갈 것이다.

"대단하지?"

지우는 샤를로트의 수송 과정을 자세하게 말해줬다.

뉴욕에서 일단 알렉산드라가 부른 헬리콥터에 태웠다. 의사도 태운 덕에 운송 중 치료를 할 수 있었다.

그리고 헬리콥터에서 비행기로 옮겼다. 마찬가지로 병원 설비까지 갖춰진 초호화 비행기였다.

이후 비행하여 모스크바 아일랜드로 긴급수송. 최고의 의료진들을 불러내서 어떻게든 살려냈다.

"돈이란 건."

처음에 그녀를 이곳에 데려왔을 때, 의료진 모두 알렉산드라의 빠른 대처에 박수를 쳤다.

다친 곳에서부터 헬리콥터와 비행기까지 이용하여 살피고 치료한 덕에 응급처치가 아주 잘됐다. 아니, 응급처치 이상이라 할 수 있었다. 헬리콥터와 비행기에도 전문의 몇몇이 껴있었으니 말이다.

당연하지만 이로 인해서 빠져나간 돈은 일반인이 상상할 수 없을 만큼 많았다. 이보다 더한 돈지랄은 없을 것이라고 자부해도 좋을 정도였다.

"기적도 해결할 수 없었던 걸 해결해 주고."

"화내요."

샤를로트가 눈을 치켜뜨면서 미간을 좁혔다. 정말로 이 이상 건드리면 폭발할 것 같은 표정이었다.

항상 온순한 편이고 자애로우나 한 번 화나면 실로 무섭다. 얼마 전에 그걸 알게 됐다.

"목숨을 구해 준 사람에게 너무한데."

그 말에 샤를로트는 눈을 감곤 침묵했다가, 다시 눈을 떴다. 눈동자에서 복잡한 심경과 의문이 묻어났다.

"왜 절 살려 주셨죠?"

미카엘을 강림하고 무리하면서까지 싸웠다. 목숨까지 걸고 이기기 위해서 부딪쳤다. 하지만 기억은 거기까지였다. 다시 정신을 차렸을 때 보인 건 모르는 천장이었다.

정신을 차리자 의사와 간호사가 들어와 몸 상태를 체크해 주었다. 사정을 물어보았지만 대답을 하지 않았다.

그리고 얼마 지나지 않아 이곳이 알렉산드라가 딸을 위해서 만들어두었던 병원이란 것을 깨닫게 됐다.

힘을 쓰려고 했지만, 손목에 신성력에 금제를 가하는 팔찌가 채워져있어서 아무것도 할 수 없었다.

게다가 병원 곳곳에 험악하고 건장해 보이는 자들도 배치되어 있었고, 감시도 많았다.

아니, 애초에 자신이 허튼 수작을 부리면 이 병원에 있는 일반인들이 위험하다. 그래서 일부러 가만히 있었다.

"물어볼 게 너무 많네요. 동료들도 어떻게 됐는지 알고 싶고요."

샤를로트의 눈에 걱정이 스치고 지나갔다.

제임슨과 마들린 거기에 루카스, 딩. 오랫동안 함께해오고 웃고, 때로는 울었던 가족들이 떠올랐다.

요 한 달 동안 그들의 소식도 기다려왔다. 혹시 하는 마음을 갖게 됐다. 그러나 아무도 알려 주지 않았다.

뭐라 물어봐도 입을 다물고, 반응하지 않았다.

"그 전에, 바깥 세상에 대해서는 알고 있어?"

"……네."

병원에 있는 동안 허가된 것이 있다면 방송과 신문이었다. 신문은 러시아어였으나 상관없었다. 알렉산드라에 대해서 알고 난 이후부터 앱스토어에서 구입해 익혀두었다.

신문은 러시아의 것이었으나, 텔레비전에서 영국이나 미국 채널도 볼 수 있었기에 편히 볼 수 있었다.

그래서 폐쇄된 병동에 갇혀 지내는 동안에도 바깥이 어떻게 돌아가는지 알 수 있었다.

"너에게 보여 주는 채널에는 어떠한 수작도 부리지 않았으니까 그걸 그대로 믿으면 될 거야."

말하자면, 개판이라는 의미였다.

"하지만 알려지지 않은 것도 있지."

"알려지지 않은 것이라면……."

"우리가 벌인 일들로 인하여 그동안 숨어있던 고객들이 세계 곳곳에서 모습을 드러내고 있는 일."

언컨쿼러블과 디스페어는 오랫동안 서로를 견제하는 동시, 신규 고객들을 끊임없이 찾아다녔다.

그중에는 언컨쿼러블이 동료 제안을 했으나, 거절당해 악행을 하지 않도록 감시하는 자들도 있었다.

그들 대부분은 불만스럽기는 했지만, 언컨쿼러블의 큰 힘 앞에 어쩔 수 없이 몸을 움츠렸다.

그러나 뉴욕에서의 일로 인해 그들이 화면에 잡히고, 쓰러지거나 하는 걸 보고 통제 불능이란 걸 깨달았다.

이후 평소 불만을 가지고 있던 자들이 사회에 나왔다.

그 외에도, 디스페어는 동맹 제안을 거절한 자들을 죄다 죽여 버린 덕에 알게 모르게 고객의 숫자를 줄였다.

하지만 디스페어가 멸망하면서 다시 고객의 숫자가 우후죽순으로 늘기 시작. 지금에 이르렀다.

"그런……."

샤를로트의 얼굴에 그늘이 지었다.

예상을 못 한 것은 아니지만 결국 최악의 상황이 벌어졌다. 그것만큼은 일이나지를 않기를 빌었다.

여태껏 어찌어찌하여 겨우 통제하고 있었다. 그러나 전면전으로 인해 그게 풀려 엉망진창이 되고 말았다.

원래는 숙적이었던 디스페어를 견제하면서도 감시 중이던 고객들을 통제하는 데도 노력을 아끼지 않았다.

감시 중인 고객 중에선 위험분자도 몇 명 껴있어서 긴장의 끈을 놓치지 않고 있었다.

"돌려서 말하지 않겠다, 샤를로트."

지우가 주머니에서 손을 꺼냈다.

"우리와 손을 잡자."

"무슨!"

동맹 제의에 샤를로트가 격렬하게 반응했다.

"지금 당신이 무슨 소리를 하시는지 아시고 말씀하시는 건가요?"

서로 더 이상 돌이킬 수 없는 길을 걷게 됐다.

대화로 어떻게 풀어보려고 했지만 마음만큼 되는 게 아니었다. 이해하지 못했고, 싸워왔다.

"진정하고 내 이야기 좀 들어봐."

시간을 거슬러 올라가 한 달 전.

그러니까, 아직 뉴욕에서 싸움이 막 끝난 때였다.

당시 거동할 수 있던 것은 알렉산드라뿐이었다. 그녀 외에는 모두 치명상을 당해서 중태에 빠졌다.

지우 역시 정신은 차릴 수 있었지만, 혼공으로 체력과 기력을 너무 소비해 더 이상 싸울 수 없는 상태였다..

엘릭서나 포션을 쓰려고 했지만, 치유가 정말로 느렸다. 혼공에 껴있는 칼리고의 부작용 중 하나다.

괜히 파멸로 이끄는 마법이 아니었다. 양의신공으로 부작용을 거의 지웠는데도 이런 게 남았다.

"알렉산드라, 이건 무슨 의미지?"

투두두두두

프로펠러가 돌아가면서 머리카락이 바람에 나부꼈다.

헬리콥터에서 내리자 보인 건, 혼수상태에 빠져 의료용 이동 침대에 누운 채로 운송되는 언컨쿼러블이었다.

리더인 제임슨부터 시작해 마들린, 루카스, 샤를로트가 산소 호흡기를 낀 채로 전부 살아있었다.

마지막 멤버인 딩은 불안한 눈동자로 루카스의 곁에 붙은 채로 간호하고 있었다.

"자오웨를 회수하러 갔을 때, 겸사겸사 데려왔다."

"……자세히 말해봐."

알렉산드라는 아무런 연유 없이 이런 짓을 하지 않는다. 배신이라면 좀 더 확실한 방법을 쓸 것이다.

"앞으로 벌어질 일에 대해서 네가 알아야할 것이 있다."

알렉산드라는 언컨쿼러블과 디스페어가 오랫동안 통제해 오거나 제거한 고객들에 대해서 설명했다.

그리고 아마 이번 일로 인해서 그 통제와 제거가 사라지고, 숨어있던 고객들이 등장할 것이라 말했다.

"그리고, 네 번째 혜택은 아직 쓰지 않았겠지?"

"미들의 네 번째 혜택, 네이션 맵을 말하는 거야?"

알렉산드라는 대답 대신 고개를 주억거리는 걸로 대답하

곤, 어디선가 구해온 스마트폰을 건넸다.

"써 봐."

네이션 맵은 한 번밖에 쓰지 못한다. 알렉산드라가 그걸 모를 리 없다. 지우는 조금 주저했다가, 이내 스마트폰을 건네받아 기적의 앱스토어를 실행하여 네이션 맵을 사용했다. 알렉산드라의 행동에는 항상 의미가 있다. 그리고 동맹을 이끌어왔던 참모이자 지휘관이기도 하다.

"이건……."

액정 화면을 보자 몸이 살짝 떨려왔다. 동요를 숨길 수 없을 정도로의 놀라움이 얼굴에서 묻어났다.

네이션 맵을 사용하자 쪽지 함에 대량으로 편지가 날아왔다. 현재 미국 내의 고객의 숫자와 위치였다.

알렉산드라는 놀라워하는 지우를 무시한 채, 그의 액정 화면을 확인하곤 '역시나'라고 중얼거렸다.

"미국에만 765명이라, 인구에 비해서는 많지 않네."

"잠깐, 이 정도나 되는 고객이 있었다고……?"

지우가 믿기지 않은 듯 중얼거렸다.

칠백육십오. 적지 않은 숫자이다.

애초에 기적에 선택받는 기준이 그렇게 쉬운 것이 아니다. 카르밀라에 의하면 계속되는 불행과 거기에 지지 않은 의지로 일어나야 가능한 일이다. 운도 따라야한다.

물론 그 기준이 완벽하지 않을 수는 있지만, 그래도 결코 쉬운 편은 아니었다.

디스페어가 사라지면서 신규 고객 사냥이 끝나긴 했지만, 그게 그리 오래되지 않았다.

"아니, 반대로 적은 편이지. 카르밀라가 특히 고객들을 찾아다니면서 죄다 죽였다는데, 얼마나 죽인건지."

알렉산드라가 혀를 차면서 감탄을 금치 못했다.

"허어, 이게 적은 편이라고……?"

"이 정도로 놀라지마. 확실한 건 아니지만, 아마 지금쯤 천 명은 넘었을 거니까. 앞으로 점점 더 불어나겠지."

"그건 또 뭔 소리야?"

지우가 알렉산드라의 이야기를 따라가지 못했다.

"정지우, 우리가 곧 불행이고, 재앙이다."

"도대체 아까부터 뭔 개소……잠깐."

머릿속에서 스쳐지나가는 것이 있었다. 불안한 예감이 등골을 훑고 지나갔고, 몸이 파르르 떨었다.

그의 얼굴은 딱딱하게 굳힌 채 풀릴 생각을 하지 못했다.

"설마하니……."

기적에게 선택을 받으려면 선제조건이 존재한다. 그중

'불행'이라는 키워드가 제일 중요하다.

그 불행의 깊이가 어느 정도인지는 정확히 모른다. 종류도 수를 셀 수 없을 정도로 다양했다.

다만 그 불행에 절망한다고 하여도, 꺾이지 않는 의지로 일어나게 되면 기적이 찾아오게 된다.

그리고 지금. 그 불행이라는 키워드를 만들어냈다.

그것도 유례없는 규모로.

"이제야 눈치챘어?"

알렉산드라가 무미건조한 눈으로 물었다.

"앞으로 고객들이 우리로 인해서 기하급수적으로 늘 거야."

전면전으로 인해 얼마나 많은 사람이 죽었을까?

비록 제임슨이 싸움이 일어나기 전, 테러라는 소란을 일으켜서 시민들을 대피시키긴 했지만 한도가 있었다.

뉴욕에 얼마나 많은 사람들이 사는데, 권총 몇 발 쏜 걸로 도망치겠는가. 아마 대부분 사람들이 경찰이나 군대가 출동해서 알아서 처리해 줄 것이라고 생각했을 것이다.

하지만 아니었다. 아마 이후 벌어질 일에 대해서 그 누구도 상상조차 하지 못했을 것이다.

결국 정말로 많은 사람들이 죽고 다쳤다.

언컨쿼러블이 시민들을 보호하려고 노력했으나, 완벽하게 모두를 구할 수 있었을 리가 없었다.

고작 네 명밖에 없었다. 그리고 그 네 명은 지키는 것만이 아니라 적을 두고 싸워야했다.

노력은 가상했으나 현실이란 건 노력만으로 되지 않는다. 네 자리수가 넘는 사망자가 발생했다.

도심 한복판에서 폭발이 일어나고, 건물이 무너지고, 거기에 사람들끼리 서로 밟고 지나가며 엉망이 됐다.

애초에 자오웨가 건물을 벤 것만으로도 그 안에 있는 사람들과 근처에 있던 사람까지 휘말려서 많이 죽었다.

설사 운 좋게 죽지 않고 살아났다고 해도, 사지 중 하나를 잃었다거나 하는 일이 있을 수도 있다.

임산부의 경우에는 살아남아도 무조건 사산한다. 이보다 더한 비극은 없다.

사람의 힘으로 어쩔 수 없는 불행.

그건 기적의 힘 그 자체였다.

"아마 정말로 많은 사람들에게 기적이 찾아가겠지."

이 불행은 심지어 일차적으로 끝나지 않았다.

소중하게 여기고 가까이 둔 사람의 갑작스런 사고에 휘말려 죽는 것 역시 자신의 불행이나 마찬가지다.

열심히 노력하며 살아가고 있었는데, 이런 불행한 소식이 오다니. 너무 슬퍼서 정신을 차릴 수 없다.

그리고 만약 그 사람이 심각한 우울증에 걸리기라도 한다면, 또 근처에 있는 사람 역시 괴로워진다.

이 대규모적인 재앙이 연속된 불행을 만들고, 기적에 선택받는 선제 조건을 채워버리게 된다.

"이런 걸 보고, 자기 무덤을 팠다고 말하던가."

알렉산드라가 눈썹을 슬며시 구부렸다.

"우리의 힘만으로 그들을 막을 수는 없어. 숫자가 많아도 너무 많아."

뉴욕 사태에 의한 피해자 중, 만약에 기적에 선택받게 된다면 진실을 알고 꼭 복수하려는 자는 나올 것이다.

가족을 잃은 슬픔은 어떻게 막을 수 있는 게 아니다.

특히나 그게 아버지나 어머니일 경우, 그건 집념을 넘어서 광기가 된다. 인간의 무서운 점이기도 하다.

"언컨쿼러블의 도움이 필요해."

샤를로트는 넋을 잃은 얼굴로 어쩔 줄 몰라 했다.

눈을 동그랗게 뜨고, 아무 말도 하지 못했다.

그리고 ― 침묵을 깬 건 샤를로트의 오열이었다. 샤를로트는 눈물을 뚝뚝 흘리고, 절규하면서 울었다.

그녀도 몰랐던 건 아니다. 아니, 어쩌면 알고 있음에도 회피하고 있던 건 아닐까라는 생각이 들었다.

"나 때문에……!"

사람들을 돕기 위해서 살아왔다. 구하기 위해서 살아왔다. 그 이상을 위해서 헌신해왔다.

결코 자기만족이 아니었다. 정말로 타인이 불행하지 않고 행복해졌으면 해서 매일매일 기도했다.

하지만 결국 이렇게 됐다. 그렇게 노력했는데도 이루어지지 않았다. 반대로 이런 재앙을 가지고 와버렸다.

그 생각을 하니 정말로 버티기 힘들었다. 여태껏 겪어왔던 절망이 한꺼번에 몰려온 기분이었다.

"아니."

지우가 샤를로트의 중얼거림을 부정했다.

"우리 때문이지."

샤를로트를 위로해 줄 생각도, 변호해 줄 생각은 없다.

그녀가 눈물을 흘리며 슬퍼해서 마음이 움직인 것도 아니었다. 그저, 진실만을 말했을 뿐이었다.

샤를로트를 비롯한 언컨쿼러블은 반대로 시민들에게 최대한 피해가 가지 않도록 신경을 썼다. 만약 그들이 없었다면 이 피해는 어마어마하게 확산되고도 남았을 것이다.

"다른 병동에 있지만, 네 동료들도 모두 살아있다."

비록 기적의 힘을 쓸 수 없도록 제한을 걸어두긴 했으나, 의사들을 붙여줘서 어떻게든 살려냈다.

게다가 다들 하나같이 자연치유력이 월등하게 높은 편인지라, 살려두기만 하면 빠르게 회복되었다.

특히나 제임슨의 경우에는 하루 만에 원래대로 돌아와 솔직히 입원할 필요도 없을 정도였다.

"너희의 힘이 필요해."

로드 랜드까지 공개했으니 굳이 조사할 필요도 없다. 알아서들 의심하고 찾아올 확률이 높았다.

아니, 설사 로드 랜드가 없었다고 해도 정체가 발각되는 건 시간문제다. 원망을 산 고객이 너무 많았다.

'이게 좀 더 이득이야.'

그렇게 싸웠던 적수와 손을 잡는 것도 한순간이었다.

남들이 본다면 너무 뜬금없지 않냐고 물을 수도 있겠지만, 전혀 그렇지 않다. 자오웨와 칭후, 이 둘과 시작했던 동맹은 오로지 서로 간의 이득을 위해서였다.

이후 새로운 동맹원들이 붙으면서 점점 신뢰가 쌓이고 함께하자고 했으나 어디까지나 중심은 '이득'이다.

언퀸쿼러블과 동맹을 맺게 되어 움직이게 된다면 당연히 얻는 것이 많다.

지금의 자신들은 대재앙을 몰고 온 것으로 상당한 숫자의 사람들을 불행의 나락으로 떨어뜨려버렸다.

그로 인해서 우후죽순으로 생긴 고객들은 감당할 수 없었으며, 좀 더 유능한 동료들의 힘이 필요했다.

특히나 언퀸쿼러블은 몇 년 동안 신물이 날 정도로 고객들을 전문적으로 찾아다니고 통제해왔다.

그 능력만큼은 이쪽보다 한 수 위였다. 알렉산드라가 언퀸쿼러블과 손을 잡아야한다는 이유이기도 했다.

그래서 언퀸쿼러블의 힘들을 제한하되, 살려두는 걸로 결정하고 다른 동맹원들에게도 사정을 전해줬다.

다들 처음에는 언퀸쿼러블을 살려둔 것에 기가 막혀 했으나, 사정을 듣고 고심에 잠겼다.

"과연, 확실히 나쁘지는 않습니다. 그러나 과연 우리와 손을 잡을지가 의문이군요."

백고천이 우려하는 얼굴로 의견을 꺼냈다.

확실히 언퀸쿼러블의 힘은 든든하고 도움이 된다. 괜히 몇 년 동안 고객 최대 조직으로 군림한 게 아니다.

하지만 역시나 문제는 그들의 의사다.

여태껏 결코 인정할 수 없는 방식을 고수해 왔으며, 승리를 위해서 악행까지 저질러왔다.

"……우리를, 이용하실 생각인가요?"

샤를로트가 눈물에 젖은 채 물었다. 그 눈에 어려 있는 건 신뢰가 아닌 의심이었다.

"그래."

지우가 주저하지 않고 답했다.

"하지만 그렇다고 나 역시 공짜로 도움을 받을 생각은 없어. 손을 빌리는 만큼 상응하는 대가를 내놓겠다."

샤를로트는 아무런 말을 하지 않고 가만히 있었다.

"너희가 그렇게 잘못되었다고 부정하던 방식. 우리의 행동을 당분간은 대대적으로 바꿔보겠어."

"바꾸다니……?"

"구주방의 마약 공급 및 인신매매 중지, 모스크바 아일랜드에 잡혀왔던 자살희망자의 자유, 그 외에도 필요로 인해서 살인을 자제하도록 하겠어."

"아니오, 그거로는 부족해요."

샤를로트가 소매로 눈물을 닦아냈다.

"욕심 부리지 마라. 저번에도 말했다시피 사람이란 건 어른으로 성장해 현실과 타협하는 법이라고."

지우가 마음에 안 드는 듯, 눈살을 찌푸렸다. 그리곤 리모콘을 들어 텔레비전 채널을 변경했다.

뉴스 전문 채널이었고, 그 화면에서는 익숙해 보이는 백인과 흑인의 얼굴이 나오고 있었다.

"그리고 미안한 말이지만 이미 우리는 한 배를 탄 사이야. 너희에게 선택권은 솔직히 없다고 해도 무방해."

제임슨과 루카스였다.

이 둘은 이미 전면전에 들어가면서 테러리스트로 지목됐다. 비록 누명이지만 사람들이 그걸 알 리가 없다.

완벽한 언론 조작, 그리고 경찰과 군대의 상층부를 삼킨덕에 아무리 발버둥 쳐도 진실은 밝혀지지 않는다.

설사 지금 와서 오보라고 할 수도 없었다. 이미 돌이킬수 없었다.

"저 둘은 두말할 것도 없고, 어차피 뉴욕 사태를 조사하다 보면 너희에 대해서도 알아차리겠지."

사실상 언컨쿼러블에게 잘못은 없으나, 그 말이 복수와증오로 눈이 돌아간 사람에게 통할지 의문이다.

"그리고 너희만으로 이제 수를 셀 수도 없을 만큼으로불어난 고객들을 통제하는 건 불가능해."

"만약 이 제의를 거절하면 어떻게 하실 생각인가요?"

샤를로트가 한 치의 흔들림 없이 당당하게 물었다.

"……."

지우에게서 답은 들려오지 않았다. 긍정도 부정도 아니었다. 속을 알 수 없는 눈동자밖에 보이지 않는다.

샤를로트는 그런 지우를 한참 쳐다보다가, 이윽고 입술을 달싹여 침묵을 깨뜨렸다.

"확실히 당신이 말한 대로 저희의 방식은 철없는 이상주의일지도 몰라요."

어쩔 수 없는 것이 아니다. 괜히 이상이 아니다.

이루기 힘들며, 이룰 수 없기에.

"실패할지도 모르죠. 상처받을지도 모르죠. 절망할지도 모르죠. 하지만, 반대로 성공할 수도 있어요."

샤를로트의 흔들림 없는 굳은 의지를 보였다.

"시도조차 하지 않으면 아무것도 변하지 않아요. 그리고 한 번 실패했다고, 이후에도 실패했다고 그 누구도 장담할 수도 없어요. 사람의 일은 모르는 거랍니다."

"그래, 확실히 이루는 사람들도 있겠지. 하지만 그런 사람들은 많지 않아. 특히나 터무니없는 이상은."

"제로가 가깝다고 해도 상관없어요. 아니, 반대로 약간이라고 이룰 확률이 있다는 것에 감사해요. 그러니까, 신념을 포기하지 않겠어요. 꺾이지 않겠어요. 여태껏 한 것처럼 모두를 돕고, 도와주겠어요."

샤를로트가 이불을 걷히고 침상에서 일어났다. 그리고 환자복인 채로 지우에게 천천히 걸어가 접근했다.

"괜히 쓸데없는 말 줄줄이 늘어놓지 말고, 선택해."

손을 잡을 것인가, 잡지 않을 것인가.

"죄송한 말이지만, 저번에 당한 것이 있기에 당신을 믿을 수는 없어요."

"멋대로 착각하고, 멋대로 배신당하지 마."

또 다시 좌안(左眼)의 흰자위가 시커멓게 물들었다.

"그러니까 몇 가지 조건을 들어준다면 손을 잡겠어요. 일단, 정말로 약속을 지킬지 의문이니까 감시할 수 있도록 허가해 주세요. 불편해도 어쩔 수 없어요."

샤를로트가 손을 뻗어 지우의 좌안을 가렸다.

"당신이 더 이상 사람을 죽일 수 없도록, 누군가에게 미움 받을 짓을 하지 못하도록 제재할 거예요."

"너무 심하게 제재한다면 없던 걸로 하겠어. 미안하지만, 그렇게까지 손을 잡을 생각은 없어."

아쉬운 건 언컨쿼러블도 마찬가지다.

지우의 동맹은 적어도 디스페어처럼 말이 통하지 않는

정도는 아니다. 말만 맞는다면 기본은 지킨다.

과거에는 언컨쿼러블도 상당한 인원이 있었지만, 지금은 거의 남아있지 않아 그렇지 않아도 손이 부족한 상태였다. 이들이 있다면 전성기 이상으로 수월하다.

아니, 애초에 지금은 목숨이 잡혀 있는 상태다. 이걸 거절하게 되면 모두 죽는다.

그리고 지우 일행 입장에서도 언컨쿼러블과 동맹을 맺지 않으면 아쉽고 고난의 길을 걷는 일이긴 해도, 이쪽에서 심하게 굽혀가면서까지 손을 잡을 이유는 없다.

"저도 알고 있어요. 그리고 괜찮아요. 천천히 바꿔 가면 되는 일인걸요."

샤를로트가 그의 눈에서 손을 떨어뜨렸다. 눈이 원래대로 돌아왔다.

"자, 그럼 조건에 대해서 상의하면서 계약서라도 만들죠. 앱스토어에서 상품을 미리 구매하셨죠?"

"아니. 그런 건 준비하지 않았다. 무의미하니까."

"어머나."

샤를로트가 의외라는 듯 눈을 동그랗게 떴다. 그 눈에는 어째서, 라는 의문이 담겨져 있었다.

"너희는 남들을 구할 수 있다면 지옥에 갈 거잖아?"

"네."

샤를로트가 일말의 주저함도 없이 바로 답했다.

사람들을 구할 수 있다면 자신의 목숨 — 아니, 나아가 영혼이 구천을 떠돈다 해도 상관없다. 그게 언컨쿼러블, 정의의 조직이라 불리는 발암덩어리의 방식이다.

그러니 차라리 처음부터 계약서를 만들어서 안도했다가 결정타를 받는 것보단, 아예 안 만드는 게 좋다.

"옷이나 갈아입어. 다들 기다리고 있을 테니까."

지우가 몸을 돌려 문으로 향해 걸었다.

"앗, 그러고 보니 제 동료들은 어떻게 됐죠?"

샤를로트가 그의 뒤를 황급히 따라갔다가, 문 밖에 나오곤 화들짝 놀랐다.

"다른 네 사람에게도 똑같이 제의를 했고, 네가 마지막인 참이야."

혹시 모를 사태를 대비해서 밖에서 기다리고 있던 알렉산드라가 백의를 입은 채로 대답해주었다.

그리고는 몸을 돌려 지우의 옆에 서서 함께 걸어갔다.

"간호사에게 안내 받아서 옷 갈아입고 와."

제12장

한국지부 관리자, 라미아

　결론만 말하자면 ─ 동맹 제의는 만장일치로 성공적이었
다. 다만 완벽하다고 말할 수는 없었다.

　언컨쿼러블은 대부분이 못마땅한 눈치였다.

　"잘 들어. 어쩔 수 없이 손을 잡았긴 했지만 그렇다고 너
희 같은 놈들을 믿겠다는 건 아니니까."

　마들린이 으르렁거리면서 불쾌한 심경을 내보였다.

　"어머나, 그건 제가 할 말인데요."

　자오웨가 어깨를 으쓱였다.

　"어이, 그만 좀 싸우라고."

제임슨이 못 말리겠다는 듯이 한숨을 내쉬었다.

뉴욕에 있었던 재앙이 끝난 후, 모스크바 아일랜드로 무사히 수송되어 치료를 받고 살아남을 수 있었다.

그리고 샤를로트처럼 힘이 제한된 채로 병실에서 대기하다가 동맹 제의를 받게 됐다.

딩을 제외한 제임슨, 마들린, 루카스 고민한 결과 샤를로트처럼 조건을 제시하는 걸로 체결하기로 하였다.

조건은 별 대단한 건 아니다. 각자 차이는 있었지만 대부분이 비슷했다.

우선, 여태껏 고수했던 방식을 바꿀 것.

언컨쿼러블이 괜히 지우 일행을 적대한 게 아니다. 디스페어만큼 도덕적인 윤리관이 잘못되었기 때문이다.

결코 그 방식을 용납할 수 없었고, 그래서 멈추려했다. 이로 인해서 이 난리까지 부리며 싸우게 됐다.

이 부분에서 지우 일행이 먼저 몇 걸음 물러났다.

'양보하는 것이 더 이득이니까.'

이대로 두었다간 아무리 자신들이라 하여도 우후죽순처럼 늘어난 고객들을 감당할 수 없다.

지금 당장을 몰라도 최악의 경우, 공적이 되어 토벌 당할지도 모르는 일이었다. 그걸 생각해 보면 하던 사업을 멈추고, 방식을 바꿔 약간 손해를 봐도 언컨쿼러블과 손을 잡는 편이 더더욱 이득이다.

애초에 이득을 위해서 맺어진 동맹이었다. 입장을 손바닥 뒤집듯이 바꾸는 건 그다지 이상한 일이 아니었다.

다만 그렇다고 완전히 손을 놓은 건 아니다. 미래를 위해서 지금 당장의 적당한 손해를 볼 뿐이지, 굳이 머리를 크게 숙여가고 많은 손해를 입을 생각은 없었다.

언컨쿼러블의 경우, 끝가지 자신들의 철학을 관철하다가 결국은 어쩔 수 없다는 느낌으로 의지를 굽혔다.

'죄책감.'

언컨쿼러블은 눈을 뜬 직후, 뉴욕 사태 이후에 벌어진 일들을 듣고 샤를로트처럼 절규하고 비통에 잠겼다.

그때의 충격은 아직도 잊혀 지지 않는다.

아직 어린 딩을 제외하곤 모두가 좌절의 늪에서 헤어 나오지 못할 뻔했다. 하지만, 무너지지는 않았다.

모든 잘못은 지우 일행에게 있어서? 결코 아니다. 그들은 남에게 책임을 떠넘길 정도로 모질지 못하다.

사람들을 제대로 구하지 못하고, 또 지우 일행은 막아내지 못한 것에 죄책감을 느끼며 눈물을 흘렸다.

지우 측은 이를 보고 심히 어이없어 했다. 누가 봐도 이 사태의 원인은 자신들에게 있다.

헌데 남들을 살리고, 구하려고 했던 언컨쿼러블도 자기 탓을 하니 솔직히 이해가 가지 않았다.

물론, 뉴욕을 엉망으로 만든 데 언컨쿼러블의 몫이 아예 없는 건 아니다.

그렇지만, 생각해 보면 지우나 다른 동맹원들이 이익을 위해서 남을 희생시키고 — 또 악행까지 하려는 걸 멈추기 위해서 한 행동이었다.

합리화 같은 것이 아니라, 정말로 선과 악을 따지자면 언컨쿼러블은 철저한 '선'의 모습을 보였다.

그럼에도 불구하고 진심으로 죄책감을 느끼고, 희생자들을 위해 슬퍼하고, 또 제대로 지키지 못한 것에 절규까지 하다니 — 끝까지 이해 못 할 부류다.

어쨌거나, 이 '현실'이라는 이름의 좌절이 찾아오게 되어 언컨쿼러블도 드디어 타협이라는 걸 하게 됐다.

모두를 구하고 싶지만, 구할 수는 없다. 희생자를 모두 돕고 싶지만, 힘이 부족해 그럴 수가 없다.

그래서 — 적절한 타협점을 찾아 일단 구하고 돕는 것에 시점을 맞추게 됐다.

하지만 이들 역시 완전히 꺾인 건 아니다.

"꺾인 게 아니야. 잠깐 숙인 것뿐이지."

마들린이 흥, 하고 코웃음을 쳤다.

"성격 참 안 좋군요."

백고천이 못 말리겠다는 듯이 어깨를 으쓱였다.

"꺾이지 않으려는 마음과 의지인가, 과연 마녀다."

칭후가 마음에 들었다는 듯이 고개를 주억거렸다.

대부분 사이가 안 좋긴 하지만, 칭후는 마들린만큼을 상당히 호의적으로 쳐다보았다.

나중에 물어보니 '정당하게 학문을 갈고 닦았기 때문이다.' 라고 답해주었다.

언제 들어봐도 정말 이해할 수 없는 가치관이다.

"미친놈."

그리고 마들린도 그걸 이해하지 못하고 욕했다.

"앞으로 함께 지낼 사이인데 조금은 친해져라."

"어머나. 믿지 못해 우리를 감시하겠다는데 어떻게 친해질 수 있는 거죠, 쿠퍼?"

자오웨가 기분 나쁘게 웃으면서 비꼬았다.

얼마 전까지만 해도 목숨을 걸고 싸웠다. 심지어 언컨쿼러블은 지우에게 속은 적도 있었다.

마들린이 보이지 않는 곳에 약속을 어기지도 모른다며

항상 서로를 감시할 수 있도록 요구했다.

어차피 숨길 것도 없고 이익을 위해서라도 동맹을 깨뜨릴 생각이 없으니 상관은 없었다.

다만 아무래도 기분이라는 것이 있다. 감시하는 관계인 이상, 끝까지 신뢰할 수 없을 것이다.

"시답지 않은 소리 하지 마시고, 자금이랑 인맥은 알아서 처리해 줄 테니까 일이나 하도록 하세요."

자오웨가 다리를 꼬고 턱을 괸 채로 명령하듯이 말했다.

"지금 얻다 대고 명령질이야?"

마들린이 사납게 으르렁거렸다. 새롭게 탄생한 동맹 중에서도 둘의 사이는 최악이다.

어쨌거나, 최대 동맹이 서로 손을 잡게 되면서 그 힘은 두말할 것 없이 최강이라 부를 만했다.

언컨쿼러블은 창설 이후 모아왔던 정보를 통해서 아군으로 회유할 수 있는 고객들을 찾아가 설득했다.

앞으로 수많은 앱스토어 고객들이 등장할 것이니, 힘이 필요하다고 머리를 숙여 부탁했다.

그중에서는 보류해 달라는 이도 있었고, 조용히 있을 테니 찾아오지 말라고 거절한 자도 있었다.

다행히도 승낙한 자가 없는 것은 아니었다. 그중에선 동맹에 참여하겠다는 사람도 있었다.

회유하는 방법은 다양했다. 돈이나 원하는 것을 지불해주거나, 혹은 인맥을 통해서 해결했다.

언컨쿼러블이 탐색, 정보 수집, 회유, 관리를 전담하게되면 지우 일행은 수단을 제공하였다.

그 와중에 '돈만으로는 해결할 수 없다.' 라고 서로 싸우는 일도 종종 벌어지긴 했지만, 그래도 어찌어찌 균형과 타협을 맞춰가면서 힘을 합쳤다.

"좀 진정하게나. 딩이 무서워하지 않나."

루카스의 말에 자오웨가 입을 꾹 다물었다. 그가 말한 대로, 딩이 루카스의 다리 뒤에 숨어 떨고 있었다.

딩은 필리핀 남부 지역인 민다나오(Mindanao) 섬에서태어나고 자란 아이다.

민다나오 섬은 이슬람 반군 조직인 MILP(Moro Islamic Liberation Front)이 활동하고 있는 전쟁 지역 중 하나로, 당연히 여행은 금지되어있다.

범죄율이 높다 낮다 수준이 아니다. 하루에도 수십 명 씩죽어가는 분쟁 지역이었다.

딩은 그곳에서 소년병으로 길러졌고, 어떤 삶을 살아왔는지는 두말할 것도 없었다.

"끙."

아이 앞에선 꼼작도 하지 못하는 자오웨다. 뭐라 할 말이 있는 것 같았지만 결국은 앓는 소리만 냈다.

"그나저나, 인간이란 건 정말로 대단하다고 생각해."

분위기를 전환하려고 한 것인지, 아니면 그냥 하고 싶은 말이 있어서인지 모르겠으나 알렉산드라가 말했다.

"인정합니다. 솔직히 말해서 세상이 이렇게나 빠르게 적응할 줄은 몰랐습니다."

뉴욕 사태가 벌어지고 어언 두 달이란 시간이 흘렀다.

세상은 처음 혼돈으로 가득했으나, 생각 이상으로 빠르게 적응하여 대응에 나섰다.

누가 말하지 않았는가. 인간은 적응의 동물이라고.

기적이라는 비상식적인 걸 목격했음에도 불구하고, 정부가 나서 사태 정리에 힘썼다.

물론 아직 모두 해결된 건 아니다. 여전히 곳곳에선 폭동 등이 일어나고 있기는 하다.

그중에선 이 사태를 버티지 못하고 무너지려는 국가도 있었고, 반면 그렇지 않은 국가도 있었다.

재해를 겪어 불행에 빠진 자들도 있었고, 그 전처럼 아무렇지 않게 일상생활을 하는 사람들도 있었다.

없었던 일로 받아들이는 사람도 있었고, 종교적인 해석을 하는 자도, 과학으로 설명하려는 사람도 있었다.

각기 다르게 받아들였고, 설전을 나누었다. 수많은 영향을 받았고, 또 수많은 일들이 있었다.

"특히 이 나라의 반응은 정말 재미있던데, 백고천."

ICTB까지 겪었던 대한민국 — 국민들의 반응은 정말로 흥미롭고, 재미있었다.

"내년부터 교과서 근대사 부분이 바뀐다고 하던데……."

"그렇지 않아도 두꺼운 전공서적이 무거워지겠어."

"안 그래도 삼수인데, 여기서 더 어려워지면 어쩌라고…… 사수만큼은 하지말자."

"도대체 얼마나 잃은 거야! 큰맘 먹고 한 주식인데!"

"이 나라가 얼마나 위험한지 아시겠습니까. 복무 기간을 늘려야하며……국방비를 늘려야……예산이……."

"아니, 이럴 때야 말로 예산을 이쪽에……!"

"물가가 사상최대치를 찍었어. 등록금도 올리겠다니, 토할 것 같잖아. 화가 치밀어 오르는군."

"초능력자들이 등장했으니, 특수학교 같은 거 만들어지겠지. 솔직히 그런 놈들과 함께하는 거 무리라고."

"그렇지. 솔직히 말해서 불공평하잖아. 천재 두뇌 능력

같은 걸로 성적 일등하면 어떻게 쫓아가?"

"씨이발. 뉴욕이 망가지건 말건 간에 뭔 상관이야! 초능력자건 마법사건 간에 내 포상휴가 취소됐다고!"

"아, 그래도 전역은 시켜주겠지……."

"이제 헬조센이 아니라 헬월드네. 하하하."

기적에 놀란 것도 잠시, 일상을 찾는데 오래 걸리지 않았다.

초기에는 휴교 등이 있었지만, 얼마 지나지 않아서 원래대로 돌아왔다.

학생들은 등교를 하고, 공부를 하고, 회사원들은 똑같이 아침에 출근하여 일을 했다.

뉴욕 사태로 인해 여러 중소기업이 망하면서 직장을 잃은 사람들은 백수가 되거나, 혹은 아르바이트나 재취업 자리를 알아보면서 노력했다.

그 와중에 유명 학원에선 다음에 바뀔 교과서를 미리 예상하고 내면서 공부거리를 던져놓기도 했다.

"언젠가 그가 이렇게 말하더군요."

백고천이 어깨를 으쓱였다.

"정말로 먹고 살기 힘들면 그거 챙기기도 바빠 세상이 어떻게 돌아가건 별로 신경 쓰지 않는다고."

"그러고 보니, 그걸 말한 장본인이 보이지 않는데."

루카스가 고개를 갸웃거렸다.

"한국의 관리자를 만나러 간다고 했어요."

샤를로트가 대신해서 답했다.

"흐응. 그러고 보니 그걸 말하는 걸 깜빡…… 했는데, 어떻게 알고 있었지?"

알렉산드라가 신기한 듯 샤를로트를 쳐다보았다.

"그야 그를 감시하는 사람이 저인걸요."

샤를로트가 얼굴을 살짝 붉히면서 시선을 회피했다.

"한국의 관리자…… 아마, 라미아였나."

알렉산드라가 초코파이의 포장을 뜯으며 중얼거렸다.

"라미아?"

언컨쿼러블이 의아해했다.

다들 각자 동료의 관리자들에 대해서 들었기에, 관리자라는 직책이 각국에 관련된 자들이라는 걸 안다.

설화나 전설 등 종류에 상관없지만, 그 나라에만 전해져 내려오는 인물이라는 것이 공통점이었다.

"관리자에 대한 비밀을 알려면 등급을 올려야하니, 알 방법은 없겠군. 여전히 비밀이 많은 동네일세."

루카스가 머리를 긁적이면서 말했다.

"라미아……?"

마들린은 한국의 관리자의 이름을 중얼거리면서 눈살을 찌푸렸다. 무언가 떠올리려는 표정이었다.

'분명히 어디서 들어본 이름인데…….'

라미아라는 이름 자체는 유명한 편이다. 마들린은 앱스토어에서 구한 마도서 외에도, 혹시 몰라서 따로 오컬트나 중세 유럽의 신화 관련으로도 많이 읽어봤다.

그중에서 라미아라는 종족 자체는 그다지 대단할 것 없는 괴물 중 하나다.

그러나 관리자 중에서 라미아가 있다는 것을 듣자마자 무언가 마음에 걸렸다.

'뭐였지?'

　　　　*　　　*　　　*

앱스토어 한국지부.

"이렇게 뵙는 건 또 오랜만이네요, 정지우 고객님."

타오를 듯한 적발, 세로로 갈라진 파충류의 동공, 이 세상 것이 아닌 아름다움, 뱀으로 된 하반신.

혼공으로도 그 깊이를 알아볼 수 없는 한국의 관리자는

와이셔츠 차림으로 책상 앞에 앉아 생긋 웃었다.

"그동안 잘 지내셨나요?"

"아니."

라미아의 물음에 지우가 짧게 답했다.

"어머나, 혹시 무슨 기분 나쁜 일이라도 있으신 건가요?"

라미아가 걱정하는 어조로 지우에게 물었다. 과거에는 그가 경계해도, 말은 놓치는 않았기 때문이었다.

"얼마 전에 너에게 넘어가 모든 걸 잃을 뻔 했으니까. 그런 제안을 한 네가 마음에 들리는 없잖아."

"후후후."

라미아가 의미심장하게 웃었다.

'여전히 속을 알 수 없는 괴물이다.'

한국지부를 방문하기 전, 혼공을 익힘으로 혹시나 관리자와 싸울 수 있지 않을까 싶었다.

하지만 이렇게 보니 역시 아니다. 관리자가 모두 그런지는 모르겠으나, 라미아는 괴물을 넘어선 무언가였다.

덤빌 생각조차 할 수가 없었다. 어떠한 가정을 내도 '죽는다.'라는 무력감밖에 나오지 않았다.

"뉴욕에서 있었던 일은 잘 봤어요. 그리고 고객님께서 칼리고를 그러한 방식으로 쓴 걸 보고 꽤나 놀랐답니다."

"……다 지켜보고 있었어?"

"그럼요. 저야 관리자인걸요."

라미아가 어깨를 으쓱였다.

"그럼 단도직입적으로 물을게."

지우의 눈이 가늘어졌다.

"관리자의 자리를 넘기려던 의도가 뭐야?"

언컨쿼러블과의 최후의 결전 때 — 샤를로트와 격돌하기 전, 라미아가 나타나서 무언가를 시도했다.

정말로 시간을 정지한 것인지는 모르겠으나, 세상이 잠시 멈추고 그녀가 나타나서 속삭이며 제안했다.

모든 걸 포기하고 관리자를 이어 받겠다는 잘못된 것을 되돌려주겠다고 말이다.

"……."

라미아는 대답 대신에 의미심장한 웃음만 보여줬다.

"등급이 부족하다는 헛소리는 하지 말아줘. 애초에 관리자에 대한 걸 문의한 것 자체가, 등급에 관여되지 않는다는 뜻이니까."

"자리가 사람을 만든다고 했나요. 예전에 그 순진무구하고 바보 같았던 청년은 없네요. 많이 예리해졌어요."

라미아가 깍지를 낀 손에 고개를 올렸다.

"마도왕, 카슬란이 관여된 일이지?"

지우의 말에 라미아의 눈썹이 미세하게 떨렸다.

"아까부터 이걸 보고 있다면 바보라도 눈치채."

지우가 왼손을 들어 손목에 감겨있는 시계를 툭툭 건드렸다. 그걸 바라보는 라미아의 시선은 욕망으로 번들거렸다. 그동안 거짓으로만 가득했던 라미아가 진실된 감정을 드러내는 건 이걸 보일 경우밖에 없다.

"후우, 어쩔 수 없죠."

라미아가 나지막이 한숨을 내쉬곤 깍지를 낀 손을 풀었다. 그리곤 금안을 빛내면서 손뼉을 쳤다.

짜악!

손바닥끼리 부딪치자, 그 안에 실려 있던 마력이 파도처럼 일렁이더니만 방 내부를 슥 훑었다.

"이건……."

마력을 느낀 지우가 설마 하는 표정으로 눈을 동그랗게 떴다.

"네, 칼리고의 어둠의 마력이에요. 마들린과 싸워서 그런지 한눈에 알아보는군요."

라미아가 고개를 주억거렸다.

"뭘 했지?"

"마도왕의 어둠의 마법인 칼리고는 세계의 법칙조차 거스를 수 있는 역천(逆天)의 마법이기도 해요."

라미아는 칼리고에 대해 설명하면서 왠지 모를 쓸쓸함이 느껴지는 눈빛을 보였다.

"그걸로 잠시 이 공간의 법칙을 뒤틀어 제가 말할 수 있는 정보 제한에 대해서 조금 손봤어요."

그리고 아무렇지 않게 대단한 말을 했다.

"그러기에 이념을 카르밀라처럼 소소하게 잡거나, 여동생 분을 울리지 마시고 하이 등급에 오르셨어야죠. 아니면 모든 걸 포기하시고 관리자로 승격하시던가요. 이런 고생까지 해야 하다니, 정말 너무하시네요."

라미아가 자신을 탓하는 말에 지우의 얼굴이 걸레짝처럼 일그러졌다. 그가 뭐라 반박하려고 했으나, 그러기도 전에 라미아가 먼저 말을 가로챘다.

"아무리 저라고 해도 이 상태는 오래 유지하지 못하니까 궁금해 하시는 것에 대해 대충 답할게요."

라미아의 금안이 빛났다.

"기적의 앱스토어를 만든 건 신이 맞아요."

'과연, 그랬나.'

예상했기에 그다지 놀랍지는 않았다. 애초에 기상천외한 상품을 팔 수 있는 건 신 외에는 없다.

"다만, 그 신이라는 존재가 당신이 생각하는 것과 조금 다를 거예요. 신은 곧 '세계' 자체랍니다."

"하……?"

지우는 그게 무슨 소리냐는 표정을 지었고, 라미아는 그런 그를 위해서 언제나처럼 친절하게 설명해줬다.

태초에 아무것도 없었고, 세계가 탄생하였다.

그리고 세계에 수많은 우주, 행성이 나타나고 시간이 흘러 이지를 가진 생명체들이 속속히 나타났다.

그중에는 인간도 있었고, 요정이나 괴물 등의 이종족들도 존재하였다.

그리고 이 생명체들에겐 하나의 특징이 있었다.

"괴물이건 요정이건 — 특히나 사람의 경우, 스스로의 힘으로 어찌할 수 없는 일이 없다면 기도를 하기 마련이죠. 설사 무신론자라고 하여도, 신이 아닌 무언가에 기도하기도 해요."

세상에는 어쩔 수 없는 일이라는 것이 있다. 상식적으로 물리적으로 불가능한 일이 있다.

하지만 그걸 해결하고 싶으면 무의식적으로 간절하게 기

도하게 된다. 그게 신일 수도 있고, 아닐 수도 있다.

"원래 세계는 어떠한 의지도 없었어요. 그저 자연스럽게 굴러가는 것에 불과했죠. 허나 각종 생명체들의 기도가 — 의지와 생각이 닿으면서 만들어진 것이 신이에요."

"뭔……."

라미아는 정말 아무렇지 않게 충격적인 발언을 던졌다. 아마 종교계에서 듣는다면 가벼운 소란으로 끝나지 않을 것이다. 근간 자체를 뒤흔드는 말이다.

신이 나타나서 세상을 창조한 것이 아니라, 그 반대였다. 세계가 있었고, 생명체가 있었고, 신이 만들어졌다.

"그렇다고 지구에서 내려오던 신이나 종교가 가짜라는 건 아니에요. 기독교도, 이슬람도, 힌두교도, 불교도 실제랍니다. 생각에 따라 달라요. 유일신만 있을 수도 있고, 많은 신이 있을 수도 있죠. 심지어 없을 수도 있죠."

굳이 주요 종교뿐만이 아니라, 그리스 로마 신화라거나 켈트 신화 등도 있었다. 그것도 진짜가 된다.

유일신이라며 믿으면 유일신일 것이고, 없다고 하면 없을 것이다. 대충 축약하자면 '생각하기 나름'이다.

"자아, 그럼 여기서 문제를 드릴게요. 인류를 비롯하여 — 생명체들이 어떻게 할 수 없는 일을 겪고, 좌절했을 때.

과연 신이나 그와 비슷한 개념이 되는 곳에 원했던 것은 무엇일까요?"

그 물음에 지우는 입을 다물었다. 그리고 얼마 지나지 않아서 그 입에서 두 글자가 흘러나왔다.

"기적……."

"그래요. 해결할 수 없지만, 해결할 수 있는 힘. 상식적으로 이해할 수 없는 기이한 일. 그게 바로 기적. 신에게 간절히 기도하고, 원하는 것의 총칭."

그게 바로 기적의 앱스토어.

"기적은 셀 수도 없는 오래된 세월 동안 수많은 모습으로 나타났어요. 단순한 천운부터 시작해서, 때로는 마법이기도 했고, 무공이도 하였고, 그 외에도 초능력 등등 저도 알지 못하는 게 많아요."

머릿속이 엉망이었다. 이야기가 너무 빨라서 따라가지 못할 것 같았다. 너무 많은 진실을 들었다.

"월드 시스템(Word system) 미라클(Miracle)."

그것은 세계가 만들어낸 구조물.

생명체들의 목소리에 답해준 신.

"그렇게 그 간절한 기도에 대답해 줄 수 있고, 전지전능하다면 왜 완벽한 세상을 만들지 못한 거지?"

그게 제일 이해가 가지 않았다.

마법이건 무공이건 초능력이건 간에 그러한 힘을 상품화할 수 있다는 것 자체만으로도 전지전능하다.

마음만 먹는다면 전쟁 따위 존재하지 않는 평화로운 세상을 만들었을 지도 모른다.

"그러지 않기를 원하는 이들도 있기 때문이죠."

신에게 기대는 사람이 있다면, 기대지 않는 사람도 있다.

운명을 받아들이는 사람이 있다면, 받아들이지 않고 스스로의 힘으로 만들어가는 사람도 있다.

인간도, 동물도, 요정도, 괴물도 완벽하지 않다. 아니, 이 세상 자체가 완벽하지 않다.

그렇기에 세계는 그렇게 대응하였다. 각자 다른 기원과 소망을 흡수하여 전지전능하지만 불완전해졌다.

"그래서 누구나 행복하고, 운이 좋은 세상 따위는 존재하지 않아요. 유토피아처럼 완전한 세상, 애초에 불완전한 세상이 그런 걸 만들 수 있을 리는 없는 노릇이죠."

개개인의 재능이나 운이 다른 것도 이와 같다.

세계의 의지이자 시스템인 미라클 자체가 애초에 완전하지 않은 복합된 의지로 탄생하게 됐으니까.

"그럼…… 예전부터 묻고 싶었는데 말이야."

지우가 상당히 불쾌한 듯 미간을 찌푸렸다.

"카르밀라가 말한 조건, 사실인가?"

사람의 힘으로 해결할 수 없는 절망이 찾아오고, 거기에 굴하지 않고 꺾이지 않는 의지로 일어난다. 그리고 약간의 운까지 따라오면 그제야 기적과 마주한다.

"네."

라미아는 고개를 주억거렸다.

"이 세계는 각기 다른 차원으로 이루어져 있어요. 요정계를 생각하시면 쉽게 이해하실 수 있을 겁니다."

과학이 없고 마도 문명으로 가득한 세계가 있으며, 무림인들로 가득한 세계도 있다. 그 외에도 다양하다.

"그리고 그 여러 차원에서는 다양한 조건 아래에 기적이 내려오고 있답니다."

그건 가혹한 운명을 타파한 자일 수도 있다. 혹은 죽을 만큼 노력한 자일지도 모른다.

어쩌면 불행으로만 점철된 자일 수도 있다. 그 조건은 셀 수 없을 정도로 많다.

"아, 그리고 이 차원은 타 차원에 비해서 좀 까다로운 편이기는 하네요."

"하."

허탈한 웃음이 절로 튀어나왔다. 진실을 듣게 되어 든 생각은 분노와 허탈감뿐이었다.

백고천이 들었다면 꼭지가 돌아서 라미아에게 덤볐을지도 모르는 진실이었다.

불행에 점철된 삶은 정말 별 대단한 이유가 아니었다. 그냥, 운이 없었을 뿐이다. 그뿐이었다.

남들보다 불행해서 절망과 좌절했고, 꺾이지 않고 일어났는데 다시 큰 절망이 찾아왔다. 기적을 얻었다.

이후 수많은 사람들의 운명까지 바꿀 일이었다. 그런데, 정말 그것에는 — 별 대단한 이유가 없었다.

"무슨 운명적인 걸 바라는 건 아니겠죠?"

라미아가 고개를 갸웃거렸다.

"확실히 극적인 전개가 있을 수도 있죠. 하지만 없을 수도 있답니다. 상자를 열어보면 깜짝 놀랄만한 것이 있을 수도 있고, 그러지도 않을 수도 있지요. 그런 게 세상 아니겠어요? 후후."

라미아는 재미있다는 듯이 입가를 손으로 가리곤 쿡쿡 웃었다.

"정말로 그렇게 별 거 아니라면, 왜 그렇게 꼭꼭 숨겨둔 거야?"

"그야—."

라미아가 잠시 말을 멈췄다가.

"호기심을 참지 못하고, 그거에 대해 알고 싶어서 돈을 쓰는 사람들이 있으니까요."

"미친년."

욕이 절로 나왔다.

"마음만 먹으면 '돈'이라는 물질은 수 있지만, 사람의 의념이 깃든 건 만들 수 없어요. 돈 만큼 오만가지 감정을 품게 만드는 건 없답니다. 그 의념이 곧 힘이 되어 세계를 움직이게 만들게 되죠. 대충 그런 구조예요."

정확히 말해서는 돈이 아니라, 그 돈에 담기는 의념을 위해서다. 그래서 직접 만드는 건 소용이 없다.

"그리고, 공짜는 없는 법이잖아요?"

라미아의 입가에 짙은 미소가 번졌다.

"뭐, 어쨌거나 서론은 너무 길었네요. 다시 돌아가서, 고객님께 관리자 제의를 한 것에 대해서 답해드리죠."

라미아가 웃음을 지워내고 눈을 가늘게 떴다. 하반신처럼 뱀을 연상시키게 했다.

"아마, 알렉산드라 고객님의 말을 듣고 저에 대한 의문을 가졌을 거예요. 이무기도 아니고, 한국에 전혀 관련되지 않은 라미아라는 관리자가 어째서 한국의 관리자일까?"

궁금했었지만, 어차피 고객 등급이 맞지 않으니 나중에 물어보자고 생각하며 뒤로 미루어두었다.

"결론만 말하자면, 전 원래 이쪽 차원과 직접적인 관련이 없어요. 전 애초에 베니드라 하여, 마법 문명으로 가득한 다른 차원의 존재랍니다."

더더욱 이해할 수 없었다.

"일단 질문은 잠시 접어두시고 제 이야기를 들어주세요. 전 베니드라는 차원에 태어나서……."

베니드는 흔히들 말하는 중세 판타지의 세계였다.

괴물이나 정령들이 존재하고, 마법과 오러 등이 난무하여 귀족과 왕이 있는 그런 세계였다.

라미아는 그 세계에서 태어나 자라던 도중 어떤 남자와 만나게 된다. 그게 바로 마도왕 카슬란이다.

라미아는 우연찮게 카슬란에게 구원을 받게 됐고, 빚을 지게 되면서 사랑에 빠진다.

여기까지의 이야기는 평범했다. 그냥 판타지가 섞인 로맨스일 뿐이었다. 그러나 그 다음이 문제였다.

"그분께선 수많은 업적을 세우셨어요. 베니드에서 마도왕이라고도 불리기도 됐죠. 하지만……."

마도왕 카슬란은 정작, 베니드 차원 출신이 아니었다.

놀랍게도 그는 다른 차원에서 온 차원이동자였다.

"잠깐, 설마하니……."

차원이동자란 말에 머릿속에 무언가가 스쳐지나갔다.

"네, 그분은 지구의 대한민국 태생이세요."

"맙소사."

말이 나오지 않았다. 전 차원을 통틀어 마도왕이라 불리고, 앱스토어에서조차 경외를 담아 불렀다.

그의 상품은 심지어 수십 억을 가뿐히 뛰어넘는 가치를 가졌고, 칼리고에 대한 수식어도 엄청났다.

그런 굉장한 양반이 어째서 동양인, 그것도 한국인인지는 모르겠지만 말이다.

"아, 참고로 이곳과 시대가 같긴 하지만 또 다른 평행 차원인 지구 출신이니까 여기에는 없답니다."

마침 대한민국 임시정부 수립 년도를 생각했는데 라미아가 해결해 주었다. 하기야, 카슬란이 이 지구에 있었다면 진작 나타나서 소동에 껴들었을지도 모른다.

하지만 이러면 또 다른 의문이 생긴다.

"그럼 마들린이나 코번은 뭐지?"

영국의 귀족 가문, 코번. 이 가문은 카슬란이 세운 것이며 중세 때부터 내려져왔다고 한다.

카슬란은 평행 차원의 한국인이나, 이야기를 들어보면 현대에서 살아왔던 사람인데 그럼 말이 되지 않는다.

"조금 복잡하니 알기 쉽게 설명해드리죠."

지구가 있다.

중세 시대에 마법이라는 기적이 찾아왔다.

그러나 그 마법의 능력이 너무 뛰어나, 결국은 세계를 멸망 직전까지 만들었다. 즉, 실패해버린 기적이었다.

그러나 그 멸망하기 전까지는 그럭저럭 괜찮았다. 마법은 인류뿐만 아니라 수많은 종족을 만족시켜줬다.

그래서 세계는 이 마법 문명의 시간을 되돌리고, 따로 분리하여 차원을 만들었다. 그게 베니드 차원이다.

대신 베니드는 마법 문명을 유지시키되, 멸망하지 않도록 더 이상 문명이 진화되지 않게 됐다.

즉, 차원 자체가 강제적으로 문명이 진화할 수 없게 만들어졌다.

결국 베니드라는 마법 차원은.

"과거의 지구인가."

"네. 그래서 그 기록이 '지구'라는 차원에 남게 된 거죠."

마법 문명을 이동했지만, 사라진 것이 아니다. 여기서 주의할 점은 '없었던 것'으로 만들어서는 곤란하다.

마법이라는 기적을 삭제하면, 마법이라는 이름의 개념조차가 삭제된다. 그럼 기적의 앱스토어에도 없다.

그래서 지구 자체를 복사해서 평행 차원으로 만들고. 문명이 성장하지 않는 세계를 완성시켰다.

이후 '지구'라는 이름의 차원에는 베니드가 지니고 있던 마법 문명의 기록 등이 남게 됐다.

"카슬란은 차원이동자인 동시에 시간여행자였군. 베니드는 지구의 과거니까, 시간여행을 한 거야."

지구는 하나가 아니라 여러 개다. 하지만 마법 문명이라는 공통된 역사를 지니고 있다.

비록 문명 자체가 분리되었지만, 삭제할 수는 없다. 마법을 없던 걸로 해버리면 마법이란 '개념'이 사라진다. 그럼 나중에 기적의 앱스토어에서 마법에 관련된 상품 자체를 사용할 수 없게 된다.

그래서 어쩔 수 없이 기록을 남기되, 전설이나 설화 등의 형태로 남겨둔 것이다.

즉, 베니드는 곧 각 지구의 공통된 과거다. 거기로 차원이동을 하는 건 모든 지구의 과거로 가는 의미였다.

만약 거기서 마법적인 역사에 무언가 획을 긋게 만들면,

당연히 그 기록도 모든 평행 지구에 기록을 남긴다.

그럼 마들린과 코번에 대해서도 말이 된다.

카슬란은 마도왕이라 불렸던 양반이고, 코번이라는 마법 가문을 만들었을 경우 — '역사'가 되어 남는다.

비록 마법서 같이 물질적인 건 가문에 남지는 않았지만, 그 핏줄과 가문이라는 개념 자체가 남게 됐다.

"복잡하군."

"세계와 기적을 우습게 보지마세요. 한두 번의 시도로 만들어진 게 아니니까요. 뭐, 어쨌거나. 전 그렇게 떠난 그분을 만나기 위해서 발버둥 치게 됐죠."

카슬란이 베니드에서 떠났지만, 그를 쫓을 수 없었다. 차원 이동이라는 건 생각보다 쉬운 것이 아니었다.

특히나 시공의 영역은 마법 중에서도 최상위다.

다행히 라미아는 붉은 머리의 마녀라는 이명에 맞게 마법을 배우고 있었고, 시공의 영역에도 도전하게 됐다.

"그러던 중 그분이 남기신 칼리고도 배우게 됐죠. 덕분에 이런 몸이 됐지만요."

라미아가 어깨를 으쓱이면서 하반신을 손가락으로 툭툭 건드렸다. 그 말에 지우가 눈을 크게 떴다.

"라미아, 당신 혹시……."

머릿속에서 어둠의 마법, 칼리고의 부작용이 떠올랐다.

"네, 원래는 저도 인간이었답니다. 어둠에 침식되어 인외의 경지에 올랐지만 말이죠. 다행히 운이 좀 따라서, 괴물이 되는 도중 상반신과 이성은 챙길 수 있었어요. 그 대신 무한한 수명을 얻었으니 후회는 안 해요."

인간을 벗어난다는 건, 말 그대로다. 종족 자체를 뛰어넘어서 천 년, 이천 년 이상을 넘게 살아갔다.

그래서 그 무한에 가까운 세월 덕에 마법을 미치도록 파고들 수 있었고, 끝내 시공의 영역에도 도전했다.

"차원 이동에는 성공했어요. 다만 세계란 게 정말 생각 이상으로 우습게 볼 것이 아니더라고요. 다른 차원에 이동하니 절 '이물질'로 인식하고 거부하더군요."

카슬란이 특이했던 것뿐이다. 원래 차원이동이라는 건 불가능에 가까웠다.

차원의 벽을 넘는 데는 성공했지만, 다른 차원에는 라미아라는 존재의 '정보'가 존재하지 않아 내쫓으려했다.

그래서 마구 저항하며 모든 마력을 폭주하려 했을 때.

세계는 관리하던 차원이 잘못된 걸 깨닫고, 라미아에게 찾아와 앱스토어의 관리자를 제안한다.

"관리자가 되어 일하면 그분을 만나게 해 주겠다고 달콤한 제안을 하더군요. 하지만……."

"그래서 후임이 필요한 건가. 모든 걸 맡기고 네가 떠날 수 있도록."

한국의 관리자가 된 덕에 지구 차원에 존재할 수는 있었다. 그러나 마음대로 이동할 수는 없었다.

존재할 수 있는 대신, 관리자의 업무를 맡아야 했기 때문에 카슬란을 찾으러 갈 수가 없었다.

"그런데 왜 하필 그게 나지?"

"관리자로 승격하기 위해선 세 가지가 필요해요. 첫 번째, 한 차원에서 신에 가까운 힘을 가질 것."

다른 관리자들에 대해서 들어보면 그들 역시 전승에 의하면 신은 아니지만 그에 가까운 힘을 지녔다.

마법으로 시공의 영역까지 닿은 라미아야 두말할 것 없다.

"난 그렇게까지 강하지 않은데."

확실히 고객들 중에서는 최상위에 속하지만 그렇다고 압도적이라 할 정도는 아니다.

"아까도 말했다시피 칼리고는 세계, 곧 신이 만든 법칙을 비트는 힘을 지니고 있어요. 그것만으로도 대단하죠. 그리고 고객님의 재산을 이용한다면 상품을 구입하면 가능할 걸요?"

"관리자의 영역까지 닿을 수 있는 상품까지 팔아?"

지우가 어이없다는 듯이 헛웃음을 흘렸다.

"신에 닿을 수는 없지만, 엇비슷할 수는 있답니다."

돈으로 세상의 모든 문제를 해결할 수는 없다.

하지만 대부분의 문제는 돈으로 해결된다.

"두 번째는 선도 악도 아니어야하고, 이성적인 사고관을 가져야할 것. 덕분에 러시아의 관리자인 일리야는 해고되기 직전이에요. 그는 너무 감성적이거든요."

관리자들은 마음만 먹으면 기적에 가까운 것을 세상에 선사할 수 있다. 구원도, 멸망도 가능하다.

그러나 이미 어떤 차원에 '기적'이라는 시스템이 내린 이상 다른 절대적인 힘이 끼어들어선 아니 된다.

일리야 무로메츠는 러시아인을 너무 편애하는 탓에 관리자 부적격 판정을 받을지도 모른다.

"즉 ─ 오직 '관리'만 해야 한다는 거죠."

그래서 관리자들은 그 어떠한 개입도 할 수 없으며, 애초에 그들조차도 세상에 관심을 두지 않는다.

"관리자들은 제각각 다르지만 저처럼 무언가의 보상을 노리고 일하고 있답니다. 그들은 그저 그 보상을 위해서 기계처럼 일하고 있는 것뿐이에요. 어쨌거나, 언컨쿼러블이

나 디스페어는 부적합하지만 고객님과 그 동료들은 비교적 관리자의 자격에 가깝답니다."

세상을 구하거나, 멸망시키거나, 바꾸겠다는 그런 마음은 맞지 않다. 그리고 일을 냉정하게 처리해야 한다.

남을 불쌍하게 여겨서 특권을 줘서는 아니 되고, 어떠한 일에도 관여하지 말아할 정신이 필요했다.

"그리고, 세 번째. 속세의 연도 끊으셔야 해요. 그렇기에 고객님에 대해서 모두에게 잊혀 져야하죠."

아마 두 번째를 위해서 있는 조건일지도 모른다.

자신과 관여된, 소중한 사람이 아직도 현세에 남아있다면 거기에 미련이 생겨 실수할지도 모르니까.

"……."

지우는 주머니에 손을 찔러 넣고 가만히 있었다.

"당신을 제대로 속이지 못한 것이 정말로 후회되네요. 가끔 놀러와 주세요. 그거, 보고 싶거든요."

라미아가 슬퍼하는 눈으로 손목시계를 쳐다보았다.

이에 지우는.

"라미아. 어둠의 마법인 칼리고는 세계의 법칙을 무시하거나 비틀 수 있다고 했지?"

"네?"

뜬금없는 질문에 라미아가 눈을 휘둥그레 떴다.

"그렇다면, 세계의 의지나 법칙도 다소 무시한 채 차원 이동도 가능한 거 아니야?"

애초에 하이 등급이 아닌 자에게 앱스토어의 비밀에 대해서 발설이 금지되어 있다. 하지만 칼리고를 쓴 덕분에 그 제한을 일시적이지만 풀 수 있었다.

"무슨 말씀을 하려는지 알겠지만, 지금으로서는 불가능해요. 신경 써 주셔서 감사하답니다, 고객님."

"됐고, 말해봐. 어째서 불가능한데?"

"……전 지금 '관리자'라는 법칙에 속해있어요. 여기에서 벗어나고, '라미아'라는 정보 개체를 유지하는 것만으로도 정말 많은 힘이 들어요."

애초에 다른 차원에서 존재를 유지하기가 힘들다. 하지만 '관리자'란 직책과 임무 덕에 있을 수 있었다.

그런데 여기에서 그걸 해제하게 되면 또다시 끔직한 고통이 찾아온다. 그 상태로 차원이동을 할 수는 없다.

"그럼, 타인이 너를 대신해서 세계의 법칙을 비틀어 준다면 차원이동을 할 수 있나?"

"다중시전이야 그다지 어려운 일은 아니지만…… 잠깐만요, 고객님. 혼공으로는 그걸 쓸 수 없……."

라미아가 무언가를 말리려고 했으나, 이미 늦었다. 지우의 흰자위가 모두 시커멓게 물들었다.

혼공의 특징인 잿빛으로 된 아지랑이가 아니라, 무지갱처럼 끝을 볼 수 없는 시커먼 것이 피어올랐다.

원래 관리자가 있는 장소에선 이능의 힘을 발휘할 수 없는 것이 정상이지만 — 역천의 마법만큼은 예외다.

카슬란이 괜히 마도왕이라 불리는 게 아니다. 그가 만든 마법은 세계의 법칙도 무시하는 반칙 그 자체다.

"어째서……?"

라미아는 이해가 가지 않는 표정으로 지우를 바라보았다.

"입 닥쳐. 마들린은 잘도 이딴 걸 사용했군."

벌써부터 부작용이 온몸에서 느껴졌다. 무언가 알 수 없는 것이 자신의 모든 걸 집어삼키는 느낌이었다.

왜 마들린이 그렇게 경고했는지 알 수 있을 것 같았다.

"난 괴물이 되기 싫으니까, 얼른 시작해."

라미아는 멍한 표정을 지었다, 이윽고 시간이 별로 없다는 걸 깨닫고 지우처럼 칼리고를 사용했다.

기분 나쁜 기운이 공간을 가득 메웠고, 이내 아무것도 없는 공간에 균열이 생겼다.

그리고 지진이라도 일어난 것처럼 마구 흔들리기 시작한

다.

라미아는 영창도 하지 않은 채, 그저 마력만으로 술식을 구성하고 완성시켜 시공마법을 완성한다.

"어째서죠?"

그 시간은 채 1분도 걸리지 않았다. 괜히 마법만으로 관리자가 된 게 아니었다.

"어째서, 절 돕는 거죠?"

칼리고의 위험성은 혼공으로 부작용을 최소화한 지우 자신이 누구보다 더 알고 있을 것이다.

"그야."

그리고 애초에 라미아에게 빚 같은 것도 없었다. 반대로 그녀를 싫어하는 편이었다. 자칫 잘못해서 모든 걸 잃고 관리자의 속박이라는 함정에 걸릴 뻔했다.

"그게 더 '이득'이니까."

지우의 입가에 진한 미소가 번졌다.

"네가 없어지면, 세계는 필시 당황한다. 조치를 취하긴 하겠지만, 완전하거나 완벽하지 않겠지."

원래 그런 세상이니까.

"최소한 이곳 한국지부는 관리가 되지 않아서 당분간은 동결되겠지. 그럼, 그 틈을 노려 한국의 고객들을 회유하거나 처리해서 난 좀 더 많은 이득을 취하겠어."

지우의 말에 라미아가 멍한 표정을 지었다가, 이내 기가 막힌 듯이 웃었다.

"정말로 고객님께서는 한결같으시네요."

"넌 마음에 안 들지만, 이득을 위해서 감정을 접어두는 건 — 상인으로서 당연한 일 아니겠어?"

지우가 씨익 웃었다.

"아마 다른 차원으로 이동한다 하여도, 넌 또다시 이물질로 인식되어 폭주하게 될 거야. 그리고 폭주하게 되면 세계는 그걸 막으려고 나서겠지"

"네, 그러겠죠."

"그곳이 카슬란이 없는 지구일수도 있어. 이번처럼 또 관리자의 형태처럼 구속될지도 모르지. 하지만……."

지우가 그 누구보다 라미아를 이해했다.

"그래도, 만나러 갈 거잖아?"

"네."

라미아가 주저하지 않고 고개를 끄덕였다.

"그러니까, 차원을 넘어서 만나."

누구보다 소중하고, 누구보다 사랑하는 사람을.

"이건 내 거니까 탐내지 말고."

왼손을 들어, 오른손으로 손목시계를 툭툭 두들긴다.

"고마워요."

라미아가 환하게 웃으면서 사라져간다.

아름다운 광경은 아니었다.

불길할 정도로 검은 입자로 변해갔으니까.

"이상, 기적의 앱스토어 한국지부 관리자."

실패할지도 모른다. 확률은 그다지 높지 않다.

또 고통 받을지도 모른다.

그리움에 미쳐버릴지도 모른다.

슬플 수도 있다. 화가 날 수도 있다.

허무할지도 모른다.

"라미아가 진심으로 머리 숙여 인사드립니다."

그 사람이 살아있는지, 죽어있는지도 모른다.

"그동안 이용해주셔서 감사했습니다, 정지우 고객님."

하지만

그래도

만나고 싶어

그야, 사랑하는 사람인걸.

에필로그(Epilogue)

와아아아!

앙코르까지 끝내자 뜨거운 함성소리가 터졌다. 수만 명이 한꺼번에 터뜨리는 함성은 압도적이었다.

스포트라이트가 꺼지자 관객들은 아쉬워했으나 발걸음을 돌려야만 했다. 돔 안에선 안내방송이 흘러나왔다.

— 관객 분들께서는 질서를 지켜 주시면서 출구로 향해 주시길 바랍니다. 출입할 때 나눠준 쿠폰으로 로드 랜드의 일부 놀이기구를 이용하실 수 있으니

참조 바랍니다. 항상 호객님들께 감사인사 드리는 바
입니다……말 실수였습니다. 고객님들로 정정합니다.
오해하지 않으시길 바랍니다.

무대 뒤, 대기실.

"수고하셨어요, 소정 씨."

한소라가 꽃다발을 건네주면서 인사를 건넸다.

"아, 부사장님."

윤소정이 꽃다발을 건네받곤 짓궂게 웃었다.

"가, 갑자기 왜 그러세요?"

부사장이라는 호칭에 한소라가 당황했다.

"후후후. 얼마 전에 부사장으로 승진하셨잖아요. 그것도
다른 곳도 아닌, 리즈 스멜트고요."

대한민국이 엉망이 된 뒤, 몇몇 대기업. 특히나 리즈 스
멜트는 경제를 되살리는 데 상당한 노력을 했다.

특히나 조선업부터 시작해 다양한 피해를 입어, 경제적
손실을 낸 자성의 일을 대신 도맡아서 처리해줬다.

말이 대신 해줬다는 거고, 그 실속은 바라보면 점유율을
먹어치우려는 사정이 있지만 말이다.

어쨌거나, 그 전선에는 한소라가 있었고, 그 유능함과 실

적을 인정받아 결국 부사장에 오르는 데 성공한다.

이로 인해 리즈 스멜트의 세계적인 위상은 예전보다 더더욱 높아졌다.

그에 반면 자성이라는 이름의 브랜드는 시간이 갈수록 하락했고, 피해 금액을 보상하는 것만으로도 벅찼다.

투자자들 역시 대거로 빠지게 됐으며, 그 외에도 여러 가지 이유로 천천히 몰락하였다.

테마파크 또한 로드 랜드가 등장하면서 경쟁했으나, 애석하게도 제대로 된 승부조차 할 수 없었다.

일단 로드 랜드는 처음에 일 년 동안 무료 입장을 내걸었고, 최신 놀이기구 설비를 지니고 있었다.

드워프의 기술력을 비롯하여 각종 이종족을 고용한 덕에 판타지를 재현해 폭발적인 인기를 자랑했다.

그렇게, 한 나라의 경제의 일부분까지 책임지던 대기업은 뉴스에 오르락내리락하며 쓰러져갔다.

정말로 허무하게.

"세계적인 가수에게 그런 말을 듣다니, 영광이네요."

한소라가 볼을 살짝 부풀리면서 말했다.

"자, 잠깐만요……."

그러자 이번에는 윤소정이 당황했다.

예전부터 그녀의 인기는 대단했지만, 지금과는 비교도 할 수 없을 정도다.

뉴욕 사태 이후 세계를 순회하면서 위문 공연을 다닌 덕분에 누구나가 다 아는 신화 그 자체가 됐다.

"그, 그것보다. 지우 씨는 어디 계시나요?"

윤소정이 부끄러워하는 듯, 말을 급히 바꾸면서 주변을 둘러봤다.

하지만 그 이유만은 아닌 듯했다. 정말로 그 눈길에는 그리움으로 가득했다.

"안 그래도 일 때문에 바쁘니 대신 안부 전해달래요."

한소라가 한숨을 푹 내쉬었다.

"어머니가 일에 빠진 남자와는 절대 만나지 말라 하셨는데, 하필이면 이런 남자에게서 빠져서는……."

윤소정이 울상을 지으면서 똑같이 한숨을 내쉬었다.

"서로 고생이네요."

"저……."

"네?"

김수진은 등을 돌렸다가 자신을 부른 사람의 얼굴을 보고 당황했다. 백인 여성이었기 때문이다.

머릿속을 급히 굴려 영어를 찾으려고 할 때, 다행히 상대쪽에서 자연스러운 한국어가 흘러나왔다.

"정지우, 그 사람의 대학교 동기 분이시죠?"

"……누구세요?"

김수진이 살짝 경계했다. 지우가 사업에 성공하고, 세계적인 대기업인 로드의 회장이 된 이후에 가끔 이렇게 그와 관련된 점을 조사하다가 찾아오는 사람이 있다.

"아, 오해하지 마세요. 전 수상한 사람이 아니에요. 혹시 아실지 모르겠지만, 샤를로트라고……."

"아!"

김수진이 그제야 샤를로트가 누군지 알아채곤 손뼉을 쳤다. 그리곤 그녀에게 성큼성큼 다가가 손을 맞잡았다.

"그때 그녀석의 뺨을 후려쳐 주신 분이군요."

"네, 네?"

샤를로트가 당황했다.

"안 그래도 그때 제대로 때리지 못한 것이 한이었는데, 절 대신해 주셔서 정말로 감사드려요."

김수진이 기분 좋은 듯이 씩 하고 웃었다. 이에 샤를로트가 어찌할 줄 몰라 했다.

"저, 저기……그게……."

"앗, 이런. 초면에 실례했습니다. 저도 모르게 그만."

김수진이 손을 떨어뜨리며 쑥스럽다는 듯이 웃었다.

"그런데, 저에게는 무슨 일로……?"

"아, 네. 뉴욕 사태가 일어나기 전에, 두 분이 싸웠다는 걸 우연찮게 알게 돼서……그게……."

차마 정지우를 감시하게 되어 어쩌다보니 알게 됐다고는 입이 찢어져도 말하지 못했다.

일단은 그가 소중하게 여기는 사람 중 한 명이기도 하고 거의 하나밖에 없는 이성친구인지라 예전부터 무척이나 신경 쓰였다.

어쩌면 훗날 후회할지도 모르지만, 그래도 잘못된 그와 그녀의 관계를 바로잡아주고 싶었다.

"앗, 그 전에 이렇게 서서 이야기할 것도 아닌 것 같은데 ― 괜찮다면 근처 카페에서 이야기 나누죠. 특히 지우 그 녀석 뺨을 때린 것에 대해서 알고 싶네요."

김수진이 샤를로트의 손목을 낚아채며 활짝 웃었다.

"자, 잠깐만요. 수진 씨? 꺄아악!"

중국, 후커우(黑孩子) 종합학교(綜合學校).

"이사장."

루카스가 잔뜩 화가 난 얼굴로 말을 걸었다.

"네, 교장 선생님."

자오웨가 책상에 매끈하고 긴 다리를 올려놓고, 지폐를 하나하나 세면서 답했다.

"점심시간에 돈을 벌어야 행복해진다는 연설을 방송으로 학교 전체에 내보내다니, 도대체 아이들에게 뭘 가르치려는 거요! 제정신인가?"

"맞는 말이잖아요. 학교에서 재능을 발견하고, 그걸 갈고 닦아서 사회에 나가 돈 벌어서 먹고 살면서 행복해야죠. 그리고 이제 좀 인정할 때 되지 않았나요?"

자오웨가 지폐로 부채를 만들어, 입가를 가리곤 비웃음을 흘렸다. 그걸 본 루카스의 꼭지가 돌아갔다.

"행복의 가치는 돈이 다가 아니지 않나!"

루카스가 언성을 높이며 소리를 버럭버럭 질렀다. 바깥에 있던 교직원들은 또 시작이냐며 고개를 흔들었다.

그 소란은 결국 딩을 비롯하여, 어린아이들이 울음을 터뜨려서야 겨우 멈췄다.

자오웨는 후커우 종합학교의 이사장으로서, 그리고 구주 방주로서 여전히 활동하고 있다.

언컨쿼러블과의 동맹 체결 이후 몇 가지 사업을 접긴 했으나 그래도 세계의 암흑가를 주름잡고 있었다.

특히나 앱스토어의 고객들이 초인적인 힘을 손에 넣은 이후, 범죄와 관련되면 그걸 잘 포착해냈다.

돈을 쉽게 버는 방법은 대부분 범죄인데, 그 관련으로는 구주방이 항상 관여되어있기 때문이다.

한편, 루카스는 후커우 종합학교의 교수이자 교장으로 취임.

자오웨의 교육 방식을 여전히 철저하게 부정하면서 다른 방식으로 아이들을 가르치고 있다.

또한 자오웨의 도움이나 지원을 받아, 현재 남아공에서도 후커우 종합학교의 또 다른 지부를 만드는 중이다.

딩은 뉴욕 사태 이후 앱스토어 고객들 중 어린아이들만 따로 모인 학교에 입학하여 일상을 보내는 중이다.

어딘가의 분쟁지역.

"으아아악!"

테러리스트가 비명을 지르며 도망쳤다. 그의 눈에는 공포로 가득했다.

"제기랄, 도대체 뭐야! 뭐냐고!"

"언컨쿼러블, 정의의 조직."

제임슨이 옅게 웃으면서 발을 휘둘러 복부를 후려쳤다. 테러리스트가 정통으로 맞고 날아가 바닥을 구른다.

그의 주변에는 이미 신음을 흘리거나, 혹은 기절한 사람들로 가득했다.

"이봐요, 쿠퍼. 멋대로 그 부끄러운 이름을 남발하는 건 참아주시겠습니까. 전 언컨쿼러블이 아닙니다."

뒤에 서 있던 백고천이 어깨를 으쓱였다.

"미안하지만 그건 어쩔 수 없겠는걸."

제임슨이 피식 하고 웃었다.

"아직은 미미하지만, 테러나 범죄 조직이 나타날 때마다 괴멸시키는 조직이 있다하면 분명 변할 거다."

"히어로 놀이라도 할 생각이십니까?"

"그래."

제임슨은 원래 국제테러리스트였으나, 이차원고용에서 도플갱어를 고용한 덕분에 잊혀질 수 있었다.

어차피 기적이 찾아왔을 때 즈음, 대부분의 인연이 끊긴 상태였기에 딱히 상관없었다.

어쨌거나 그 이후, 여전히 언컨쿼러블의 리더로서 방향성을 정하며 — 세계 곳곳을 누비며 구원에 힘썼다.

주로 하는 일은 이처럼 분쟁지역에 가서 범죄자나 테러

리스트를 토벌(?)하는 것이었다.

백고천은 그를 따라서 무신론을 전파하거나, 혹은 인질이나 부상자 등을 치료해 주면서 다니곤 했다.

그 외에도 앱스토어의 다른 고객들을 만날 수 있기에 혹시 모르는 보험으로 따라다니게 됐다.

"그렇다고 악인이 사라지는 세상 따위는 오지 않습니다. 인간이니까요."

백고천이 놀리듯이 싱글벙글 웃었다.

"알아. 하지만……."

제임슨이 뒤통수를 긁적였다.

"그래도 세상을 평화롭게 만들고 싶어."

백고천은 그 말에 고개를 좌우로 절레절레 흔들었다.

그 의지는 아직 꺾이지 않았다.

모스크바 아일랜드.

알렉산드라는 안절부절못하며 어쩔 줄 몰라 했다. 평소의 모습을 생각하면 꽤나 희귀한 모습이었다.

제자리에서 발을 동동 구르고, 손톱을 물어뜯었다. 그녀의 시선은 정원에서 주저앉은 여인에게로 향했다.

깡마른 체구에, 어딘가 모르게 퀭해 보이는 눈매. 그리고 알렉산드라와 자매처럼 꼭 닮은 백인 여성이다.

"흐으윽……."

백인 여성, 나탈리아가 결국은 울음을 터뜨렸다. 그러자 알렉산드라가 화들짝 놀라며 다가가려했다.

허나, 옆에 서 있던 칭후가 팔을 들어 제지했다.

"흔히들 사람 인(人)자는 사람 둘이 서로 기대고 있다고 말하지. 맞는 말이다. 사람은 서로 기대가면서 살아가지."

"……칭후."

"하지만 — 자신의 두 다리로 서 있는 것도 사람이기도 하다. 남의 도움을 받지 않고 서 있을 수도 있어."

"……."

"확실히 난 우울증이나 정신병에 대해서 잘 모른다. 애초에 전문의인 널 두고 이렇게 떠드는 건 오만하지."

칭후는 팔짱을 끼고, 무심한 눈매로 나탈리아를 가만히 쳐다봤다.

"그렇지만, 네가 쓰지 않은 방법은 대신 해 줄 수 있어."

나탈리아는 정신병이 심해 병실 바깥으로도 나가지 못했다. 그게 벌써 몇 년이 지났는지도 모른다.

알렉산드라도 다른 의사들도 그런 나탈리아를 괜히 자극하지 않으려고 병실에서만 치료를 했다.

그렇지만 이번에 칭후가 바깥에 혼자 놔두라는 설득을 했고, 이렇게 바깥으로 내보낸 뒤 몇 시간을 보냈다.

그리고 지금.

"......!"

알렉산드라의 눈에서 물방울이 그렁그렁 맺혔다.

제자리에 주저앉아 울고 있던 나탈리아는, 스스로 일어나서 불안한 듯 주변을 둘러봤다.

그리곤, 알렉산드라 쪽을 살짝 쳐다보다가 이내 몸을 돌려 원래 있었던 병원 쪽으로 달려 나갔다.

칭후가 그걸 보면서 말했다.

"남이 도와줄 수 없다면, 스스로 어떻게든 해 볼 수밖에 없지. 설사 도망이라도 좋다. 자신의 의지로 도망이라도 칠 수 있다면, 그건 꽤나 성공한 거니까."

"나탈리......!"

알렉산드라가 제자리에서 주저앉아 손바닥으로 얼굴을 감싸 안았다. 그리고 흐느끼는 울음소리가 나왔다.

"......참나, 정말 이해 못 하겠어."

마들린이 다가와서 알렉산드라를 보고 중얼거렸다.

"마법이나 신성술법이면 쉽게 해결될 텐데......."

마들린과 알렉산드라는 동맹의 두뇌 역할을 하고 있다.

대부분 둘이서 모든 계획을 짜고 명령을 내린다.

가끔씩 의견 다툼도 일어난다.

알렉산드라는 도덕적인 관념이나 감성적인 측면을 모조리 무시한 채, 객관적이고 냉철한 판단을 내린다.

그에 반면 마들린은 마음이 그렇게까지 모질지 못하고, 비효율적이어도 올바른 방법을 추구한다.

어쨌거나, 이 둘이 있는 덕분에 뉴욕 사태로 인해 대거 나타난 고객들을 영입하여 관리할 수 있었다.

그 외에도 칭후처럼 무력을 투입하여 고객 중 질이 나쁜 자들을 처리하는 일까지 생각하고 실행시켰다.

"마들린 위치 코번. 앱스토어를 이용하면 아무리 고차원적인 마법이라도 손쉽게 얻을 수 있었을 거다."

칭후는 궁시렁거리는 마들린을 보고 옅게 웃었다.

"하지만 넌 그렇지 않았다. 왜지?"

"그건……."

마들린이 입을 다물었다.

그런 마들린을 보고 칭후는 고개를 끄덕였다.

"그래. 그런 거다."

*　　　*　　　*

"······바보."

여동생은 오빠의 정강이를 걷어찼다. 그러나 힘이 제대로 실려 있지 않아, 하나도 아프지 않았다.

"미안."

지우는 머리를 숙인 채 사과했다. 여동생과 눈을 마주보고 싶었지만 그럴 수가 없었다.

"오빠 따위는 질색이야."

가슴에 대못이 박혔다. 여동생의 원망 어린 목소리를 들으니 심장이 찢어질 듯이 아파왔다.

"네가······ 행복했으면 했어."

"오빠 때문에 행복하지 않은걸."

자기 자신을 위해서 살인을 하고, 남은 불행하게 만들고, 나락에 빠뜨리고, 악행을 저질렀다.

그걸 듣고 기뻐한다면 정상이 아니다. 이보다 최악인 일은 더는 없다.

그런 걸로 향상된 삶의 질 따위는 필요 없다.

"어떻게 하면 행복해지겠니?"

"행복해질 수 있을 리가 없잖아. 이미 저지른 죄는 사라지지 않아. 잊혀지지 않아. 용서되지 않아."

정지우는 이미 너무 많은 죄를 저질렀다.

"그러니까……."

정지하는 그걸 알기에 더 이상 행복해지지 못한다.

"더……이상…… 그러지 마……."

여동생의 눈에서 물방울이 뚝뚝 떨어진다. 고개를 들어 보니 지하가 조용히 눈물을 흘리며 울고 있었다.

지하가 새끼손가락을 보이며 말을 잇는다.

"날 위해서 그런 짓을 하지 말아줘. 더 이상 행복해질 수는 없지만, 그래도 불행을 늘리지는 마."

"지하야……?"

"어쩔 수 없다는 거 알고 있어. 내 이기심이라는 거, 그리고 고집이라는 것도 알아. 하지만."

가족이 다치는 게 싫다.

"더 이상 보고 싶지 않은 걸 어떻게 해."

가족이 미움을 받는 게 싫다.

"막고 싶은 걸 어떻게 해"

가족이 희생하는 것이 싫다.

"그러니까"

사람은 결코 언제나 행복할 수 없다.

"약속해 주세요……!"

완벽한 행복이란 존재하지 않는다.

"……응."

손가락을 걸어 머리를 끄덕인다.

오빠의 말에 여동생은 그제야 웃을 수 있었다.

아이처럼 눈물을 펑펑 흘리며

미소 지었다.

확실히 행복은 돈으로 살 수 있다

돈으로 대부분의 문제를 해결할 수 있으니까

그렇지만, 때로는 돈보다

손가락을 거는 것만으로도 행복해질 수 있다

—로드 회장, 정지우

〈기적의 앱스토어 완결〉

작가사담

안녕하세요, 정준 작가입니다.

〈기적의 스토어〉로 시작해, 〈기적의 포탈〉, 그리고 벌써 세 번째 시리즈가 된 〈기적의 앱스토어〉가 완결됐습니다.

뭐랄까, 완결이 처음이나 두 번째라면 뭔가 할 말이라도 많을 텐데(……) 그다지 생각나는 게 없군요.

다만 전역 이후 처음으로 맺는 완결이라 기분이 묘합니다.

어쨌거나, 이렇게 드디어 대망의 완결이 났습니다.

쓰면서 아쉬운 점도 많았고, 제대로 표현하지 못한 제 능력이 눈물이 절로 나오더군요. 흑흑흑 죄송합니다.

특히 오타나 설정 오류를 뒤늦게 발견해서, 담당자님과 함께 '악!' 하고 절규에 빠지기도 하였습니다.

제 부족한 글로 독자 분들의 눈살을 찌푸리게 한 점, 대단히 죄송합니다. 좀 더 정진하도록 노력하겠습니다..엉엉..

사담입니다만, 카카오 페이지 덧글이나 리뷰, 블로그 문의를 통해서 '기적의 포탈 2부는 언제 나오냐?' 라는 질문을 많이 받았습니다.

기적의 포탈 2부에 대한 것은 제 블로그 게시판에 써두었습니다. 궁금하신 분들은 와주셔서 확인하시면 될 듯합니다!

그밖에도 지인 분들께서 그려주신 팬 아트라거나, 알렉산드라나 샤를로트의 이미지라거나 있으니 놀러오세요! 후후.

마지막으로, 조금 놀랄만한 사실을 가지고 왔습니다. 어쩌면 몇몇 독자 분들께서는 알고 계실지도 모르겠군요.

혹시, 〈무황전생〉, 〈무당전생〉이라는 소설을 아시나요?

〈정원〉이라는 필명입니다만, 아니나 다를까. 저와 동일인물입니다. 여태껏 쓴 걸 나열한다면 총 다섯이 되겠군요.

〈기적의 스토어〉, 〈기적의 포탈〉, 〈기적의 앱스토어〉
〈무황전생〉, 〈무당전생〉

또한, 무당전생은 〈무공이라는 기적이 내린 세계〉입니다. 즉, 기적 시리즈의 또 다른 평행 세계관이죠.

세계관 공유가 맞기는 한데, 사실 그렇게까지 연결된 건 없습니다. 기적 시리즈만큼 연결되어 있지는 않아요. 그래도 가끔 눈치챌 듯 말 듯한 걸 넣어두긴 했습니다. 후후후.

그럼 저는 이만 물러나도록 하겠습니다. 비록 기적의 앱스토어 마감은 끝났지만, 무당전생은 아직이거든요.

2016년 3월 25일, 오후 4시 30분
정준 올림